COLLECTION FOLIO

Jean Rolin

Un chien
mort après lui

Gallimard

© P.O.L éditeur, 2009.

Né en 1949, Jean Rolin est écrivain et journaliste.

à Kate Barry

Dans son livre, *Le Mythe de l'homme*, Bounce demande : « Si l'Homme avait suivi une autre route, n'aurait-il pas pu, avec le temps, connaître un aussi grand destin que le chien ? »

CLIFFORD D. SIMAK,
Demain les chiens

À peine étions-nous installés à l'hôtel Kasar que nous y avons reçu la visite des flics. Cela se passait dans les dernières années du XXe siècle, à Turkmenbachy — autrefois Krasnovodsk — sur le littoral de la mer Caspienne. Nous occupions sur le même palier trois chambres séparées, d'un niveau de confort plutôt carcéral qu'hôtelier. Peu de temps avant l'arrivée de la police, je m'étais rendu dans la chambre de l'interprète afin de lui régler son dû. L'interprète avait des yeux verts, ou noisette, et de longs cheveux d'un roux très sombre, peut-être de cette nuance que l'on dit « acajou ». Nous l'avions recrutée quelques jours auparavant à Achgabat, la capitale du Turkménistan, parmi le personnel plus ou moins polyglotte de la réception d'un grand hôtel : un établissement beaucoup plus luxueux que le Kasar, pour le coup, et auquel il ne manquait que quelques clients pour ressembler à n'importe quel hôtel de la même catégorie dans n'importe quelle capitale. Ce luxe, au

moins apparent, et cette vacuité, communs à la plupart des hôtels d'Achgabat, éveillaient aussitôt l'idée que leur destination n'était pas d'accueillir des visiteurs, ou très secondairement. Quant au personnel, son abondance était inversement proportionnelle à celle des clients. Rien qu'à la réception de celui-ci, on devait compter une dizaine de personnes, parmi lesquelles mon choix d'un interlocuteur s'était porté sans hésitation sur la jeune femme aux cheveux d'un roux sombre, et dans le même mouvement je lui avais proposé de nous servir d'interprète pendant la durée de notre séjour dans le pays. Et le plus étonnant, c'est qu'elle avait accepté presque aussitôt, sans soumettre à l'examen qu'elle méritait, à mon avis, cette proposition si abrupte, émanant de deux types dont elle ne savait rien, sinon qu'ils venaient de loin et qu'ils prétendaient recueillir des informations sur les variations du niveau de la mer Caspienne.

Maintenant nous étions de retour à Turkmenbachy, le voyage touchait à sa fin. Lorsque j'étais entré dans sa chambre, l'interprète m'avait fait asseoir en face d'elle, nous avions échangé vraisemblablement quelques plaisanteries, ou d'autres civilités, je lui avais remis l'argent, puis au lieu de ressortir aussitôt, comme j'aurais dû le faire, j'étais resté un instant à la regarder, émerveillé par la beauté, à vrai dire remarquable, de sa chevelure aux reflets d'acajou. Mais dès que j'avais perçu dans ses yeux verts (ou noisette) de la surprise à me voir m'attarder, et

avant même qu'elle puisse l'exprimer, je m'étais retiré, vaguement honteux de ce qui pouvait apparaître, de ma part, comme une marque de présomption. Et dépité, aussi, cela va sans dire. Je ruminais ce dépit lorsqu'on a frappé à ma porte, et quand elle s'est ouverte peut-être ai-je été assez vain, pendant une fraction de seconde, pour imaginer que c'était l'interprète, revenue sur son premier mouvement et finalement d'accord avec moi pour que nous nous attardions. Puis quand les deux flics sont entrés, sans doute ai-je envisagé cette intrusion comme un châtiment, divin ou non, de ma persistante présomption. Compte tenu de ce que l'on sait par ailleurs du Turkménistan, et des mœurs de sa police, cette perquisition a été menée avec beaucoup de tact, presque de cordialité. Les deux flics ont dû soulever quelques objets, encore n'en suis-je même pas sûr, peut-être se sont-ils bornés à vérifier que mon passeport était visé. Je présume qu'ils se sont montrés un peu plus insistants auprès de l'interprète, mais elle-même ne pouvait que confirmer ce que nous disions depuis le début, à savoir que nous enquêtions sur les variations du niveau de la mer Caspienne.

Quelques heures avant notre installation à l'hôtel Kasar, nous étions revenus, à bord de la vedette *Almaz*, de l'île de Kizyl Su, dont le nom signifie Eau rouge en turkmène. La mer Caspienne, cependant, n'y présentait aucunement cette coloration, mais peut-être s'agissait-il d'une survivance de l'époque où tout était rouge, à

commencer par les toponymes, comme en témoignait par exemple la ville de Barricades Rouges où nous avions séjourné quelque temps dans un pays voisin. Quant au niveau de la mer, il variait, c'est incontestable, bien que je ne parvienne plus à me rappeler dans quel sens : de toute manière, ce sens s'inversait, avec une périodicité aléatoire, et c'est même dans ces oscillations de son niveau que réside l'un des traits les plus originaux de la Caspienne, l'un des plus inquiétants, aussi, du point de vue des populations riveraines ou des compagnies pétrolières. (Du point de vue particulier de ces dernières, ce qui complique encore les choses, c'est que la Caspienne, en hiver, est prise par les glaces, mais seulement dans sa partie nord, la moins profonde, et sur une superficie qui varie au gré des changements climatiques, de telle sorte qu'il n'est pas avéré que, de nos jours, les loups du Kazakhstan, à supposer qu'il en reste, puissent se rendre à pied, chaque hiver, dans les îles Tjulen'i, comme ils avaient l'habitude de le faire afin d'y manger des phoques.)

Si le niveau était en train de monter — comme je le présume, malgré tout, puisque sur la rive adverse nous avions observé des routes, des ponts et d'autres ouvrages d'art envahis ou détruits par les eaux — l'île de Kizyl Su était menacée de disparaître dans des délais assez brefs, car elle ne présentait aucun relief : pas même, me semble-t-il, une butte, ou un mamelon, sur lequel la population aurait pu trouver refuge, en cas

d'inondation, dans l'attente de secours longs à venir. Dans mon souvenir, l'île affecte la forme d'une lame incurvée, portant à l'une de ses extrémités un village turkmène, et à l'autre un phare occupé par une famille russe. Il est vraisemblable que cette famille russe, qui comptait au moins un enfant idiot, âgé à l'époque d'une dizaine d'années, vêtu d'un treillis de camouflage et généralement occupé à pêcher depuis une jetée, il est vraisemblable que cette famille russe ait vécu dans la crainte plus ou moins fondée d'être un jour ou l'autre assaillie par les Turkmènes, en dépit des commodités qu'offrait le phare pour s'y retrancher, et ce d'autant plus qu'il était flanqué des ruines d'un petit ouvrage militaire, apparemment une batterie de missiles antiaériens avec son radar de conduite de tir, tout cela hors d'usage et bientôt retourné à la poussière.

Plusieurs kilomètres d'une étendue sablonneuse, herbue par endroits, marécageuse ailleurs, séparaient le phare russe du village turkmène. Cette étendue abritait quelques chameaux ensauvagés qui exhalaient, même de loin, une puanteur abominable. Le village turkmène, lui-même bâti sur le sable, ou plutôt planté dans celui-ci, consistait en une centaine de maisons — il s'agit d'une estimation très grossière —, la plupart sur pilotis. À l'époque, depuis peu révolue, du socialisme, le village avait dû vivre pour une part de la métallurgie et pour une autre de la pêche industrielle, comme en témoignaient les

épaves d'un grand nombre de chalutiers en fer et les ruines d'un chantier naval. Désormais, les hommes du village semblaient passer le plus clair de leur temps parmi ces ruines, évocatrices des jours glorieux, qui leur prodiguaient un peu d'ombre. Ils étaient souvent ivres et presque toujours d'humeur maussade. Exceptionnellement, ils pêchaient au filet, depuis le rivage, mais comme en se cachant, et prêts à soutenir, si on les interrogeait à ce sujet, qu'ils ne faisaient rien. Et de même pour les femmes qui à intervalles irréguliers embarquaient avec des sacs de poisson séché à bord de la vedette *Almaz*. Allaient-elles les vendre ou les échanger sur le marché de Turkmenbachy ? « Non », et elles vous tournaient le dos. Sans doute la nature du régime — où tout dépendait de la volonté ou de la fantaisie d'un seul homme, semi-dément par surcroît, puisque non content de rendre obligatoire, dans les écoles, l'étude d'une épopée qu'il avait composée à sa propre gloire, il venait d'en faire placer un exemplaire sur orbite par une fusée russe —, sans doute la nature du régime était-elle à l'origine de ces dénégations, toute activité non déclarée, c'est-à-dire non soumise à la prédation des serviteurs de ce régime, ou de leur chef lui-même, étant a priori interdite. En dépit du mutisme des insulaires et de l'apparente confusion de leurs entreprises, assez semblables à celles de damnés de cinéma, errant à l'aveuglette dans un monde privé de tout espoir, il était possible de conjecturer, faute

de mieux, que l'effondrement de l'activité industrielle, dans laquelle les hommes tenaient le haut du pavé, et son remplacement progressif par une économie de troc ou de bricolage, où c'étaient les femmes qui se débrouillaient le mieux, avaient induit une évolution parallèle, non moins cataclysmique, de leurs structures familiales et sociales : en gros, et pour autant que l'on pût en juger, les hommes, privés de travail salarié, étaient en train de perdre le pouvoir, et les femmes de s'en emparer. Même la relative supériorité physique des hommes, pour ne rien dire de leur prestige, était à la longue émoussée par leur absence d'exercice et leur ivrognerie.

La maison où nous avions séjourné offrait un exemple de ces transformations. Deux soirs de suite, les femmes qui l'occupaient, mère et filles, en avaient refusé l'accès au père, prétextant de son état d'ailleurs incontestable d'ébriété, et l'avaient contraint à passer la nuit dehors, dans le sable humide et froid, parmi les ordures et les chiens. Car partout où le sable s'étendait, jusque sous les maisons, les chiens régnaient. Cette prolifération des chiens errants, même si elle ne peut être envisagée comme une conséquence directe du matriarcat, avait accompagné l'effondrement de l'ordre ancien et l'émergence tâtonnante du nouveau. Probables vestiges, ou rebuts, d'une activité pastorale non moins révolue que toutes les autres, ces chiens étaient par surcroît d'une taille considérable. En même

temps que leur nombre, c'est leur assurance, ou leur arrogance, qui avait crû, au point que désormais les gens craignaient, au moins la nuit, de s'éloigner de leurs habitations et de s'aventurer dans les sables. Même dans la journée, et en plein milieu de l'artère principale, mais non revêtue, du village turkmène, les enfants se rendant à l'école — où Dieu sait ce qu'on pouvait leur enseigner, hormis le rabâchage du *Rouknamah*, l'épopée en vers de Saparmourad Nyazov, celle qui avait été mise sur orbite —, les enfants devaient faire un détour afin d'éviter plusieurs nids de chiens, assez semblables à des nids d'albatros, en sorte de volcans minuscules et garnis de créatures écumantes. Mais ces chiens étaient encore plus dangereux lorsqu'ils vivaient à l'écart du village, dans la nature, ou dans cette espèce de terrain vague, où j'ai déjà signalé qu'erraient aussi de puants chameaux sauvages, qui en tenait lieu.

Un jour où je m'étais éloigné des maisons et où je suivais le rivage, m'efforçant de dresser un inventaire de tout ce qu'on y rencontrait à chaque pas — écrevisses mortes, serpents d'eau, morceaux de ferraille, fins ossements d'oiseaux, touffes de plumes... —, j'ai été moi-même assailli par l'un d'entre eux. Il s'agissait d'un animal de belle taille, aux oreilles pointues, c'est tout ce que je peux en dire. Je ne l'avais ni vu ni entendu venir quand il m'a chargé, comme si je lui avais causé le moindre tort, à lui ou à sa famille, d'une distance d'environ

cinquante mètres. Par bonheur, il se trouvait juste à mes pieds une pièce métallique, provenant de la construction navale, dont j'ai eu le temps de m'emparer pour la brandir. Cette pièce était extrêmement lourde, mais la peur de mourir dévoré par un chien sur le rivage de la mer Caspienne, si elle ne vous paralyse pas, est exactement le genre de choses qui décuple vos forces. Et c'est ici que pour moi le film s'arrête, comme si la bobine en était déchirée, ou coincée dans le projecteur, sur cette image où l'on me voit, le visage déformé par le hurlement que je suis en train de pousser, brandissant un lourd morceau de fer contre le chien qui attaque avec un grognement sourd.

Le vendredi 24 mars 2006, en fin de matinée, je me trouvais en gare de Lyon-Perrache à bord d'un train Corail à destination de Montluçon. Pris d'une inspiration subite, et ne disposant d'aucun autre support, c'est sur la page de garde d'un livre de Philip Gourevitch — *Nous avons le plaisir de vous informer que, demain, nous serons tués avec nos familles*[1] — que j'ai commencé à rédiger la lettre suivante, destinée à John Kiyaya, lequel tient à Sumbawanga, dans l'ouest de la Tanzanie, une boutique de photographie. « Dear John, It has been a long time since I got your last letter » (j'aimerais reproduire cette lettre telle que je l'ai écrite, en anglais, à cause du pittoresque inhérent aux fautes de vocabulaire ou de syntaxe, mais je renonce devant ce qui pourrait apparaître comme une afféterie). « J'envisage, continuai-je, d'écrire une histoire au sujet des chiens féraux » (il s'agit d'un angli-

1. « Folio Documents », 2002.

cisme, ou plus précisément d'une importation de l'adjectif anglais *feral*, qui désigne un animal domestique retourné à l'état sauvage : importation que préconise Xavier de Planhol[1], sous la forme « féral » ou « féralisé », de préférence à « marron » ou « ensauvagé », en soulignant que le mot est d'origine latine et donc irréprochable). « J'entends par là, précisai-je, les chiens qui errent en toute liberté, sans domicile et sans maître. Je me souviens aussi de certaines de tes photographies qui montrent des chiens jaunes ou noirs suivant un groupe de chasseurs à Kasanga » (il s'agit du village natal de John, sur la rive orientale du lac Tanganyika). « J'aimerais que tu me dises à ce sujet différentes choses : ces chiens sont-ils élevés spécialement dans ce but ? À quoi les utilise-t-on quand ils ne chassent pas ? D'autre part, y a-t-il des chiens féraux à Sumbawanga ou à Kasanga ? Est-ce que quelqu'un s'occupe d'eux, ou sont-ils complètement livrés à eux-mêmes ? Sais-tu d'où ils viennent et depuis combien de temps ils sont là ? J'aimerais rassembler un maximum d'informations au sujet de ces chiens, s'il s'en trouve dans la région. Et peut-être, s'il y a suffisamment de matériaux, serais-je en mesure d'envisager un voyage pour en recueillir de nouveaux.

And please let me know if you and Dorothea », etc.

Si le seul support dont je disposais, à bord du

1. Xavier de Planhol, *Le paysage animal*, Fayard, 2004.

train Corail, était le livre de Gourevitch, c'est que j'avais rencontré ce dernier, la veille, au cours d'une soirée organisée à Lyon par une institution culturelle. Sans doute notre entretien n'avait-il jamais porté sur ce sujet des chiens, somme toute assez secondaire, d'une manière générale, et en particulier si on le rapporte au projet de Gourevitch dans le livre plus haut mentionné, qui consiste non seulement à décrire le génocide perpétré au Rwanda en 1994, mais à en démonter le mécanisme. Au demeurant, et même si, je le précise encore à toutes fins utiles, ce n'est pas le principal souvenir que je conserve de cette lecture, j'avais été frappé par ce que Gourevitch, évoquant son arrivée dans le pays en mai 1995, écrivait au sujet des chiens : « L'absence presque totale de ces animaux me rendait perplexe. Après enquête, j'appris que jusqu'à la fin du génocide il y avait eu abondance de chiens au Rwanda […]. Mais à mesure de leur progression dans le pays […], les combattants du FPR avaient abattu tous les chiens. Que leur reprochait donc le FPR ? Tous ceux à qui je posais la question me donnèrent la même réponse : les chiens dévoraient les morts. "On le voit sur les films", me dit quelqu'un, et, depuis, j'ai vu plus de chiens rwandais au magnétoscope que je n'en ai jamais aperçu au Rwanda : accroupis dans la poussière rouge typique du pays, sur les tas de cadavres de cette époque, dans la position qu'ils adoptent habituellement pour se nourrir. »

Quant à la réponse de John Kiyaya, elle me parvint environ deux semaines après ma rencontre avec Gourevitch.

Sa lettre se présentait un peu comme un rapport, intitulé « Feral Dogs » et divisé en cinq parties, dont seule la cinquième était précédée d'un intertitre : « True Stories » (histoires vraies).

« Les gens en Tanzanie, écrit John dans le premier chapitre de son rapport, ont commencé à entretenir des chiens il y a des centaines d'années […]. Puis les colonialistes sont venus de leurs pays avec leurs propres chiens (particulièrement les missionnaires), et ces derniers ont rencontré en Afrique les chiens locaux. À quoi servent les chiens ? On les utilise, dans les villages, pour la chasse aux animaux sauvages dans le but de se procurer de la viande. On les utilise, dans les villes, pour la protection des habitations. Dans les villages, les cultivateurs les utilisent également pour se protéger des singes et des porcs sauvages. Les singes sont des animaux très destructeurs, mais dès qu'ils voient des chiens ils s'enfuient. Pour cette raison, les chiens sont très utiles aux cultivateurs. »

« La plupart des Africains, écrit John en conclusion de ce chapitre, n'entretiennent pas de chiens comme animaux de compagnie. Moi-même, j'ai deux chiens que j'utilise pour me protéger des voleurs, mais j'aime aussi les regarder. Le plus grand s'appelle Cobra et le plus petit Tiger. Tous deux sont des mâles. »

Ce n'est que dans le deuxième chapitre que John aborde la question des chiens féraux à proprement parler.

« Ces chiens ne sont plus la propriété de quiconque. Ils vivent de leur côté. Ils sont nombreux dans les villes, où ils passent la plus grande partie de la journée dans des buissons. La nuit, après vingt heures, ils sortent dans les rues pour trouver quelque chose à manger. On peut les voir en solitaires, ou par groupes de trois à douze. Les meilleurs endroits pour les voir sont les décharges, autour des hôtels ou des marchés. Ces chiens sont une nuisance pour la population, ils sont inutiles et dangereux [...]. Ils peuvent mordre les gens car ils ne les aiment pas. Ils peuvent leur transmettre la rage. Ils sont pour la plupart forts et effrayants, leur nombre s'accroît régulièrement, leur reproduction ne peut être contrôlée parce qu'ils vivent dans les buissons. »

Dans la troisième partie de sa lettre, John développe une théorie, à laquelle je n'adhère que partiellement, selon laquelle tous ces chiens — ou leurs ancêtres, puisqu'il admet qu'ils se reproduisent de manière incontrôlée « dans les buissons » — seraient à l'origine domestiques, et n'auraient commencé à vagabonder que faute d'être nourris par leurs maîtres. La quatrième partie est consacrée aux moyens de contrôle des populations de chiens errants : « Les autorités essaient de les éliminer par fusillade, mais le problème est que les tirs ne sont effec-

tués que de jour, et qu'à ce moment seuls des chiens innocents sont dans les rues [...]. Il y a trois ans, à Sumbawanga, les autorités ont également tenté de les éliminer en répandant du poison dans les décharges, mais c'est une technique dangereuse, car les fous aussi peuvent y rechercher leur nourriture. »

Enfin, dans le chapitre intitulé « True Stories », John raconte comment un certain Uliza Saïd a été condamné à trois ans de prison pour avoir vendu de la viande de chien au prix de 1 000 shillings le kilo. John précise qu'il s'agissait de chiens écrasés, et que le même Uliza Saïd, à une ou plusieurs reprises, avait invité des gens chez lui pour manger de cette viande. La seconde « histoire vraie » concerne un groupe d'employés municipaux qui, dans un quartier périphérique de Dar es-Salaam, ont été empêchés par une meute de chiens d'approcher d'une maison squattée. En conclusion, et avant de signer comme à son habitude « Yours sincerely friend (photographer) », John émet le vœu que « le DIEU Tout-Puissant » (the Almighty GOD) m'assiste dans mon projet d'écrire « un livre très intéressant » (a very interesting book).

Au moins dans ses grandes lignes, la place Komsomolskaya est un des lieux de Moscou que les vicissitudes de l'histoire récente ont le moins transformés.

Parmi les différents moyens d'atteindre cette place — à partir, disons, de la rue Pokrovka —, l'un des plus malaisés consiste à emprunter l'impasse Basmanny (Basmanny tupik). Comme son nom le suggère, celle-ci n'est praticable aux automobiles que sur une partie de sa longueur. La description que l'on trouvera ci-dessous correspond à l'aspect que présentait l'impasse Basmanny le jour où l'ingénieur Mikhaïl Kalachnikov célébrait au musée central des forces armées, à Moscou, le 60ᵉ anniversaire de son invention : l'AK 47 (« A » pour Avtomat, « K » pour Kalachnikov, et 47 pour l'année de sa conception), à coup sûr l'arme individuelle qui a le plus fait parler d'elle durant la seconde moitié du xxᵉ siècle, celle qui, sous toutes les latitudes, mais principalement dans la zone intertropi-

cale, a tué ou blessé le plus de monde, et certainement aussi un nombre incalculable de chiens, errants ou non, parmi beaucoup d'autres animaux (à l'occasion de cet anniversaire, Mikhaïl Kalachnikov s'est félicité de ce que son buste en bronze, érigé dans son village natal de Kurya, dans l'Altaï, soit régulièrement fleuri par les jeunes mariés de la région, lesquels lui susurrent — selon ses propres termes, rapportés dans le *Moscow Times* par le journaliste Mansur Mirovalev : « Oncle Micha, apporte-nous le bonheur et des enfants en bonne santé »).

Dans sa première partie, l'impasse Basmanny est assez large, dominée d'un côté par des immeubles de logements ou de bureaux dont l'un au moins, d'un style que l'on pourrait qualifier d'éclectique, donne des signes de délabrement, des plantes sauvages, atteignant parfois aux dimensions de véritables buissons, ayant proliféré dans ses interstices ou sur ses balcons. De l'autre côté, au-delà d'un alignement d'arbres, l'impasse surplombe la tranchée d'une voie ferrée régulièrement empruntée par des convois. C'est au moment de croiser la rue Novaya Basmannaya, par en dessous, que l'impasse se rétrécit et devient impraticable aux automobiles. Juste avant cette intersection, sur la gauche, on remarque un premier amoncellement de poubelles, voisinant avec des déchets mal ou pas du tout conditionnés, occasionnellement explorées par des sans-logis qu'accompagnent parfois des chiens. Il arrive aussi que soit disposé

près de cette décharge un matelas, ou une couche, assez large pour que deux personnes au moins puissent y trouver place. (Quand il est occupé, la seule chose qu'évoque ce dispositif, c'est le tableau de Luminais intitulé *Les Énervés de Jumièges*, sur lequel se voit un couple, alité, dérivant au fil de l'eau.) Passé l'intersection, la voie ferrée, auparavant en tranchée, s'élève progressivement jusqu'à dominer la chaussée de l'impasse de toute la hauteur du remblai. En contrebas de celui-ci, de nouveau, amoncellement de poubelles, de gueux et, dans une moindre mesure, de chiens appartenant ou non, mais plutôt non, aux précédents. Pas plus qu'à proprement parler ces chiens n'appartiennent aux tziganes qui se sont établis en grand nombre, mais de manière précaire, dans une sorte de campement volant, au pied du versant sud de la gare de Kazan. Celle-ci de proportions si formidables qu'elle peut être décrite, en effet, comme un massif.

Ce qui fait la particularité de la place Komsomolskaya, ce qui lui donne son caractère, c'est la présence non seulement de cette gare mais de deux autres — la gare de Leningrad et la gare de Yaroslav —, de dimensions un peu moindres. Les deux dernières sont situées sur le côté nord de la place, à l'opposé de la gare de Kazan, de part et d'autre d'un édifice également monumental, de style stalinien, couronnant l'entrée principale de la station de métro

Komsomolskaya, elle-même une des plus vastes et des plus somptueuses du réseau.

Entre la gare de Kazan et ses deux voisines du nord, la circulation des piétons se fait principalement par des voies souterraines. Toute tentative de traverser la place en surface se heurte à des difficultés parfois insurmontables. Ici et là, dans les souterrains, sur le terre-plein central que divise une ligne de tramway, sur le parvis des gares, parfois dans les halls ou sur les quais, et jusque dans la magnifique salle d'attente réservée aux passagers de première classe (mais on ne m'a rien demandé) de la gare de Kazan, avec son plafond peint exaltant dans le style de Tiepolo les hauts accomplissements des aviateurs et des aérostiers soviétiques, ici et là, donc, errent des chiens, ternes et clairsemés au point de devenir presque invisibles, la plupart livrés à eux-mêmes, mais tolérés, quelques-uns se comportant avec certaines personnes comme des animaux domestiques, et bénéficiant en retour d'un régime de faveur : des premiers, les spécialistes diraient qu'ils entretiennent avec l'homme une relation de commensalité, et des seconds une relation de mutualisme. Parmi ces derniers, le chien de petite taille, à poils mi-longs (ces caractères étant sans doute à l'origine du statut privilégié dont il jouit), qui a ses habitudes auprès d'une femme de ménage affectée à l'entretien de la gare de Kazan : à heure fixe, il se tient devant une porte de ser-

vice dont il sait qu'elle va bientôt s'entrouvrir pour livrer passage à des reliefs.

Ou les deux chiens, de taille bien supérieure, que l'on observe à proximité d'une guérite occupée par des gardes de sécurité, au fond d'un passage prenant naissance entre la gare de Leningrad et celle de Yaroslav.

Derrière le bâtiment situé à égale distance de l'une et de l'autre, et couronnant l'entrée principale de la station de métro Komsomolskaya, des boutiques minuscules sont agglomérées, qui débitent des marchandises de mauvaise qualité à l'intention d'une clientèle pauvre, et c'est dans le prolongement de cet agglomérat que le passage se faufile, entre d'autres boutiques, de plus en plus foireuses, et des voies de chemin de fer. Après une averse, le sol de ce passage est recouvert de flaques d'eau, et bientôt de boue, pouvant atteindre aux dimensions d'un petit étang. La foule, invariablement dense, et de plus en plus au fur et à mesure que l'espace s'étrécit, la foule est composée de prolétaires, de voyous, de militaires et de flics, les uns et les autres appartenant plutôt au sexe masculin, bien que, même la nuit, il s'y rencontre non seulement des femmes mais quelquefois de jolies, le nombril à l'air, et dont rien n'indique cependant qu'elles se prostituent. Des ivrognes s'y voient en très grand nombre : plutôt sur les côtés, rarement debout, environnés de bouteilles vides, jeunes pour la plupart, ne donnant parfois aucun signe de vie. Per-

sonne, dans le passage, ne semble prêter la moindre attention à quiconque, pas même à deux obèses se promenant torse nu, crâne rasé, faisant saillir des muscles de lutteurs caucasiens.

Puis voici l'édicule, sommé d'un projecteur mobile et d'un drapeau de la Fédération, sur un côté duquel, en caractères jaunes sur fond noir, on lit le mot OKRANA. Le même sigle se répète, toujours en caractères jaunes, sur les survêtements noirs des types occupant l'édicule ou se tenant à proximité. Okrana, c'est un nom qui dit quelque chose à tous les familiers des mouvements révolutionnaires russes de la fin du XIXe siècle ou du début du XXe. Bien que la Tcheka, par la suite, et sur ce terrain, l'ait de beaucoup surpassée, l'Okrana, sous l'ancien régime, était tout de même une police réputée pour sa férocité. Et c'est alors que l'on observe combien le public du passage constitue tout compte fait le combustible idéal d'une révolution sociale, une bien saignante et vicieuse, avec son lot habituel d'angéliques provocateurs et d'éradicateurs philanthropes, même s'il est vraisemblable que la Russie n'a ni la volonté ni les moyens de s'en offrir une autre. En fait, Okrana ne signifie rien de plus que Sécurité, et il ne s'agit même pas d'un quelconque service de police mais d'une simple agence de vigiles. Des deux côtés de l'édicule, en amont et en aval, se tiennent deux chiens errants (féraux) sédentarisés, dont plusieurs indices suggèrent

qu'ils n'appartiennent pas à l'Okrana — visiblement sales et affamés, ils ne portent pas de collier ou d'autres signes distinctifs — mais que celle-ci les a fixés à proximité de sa guérite, pour s'y sentir plus à l'aise, en leur prodiguant irrégulièrement quelques avantages matériels. Peu de chose : à plusieurs jours d'intervalle, j'ai vu chacun de ces deux chiens ronger un os dépouillé de toute chair, et dont je pourrais jurer que c'était à chaque fois le même.

Soixante-huit baths ! Quatre-vingt-deux de moins que le « prix de référence ». C'était à ce tarif qu'une entreprise spécialisée, nouvelle venue sur le marché, proposait les puces électroniques destinées à équiper dans un premier temps 50 000 chiens, parmi les quelque 800 000 — d'après les estimations du *Bangkok Post* — qui hantaient les rues de la ville. Il est vrai que ce plan, conçu par la Bangkok Municipal Administration, datait de plus de cinq ans, et qu'il n'avait jamais connu le moindre début de mise en œuvre. Mais avec des puces à soixante-huit baths l'unité au lieu de cent cinquante, tout redevenait possible, de nouveau des perspectives radieuses s'ouvraient aux partisans de l'éradication des chiens errants et de l'identification électronique de leurs congénères domestiques. Tout comme le plan, l'article du *Bangkok Post* présentait cependant des lacunes, ou suscitait au moins des interrogations. Ainsi pouvait-on se demander par quel tour de passe-passe une en-

treprise parvenait à fabriquer des puces électroniques pour un tarif tellement moindre que le « prix de référence ». Peut-être ces puces laissaient-elles à désirer, peut-être leur durée de vie était-elle si brève qu'après quelques semaines ou quelques mois tous les chiens, étiquetés ou non, seraient à nouveau confondus dans une masse indistincte, et qu'il faudrait tout recommencer. Quant à l'estimation numérique — 800 000 chiens —, comment l'avait-on établie, à l'aide de quelles techniques de recensement, et concernait-elle uniquement les chiens errants, féraux ou non, ou l'ensemble de la population canine de Bangkok, y compris les animaux de compagnie ? La seconde hypothèse était la plus vraisemblable, puisque les 50 000 chiens équipés de puces, donc a priori domestiques, étaient comptés parmi les 800 000. S'agissant des 750 000 autres, le journal évoquait leur « élimination », sans plus de précision. Mais partout dans le monde où l'on s'efforce d'éradiquer les chiens errants — c'est-à-dire à peu près sur toute la planète, à l'exception de quelques pays de l'hémisphère nord où cette question a été réglée auparavant, à une époque où la sensibilité du public était moins délicate — les techniques d'élimination brutale, outre qu'elles n'atteignent jamais leur but, car elles épargnent toujours un nombre de chiens suffisant pour reconstituer une population pérenne, et peut-être d'autant plus viable et résistante qu'elle procède d'individus ayant su se soustraire au

massacre, partout ces techniques suscitent des réserves et des protestations pouvant aller jusqu'à la constitution de ligues et à l'organisation de manifestations, y compris violentes, et tout indique que ce devrait être le cas dans ce pays, la Thaïlande, où demeure très vive la croyance dans la réincarnation, et où le roi lui-même, Bhumibol Adulyadej, objet d'une vénération encore assez largement partagée, a payé d'exemple en adoptant un chien des rues répondant désormais au nom de Thong Daeng. Le journal poursuivait, sur le même sujet, en dévoilant le projet concomitant de créer un centre gratuit d'implantation de puces à Lumphini Park, dans le centre de la capitale, entre les stations Si Lom et Lumphini du Skytrain.

Personnellement, je n'ai pas beaucoup aimé Lumphini Park. Un orage se préparait — nuages s'amoncelant, de plus en plus sombres, grondements lointains de tonnerre —, la chaleur humide était telle que des corbeaux somnolaient dans les arbres, le bec entrouvert comme s'ils étaient sur le point de vomir, et cependant de nombreux gringalets, ici et là, s'entraînaient à soulever des haltères, dans ce qui pouvait apparaître comme un châtiment inhumain appliqué à des crimes semblablement odieux. Près d'un court de tennis désert, trois chiens qui jamais ne recevraient de puces électroniques ont surgi d'un bosquet, se suivant à la queue leu leu, et dont l'un au moins, que son pelage irrégulièrement tacheté de roux et de

noir apparentait à un lycaon, m'a causé une grande frayeur. Ajoutez à cela que ce parc est dans sa totalité non fumeur. À hauteur de l'entrée sud-est, sur Wireless Road, j'ai repris le métro jusqu'à Sukhumvit, et, de là, j'ai regagné à pied, dans la chaleur et l'humidité qui ne cessaient de croître, l'hôtel où je m'étais installé près de la station Nana du Skytrain. La chambre que j'y occupais donnait sur les voies de celui-ci. Nuit et jour, à travers une vitre insonorisante et teintée, je pouvais observer les rames se déplaçant presque en silence, avec leur cargaison de voyageurs baignant dans une atmosphère réfrigérée à l'excès, comme moi-même aussi longtemps que je demeurerai dans cette chambre, cependant que ces deux bulles, ou ces deux nacelles, de fraîcheur, l'une immobile et l'autre en mouvement, étaient pressées de tous côtés par la chaleur étouffante du dehors.

Moi excepté, du moins en principe, tous les clients de cet hôtel étaient des touristes sexuels. À tout moment, dans l'ascenseur ou dans le hall, je les croisais au bras de souriantes petites putes qui pour la plupart provenaient de Nana Plazza, une impasse presque exclusivement bordelière — mais on y débitait aussi de la nourriture et des boissons — située à quelques pas de l'hôtel. D'autres prostituées, accompagnées ou non de touristes sexuels — ces derniers, surtout les plus âgés, nageant en toute innocence dans le bonheur —, arpentaient les trottoirs de Sukhumvit ou stationnaient dans les bars de

l'un ou l'autre des soïs (impasses) perpendiculaires à cette artère.

Plusieurs soirs de suite, je suis allé dîner dans une gargote du soï 8 que fréquentaient surtout des touristes allemands. Je m'y rendais moins par goût — la cuisine n'était pas très bonne — que par habitude, tant il est vrai, au moins pour moi, qu'en contracter de nouvelles, aussi régulières et astreignantes qu'à domicile, constitue l'essence même du voyage. Ces touristes allemands présentaient la particularité de n'être pas clients des putes, tous étant mariés à des Thaïes qu'ils avaient rencontrées par hasard ou autrement. Le seul avec lequel je me sois entretenu assez longuement — non que j'aie recherché sa compagnie, mais lui-même et son épouse thaïe s'étaient installés d'autorité à ma table « parce qu'ils en avaient l'habitude » : des gens dans mon genre, de ce point de vue — habitait près de Donaueschingen et prétendait avoir rencontré sa future femme, sept ans auparavant, dans un *rabbit show*. Tout d'abord, à cause des associations possibles entre *rabbit* et *bunny*, et ainsi de suite, je crus qu'il s'agissait d'une appellation convenue pour désigner une sorte de foire où des Allemands se choisissaient des épouses exotiques (autrefois, j'avais enquêté sur le cas d'un club sportif allemand dont tous les membres s'étaient cotisés pour acheter sur catalogue une prostituée thaïe). Mais non, il s'agissait bel et bien d'une exposition de lapins, des animaux pour lesquels lui-même et sa fu-

ture épouse, à l'époque déjà domiciliée en Allemagne, partageaient une inoffensive passion. « Y compris culinaire, ajouta-t-il, mais pas seulement. » Commencée sous d'aussi bons auspices, leur relation semblait équilibrée et paisible. Chaque année, ils venaient passer quelques mois en Thaïlande, où ils s'étaient fait construire une maison dans un village situé près de la frontière laotienne. Le matin, ils aimaient être réveillés par le gong que frappaient dès six heures les moines d'un temple tout proche, dans lequel vivaient aussi plusieurs dizaines de singes. À une question que je lui fis, l'Allemand me répondit que le village comptait une nombreuse population de chiens errants, que lui-même nourrissait volontiers des restes de sa cuisine, et dont il se désolait que l'on vînt du Laos pour les capturer et les manger. Car les Laotiens mangent du chien, mais ni plus ni moins que les Thaïs. À ce point de la conversation, la femme parut remarquer, pour s'en inquiéter, que j'avais pris déjà beaucoup de renseignements sur leurs vies sans rien dire de la mienne. Mais le type préférait de beaucoup parler de lui-même, ou de sa femme et du couple sans histoire qu'ils formaient. Il avait toujours eu de la chance, insistait-il : un jour, il avait même gagné dans une tombola un séjour d'une semaine à Paris.

Sur le chemin du retour, je m'attardais souvent devant un édifice inachevé, abandonné dans cet inachèvement et présentant l'aspect

d'une ruine : apparemment l'ébauche d'un parking, à en juger par la rampe, accessible aux automobiles, qui en réunissait les cinq niveaux. Chacun de ces niveaux consistait en un plateau de béton nu, divisé par des piliers, et dont seuls les deux premiers présentaient, selon les heures, une certaine activité. Le parking inachevé était situé entre le soï 6 et le soï 8, il était entouré d'une bande de terrain localement envahie par la végétation, mais dont la plus grande partie servait à des commerçants ambulants de remise pour leur matériel. Beaucoup de ces commerçants ambulants, comme je devais le découvrir par la suite, étaient sourds-muets. Pour observer, de jour et de nuit, la vie de ce parking, l'endroit le plus sûr, et celui qui ménageait la vue la plus dégagée, était le niveau un — elle en compte deux — de la station Nana du Skytrain. Depuis ce balcon, je remarquai tout d'abord que sur le plateau du premier étage était aménagé dans un coin une sorte de local, mais un local dépourvu de cloisons, à usage d'habitation ou de bureau, meublé d'une couche faite de vieux cartons, d'un fauteuil ergonomique de récupération et d'une table sur laquelle traînaient habituellement les restes d'un repas. La nuit, l'ensemble était éclairé par un unique tube de néon blanc, d'où il ressortait que l'occupant du local était un gardien plutôt qu'un squatter. Et il ne se passait rigoureusement rien. Dans la journée, en revanche, les abords de l'édifice connaissaient une in-

tense activité, avec les allées et venues de cuisines ambulantes et d'autres véhicules. Par ailleurs, et bien qu'ils aient été là toute la nuit, c'est seulement à la lumière du jour que l'on remarquait les chiens, au moins une dizaine, qui avaient élu domicile dans le parking et autour de celui-ci. Le plus souvent, ils se tenaient soit au rez-de-chaussée, soit au premier étage qu'ils atteignaient en empruntant la rampe destinée aux automobiles. Bien que cette rampe desservît également les quatre niveaux supérieurs, jamais, semble-t-il, aucun ne s'y aventurait. Le jour où je vis une femme vêtue d'une blouse bleu turquoise, et que j'avais identifiée auparavant comme une commerçante ambulante, disposer sur le sol du parking des écuelles remplies d'une sorte de pâtée, j'en conclus hâtivement qu'elle venait empoisonner les chiens : d'autant que les premiers à s'approcher des écuelles s'en éloignèrent, sans y toucher, après les avoir reniflées, et qu'un peu plus tard, ceux qui s'enhardirent à manger de cette pâtée sombrèrent presque aussitôt dans un profond sommeil. Dans la soirée, cependant, j'observai que tous les chiens étaient de nouveau en mouvement, et qu'il s'agissait bien des mêmes : j'en avais repéré un, en particulier, qu'il était tentant d'envisager comme leur chef, parce qu'il était sensiblement plus grand et plus effrayant que les autres. Il avait une tête massive, légèrement disproportionnée, de pitbull, et son pelage présentait une étrange coloration d'un blanc rose,

avec une raie brune le long de l'échine. Ce chien me faisait penser à ce que Melville, dans *Moby Dick*, dit de l'association des animaux blancs avec le sacré, et singulièrement du sacrifice annuel du Grand Chien Blanc « chez les nobles Iroquois », sacrifice dont il souligne qu'il est « de loin la plus sainte des fêtes de leur théologie ».

Quand j'étais las de ces observations — et bien qu'en faisant la somme des événements infimes dont le parking était le théâtre, il me semblait qu'il eût été possible de bâtir petit à petit le scénario d'un film peut-être assez chiant, mais également assez beau, et susceptible d'être primé dans un festival —, il m'arrivait de faire un tour à Nana Plazza. Comme tout le monde, serais-je tenté d'ajouter. À l'entrée de l'impasse, on était accueilli par un couple formé d'un nain habillé en cocher, ou peut-être en prestidigitateur, et d'une fille déguisée en collégienne, dans le goût japonais, avec des couettes, une jupe à carreaux et des socquettes blanches. À l'occasion de ma première visite, j'essayai d'abord le Hollywood, puis le Paradise, enfin le Spanky's, un établissement qui ne tenait d'ailleurs pas, au moins ce jour-là, les promesses de son enseigne. Le personnel du Spanky's était composé de jeunes filles déguisées en collégiennes, comme celle qui accueillait les visiteurs à l'entrée du soï, et presque toutes, pour des raisons que j'ignore, légèrement obèses. Découvrant que j'étais le seul client, et que sur la scène ne se

déroulait aucun spectacle, c'est avec embarras que je pris place sur les gradins, où bientôt l'une des gamines vint se pelotonner contre moi. La situation était d'autant plus critique qu'il s'agissait manifestement d'une mineure. Par bonheur, elle ne m'inspirait d'autre part aucun désir. J'aurais bien voulu fuir, mais dans la position où je me trouvais maintenant je me sentais tenu de faire quelque chose pour l'hôtesse, au moins de lui offrir un verre. Je commandai pour elle un soda et pour moi-même une bière, puis je m'efforçai de lui manifester juste assez de froideur, ou de réserve, pour éviter en même temps de me compromettre et de la blesser. « Why do you look so sad ? » me demandait la petite, tout en se trémoussant et en multipliant, quant à elle, les signes d'une ferveur évidemment factice. Ainsi devais-je malgré tout la tenir plus ou moins serrée contre moi, lui tapotant l'épaule dans un geste que je tâchais de rendre aussi anodin que possible, un œil sur l'écran géant de télévision qui retransmettait un match de football opposant l'équipe d'Arsenal à celle de Manchester United : match dont il me semblerait, à la longue, que pour l'expiation de mes péchés j'étais condamné à le revoir éternellement, d'un bout à l'autre de la planète, dans les lieux publics les plus divers, en compagnie de gens qui pour la plupart, et contrairement à moi, prenaient à ce spectacle un plaisir toujours renouvelé.

« Why do you look so sad ? » En fait, je n'étais

pas gai, c'est indéniable, et cependant je me sentais intérieurement partagé entre une gêne évidente de me trouver là (même si je pouvais prétendre n'être entré dans cet établissement que par hasard, et n'y être resté que par politesse), et une insidieuse hilarité à l'idée qu'à tout instant un reporter vengeur, sûr de son bon droit, sponsorisé peut-être par une ligue de vertu, pouvait surgir comme un diable d'une boîte pour me photographier à bout portant, dans une situation telle que ses images, reproduites à des millions d'exemplaires dans le monde entier, me désigneraient au public comme le type achevé de ce monstre, le touriste sexuel pédophile, qui fait l'objet d'une exécration unanime.

Juan Chávez Hernández attend à longueur de journée, assis sur le muret bordant l'une de ces pelouses minables, ombragées par des arbres pour certaines, dont la place García Bravo compte trois ou quatre. Sur chacune de ces pelouses, au moins un ivrogne est assoupi, un autre, assis tel Juan Chávez sur un muret de pierres, boit au goulot d'une bouteille, tandis que dans l'herbe peu appétissante, piétinée et flétrie, plusieurs sortes d'oiseaux et de mammifères vaquent à la recherche de leur nourriture : poules, canards, quiscales, pigeons et tourterelles, chats et chiens. Au pied de Juan Chávez, qui par conséquent se trouve assis sous un arbre, un tourtereau — dont le plumage inachevé présente diverses nuances de roux et de gris — vient de tomber du nid, il gît sur le trottoir, immobile, pendant les quelques secondes ou les quelques minutes qui le séparent de sa fin inéluctable.

Sur toute la superficie de la place García

Bravo — qui sur les plans de México apparaît généralement comme un quadrilatère allongé, de couleur verte, borné à l'ouest par la rue Jesús María et à l'est par la rue Talavera, bien que dans cette direction elle s'étende en réalité jusqu'à la rue Roldán —, sur toute la superficie de la place García Bravo se déroule simultanément une multitude d'événements dont quelques-uns seulement parviennent à la conscience de Juan Chávez. Pour le tourtereau, par exemple, il est vraisemblable qu'il n'a rien remarqué. Pas plus que pour tout ce qui se passe dans son dos : même si la permanence ou le retour cyclique des mêmes phénomènes, dans le périmètre de la place, fait qu'il n'a pas vraiment besoin de les observer pour les connaître. Ainsi de la cohue des jours fériés à l'angle des rues Jesús María et Venustiano Carranza, intersection dont le franchissement, un samedi en début d'après-midi, s'apparente à une sorte de combat au ralenti, quasi chorégraphique, opposant les quatre colonnes de piétons se dirigeant dans ces deux rues vers les quatre points cardinaux, au milieu des vendeurs ambulants occupant avec leurs éventaires presque toute la largeur de la chaussée et disputant celle-ci à des pousseurs de diables ou à des porteurs de ballots. Ainsi du petit spectacle, avec alternance de prêches et de chants religieux, organisé par l'Iglesia Cristiana Interdenominacional en prélude au grand rassemblement prévu le soir même sur la place du Zócalo. Pour fidéliser sa clien-

tèle, l'église interdénominationnelle a dressé en bordure de la rue Jesús María une tente où des pauvres reçoivent gratuitement des soins médicaux, pendant que d'autres se font couper les cheveux ou raser, ces derniers juchés sur de hauts sièges tournants, et enveloppés de la tête aux pieds dans un drap blanc aux allures de suaire.

Non loin de là, perpendiculairement à la rue Jesús María et le long de ce qui doit être le mur d'un couvent désaffecté, d'autres tentes, qui souvent se réduisent à une simple bâche de plastique, abritent une population plus ou moins stable de gueux. Plusieurs chiens, fortuitement ou non, partagent leur territoire, parmi lesquels un seul est limité dans ses mouvements par une chaîne : comme il s'agit d'un american staffordshire, ce peut être en raison de sa dangerosité, ou de sa valeur marchande, bien que son extrême maigreur exclue provisoirement que quiconque parie sur lui à l'occasion d'un combat de chiens. Pendant le week-end, si dense que soit la foule, il n'y a que le périmètre occupé par les squatters dont elle se tienne presque toujours éloignée. Sur le trottoir de droite de la rue Talavera, si on emprunte celle-ci en direction du nord, juste en face du muret sur lequel Juan Chávez est assis, un tas d'ordures s'accroît de jour en jour, et il se trouve à tout moment des chiens, et parfois une vieille femme, pour y rechercher quelque chose de comestible ou de récupérable. À 12 h 45 préci-

sément, un peu en retrait du tas d'ordures, une injection d'air comprimé provoque l'érection durable d'un toboggan à double pente aussitôt assailli par des enfants. Au moment où survient cet incident, Juan Chávez s'est assoupi : mais assez légèrement, ou brièvement, pour ne pas perdre l'équilibre, et conserver sur le muret de pierres sa position, à côté de ce nécessaire à cirer des pompes dont il n'a que très rarement l'occasion de faire usage.

Depuis que je l'observe, ou plutôt depuis que je suis entré en relation avec lui, c'est-à-dire depuis plusieurs heures — et même depuis quelques jours, si je confonds délibérément Juan Chávez avec d'autres cireurs ayant occupé auparavant ou par la suite le même emplacement —, il n'a retenu que deux ou trois clients, mais pour des soins si longs que leur durée compense dans une certaine mesure leur rareté ; et on voit mal comment il pourrait en aller autrement, compte tenu du nombre de gens qui, ne serait-ce que sur la place García Bravo, exercent la même activité.

« Pecado... pecado... », entend-on du côté de la petite estrade de l'église interdénominationnelle, sur laquelle les prêches s'enchaînent avec les intermèdes musicaux. Et cela encore : « Si tu te sens seul et rejeté, si tu n'as pas trouvé de sens à ta vie, si tu n'es plus capable de pardonner, si les problèmes économiques, familiaux, émotionnels ou sexuels te submergent [...], tu necessitas Cristo. »

Le premier client du cireur, ce jour-là, se trouve être un homme doux et pieux, peut-être un adepte de l'église interdénominationnelle, qui m'invite à revenir en décembre pour assister à une manifestation religieuse beaucoup plus grandiose que celle-ci. Le deuxième est un type coriace, aux allures de flic ou de voyou, qui tout en se faisant cirer les chaussures trie de l'herbe — les graines d'un côté, les feuilles de l'autre — sur un morceau de papier journal. Si les clients sont rares, les badauds ne le sont pas, et le cireur est presque toujours bien entouré. Il semble régner par ailleurs sur une troupe de chiens dont le nombre s'élève à dix ou douze. Personnellement, je n'en compte que neuf, mais une dame vêtue de rose, et qui connaît bien le cireur, affirme qu'ils sont « au moins vingt ». Bien qu'elle revendique pour elle-même — sans doute par manière de plaisanterie — la propriété de « tous ces chiens », elle ajoute que « c'est le cireur qui les nourrit ». « Avec des croquettes ! » précise une autre dame, quant à elle édentée, tatouée, vivant peut-être avec les squatters sous la tente et se présentant comme originaire d'Oaxaca. Vers 14 heures, le cireur distribue à deux des chiens des morceaux de poulet rôti qu'il retire d'un sac en plastique. Il est douteux que lui-même mange souvent du poulet rôti, mais ces restes lui ont été confiés, hier, par une « dame riche », qui l'aide aussi à régler les frais de vaccination, de stérilisation ou d'autres soins nécessités par les chiens.

Quand je lui fais remarquer qu'il y a quelques chiots parmi eux, il reconnaît que, oui, les procédés de stérilisation laissent beaucoup à désirer. Puis il évoque une personne charitable de Querétaro qui recueille les vieux chiens et « les enterre chez elle dans un cimetière privé ». Lui-même admet en avoir enterré quelques-uns dans la pelouse au bord de laquelle nous sommes assis. Et la police ? « La police est de mèche avec les dealers ! » s'indigne un vendeur ambulant de postiches. Mais pour les chiens ? Elle ne vient plus, affirme le même vendeur de postiches, car les gens du quartier lui tomberaient dessus. Auparavant, la police enlevait les chiens sous prétexte de les faire vacciner, en réalité pour les livrer aux fauves du zoo de Chapultepec. Si confus, et parfois contradictoires, que puissent être les témoignages des uns et des autres, il en ressort que Juan Chávez exerce sa tutelle non seulement sur une dizaine de chiens de la place García Bravo — parmi lesquels Barbas, Bionique, La Sombra, Capolina, Rayas, Flaco ou Rojo — mais sur une autre bande plus nombreuse attachée quant à elle au quartier voisin de La Merced. « Le soir, dit le cireur, tous me suivent chez moi » ; ce qui est une façon de parler, dans la mesure où on ne lui connaît pas de domicile fixe.

C'était juste le moment de la renverse des courants, quand dans le déroulement d'une longue soirée l'illusion de former avec ses partenaires un bloc indissociable bat son plein. Et il n'y a guère que dans cet état, je le crains, qu'il soit envisageable de se rendre dans un de ces établissements de la place Garibaldi où des mariachis louent leurs services à des groupes de touristes indifféremment mexicains ou étrangers. Plus il est tard et plus c'est désespérément, courant accrochés aux portières et se bousculant mutuellement, que les musiciens, presque toujours ridiculement boudinés dans le costume auquel on les reconnaît, font le siège des voitures à peine celles-ci ont-elles commencé à ralentir sur le boulevard. Et il devait être très tard, ce soir-là, car les mariachis semblaient véritablement aux abois. Quant à la place elle-même, elle était à peu près déserte, à l'exception, inévitablement, de quelques ivrognes, ou

de détrousseurs de touristes déguisés en ivrognes, et d'autant de chiens.

En me remémorant cette soirée de la veille, dans la chambre assez lugubre — comme si une personne âgée, me disais-je, venait d'y trouver la mort — que j'occupais désormais à l'hôtel Foresta, il m'était encore difficile de déterminer si je m'étais rendu ridicule, ou si j'avais au contraire fait preuve d'un raffinement exquis — comme pouvait le suggérer la vague ressemblance de ce geste avec celui de Swann, dans la *Recherche*, le soir où il fait l'amour avec Odette pour la première fois —, en offrant à la comtesse Almaviva, dans le café de la place Garibaldi, un bouquet de gardénias : geste dont il me paraissait avéré qu'il avait suscité, même confusément, la jalousie de son père, et l'avait incité par la suite à me défier à ce jeu stupide, dérivé d'une technique d'interrogatoire bien connue, qui consiste à serrer dans sa main un objet métallique parcouru par un courant électrique de plus en plus fort, jusqu'à ce que la douleur vous fasse lâcher prise. Et le premier qui lâche, bien entendu, est une tapette.

Tout cela me préoccupait, plus ou moins, tandis que je m'efforçais de chasser de mon esprit l'image de cette personne âgée fortuitement décédée dans ma chambre de l'hôtel Foresta. Celui-ci n'est situé qu'à une demi-douzaine de blocs du palais de la Moneda, et de la place de la Constitution qui lui fait face. Or cette place avait été le théâtre, quelques mois plus

tôt, d'un fait divers dont le héros était un chien. Par surcroît, un chien portant le surnom d'El Rucio, le Rougeaud, ainsi que les soldats du maréchal Ney avaient coutume d'appeler ce dernier. Et comme je nourris pour le maréchal Ney une sympathie déjà ancienne, cette quasi-homonymie, entre le chien et lui, m'avait inspiré pour les mésaventures du premier un intérêt que sans cela je n'aurais peut-être pas éprouvé, ou pas au même degré. Dans les articles de la presse chilienne qui lui étaient consacrés, El Rucio, comme ses congénères impliqués dans la même affaire, était désigné par une variété de substantifs témoignant de la richesse de la langue espagnole en ce qui concerne les chiens : *can, perro, perro vago* ou *perro callejero, quadrupedo*, enfin *quiltro*, un mot spécifiquement chilien, emprunté au mapuche, une langue indienne, et dont la connotation est presque toujours amicale. Et voici dans quelles circonstances cet animal avait accédé à une telle notoriété. La veille de l'intronisation de Michelle Bachelet dans ses fonctions de présidente de la République, une trentaine de chiens ayant leurs habitudes sur les pelouses ou dans les bosquets de la place de la Constitution avaient été raflés par les carabiniers, puis liquidés d'une manière ou d'une autre. Ainsi avaient disparu, sans laisser de traces, La Shakira, Al Maton, Isabelito ou Pituto, au grand dam d'un certain nombre de riverains, généralement des cadres d'entreprises — car il s'agit plutôt d'un quartier de bureaux

—, qui, pourvoyant à certains de leurs besoins, se considéraient comme les protecteurs de ces chiens (quelques-uns, tels Fernando Rolleri ou Carolina Guerrero, que l'on retrouvera un peu plus loin, s'étaient même regroupés dans une association de bienfaiteurs des animaux, désignée dans la presse par les initiales OPRA). De tous les chiens errants de la place de la Constitution, seul était reparu El Rucio, décrit comme « un mélange de berger allemand et de golden retriever », qui se trouvait aussi être le plus populaire, en raison de son caractère paisible et enjoué, lisait-on dans les journaux, et de son ancienneté : huit ans sous les fenêtres de la Moneda, de telle sorte, soulignait-on, qu'il avait vu trois chefs de l'État se succéder. Sur tout ce qui précède, la presse était unanime, de même que les internautes qui s'étaient exprimés à ce sujet. Mais des divergences se manifestaient, par la suite, sur deux points d'une égale importance : qui avait ordonné le massacre, et dans quelles circonstances El Rucio était-il parvenu à s'y soustraire ? Sur le premier point, un chef de service au ministère de la Santé publique, le docteur José Antonio Segura, semblait disposé à assumer la responsabilité de l'entreprise, tout en précisant que ses collaborateurs, avant d'en venir à de telles extrémités, s'étaient vainement efforcés de faire adopter par des riverains — dont, sans doute, les bienfaiteurs — les chiens visés par les mesures d'éradication. (Quant à ces mesures, elles étaient rendues nécessaires, se

justifiait José Antonio, par le risque que des chiens « dominants », perturbés par l'intrusion d'un si grand nombre d'étrangers sur leur territoire, se livrent à des attaques contre le public lors des cérémonies d'investiture.) Cependant certains sites internet ne se satisfaisaient pas des aveux du docteur Segura. Perros.wordpress.com, en particulier, affirmait avoir passé « pas moins de deux semaines » à remonter la filière, pour établir finalement la responsabilité première d'un certain Ilabaca — ou Llabaca —, « directeur de l'autorité sanitaire de Santiago », vis-à-vis duquel il exigeait que soient engagées des poursuites pour infraction à la loi interdisant de tuer des chiens, « sauf en cas d'épidémie et s'ils présentaient un risque pour la santé publique » (or ces chiens n'étaient pas susceptibles de véhiculer la rage, poursuivait l'internaute, car « il n'y a pas de chauves-souris enragées dans le centre de Santiago »). Perros.wordpress concluait en soulignant combien ce massacre d'animaux innocents augurait mal du « nouveau gouvernement socialiste », ce qui autorisait à le soupçonner quant à lui d'arrière-pensées politiques (d'autant que le gouvernement de Michelle Bachelet n'était pas socialiste, puisqu'il rassemblait une coalition). La même confusion prévalait à propos des circonstances de l'évasion d'El Rucio. D'après Fernando Rolleri, le président de l'OPRA — l'organisation cynophile déjà mentionnée —, les carabiniers affectés au ramassage des chiens l'avaient

élargi, peu après, de leur propre initiative et parce qu'il était pour eux quelque chose comme une mascotte (*su regalón*). Une certaine Ana María Jara, cadre du secteur bancaire, confirmait avoir vu El Rucio embarqué avec les autres chiens, et en retirait logiquement les mêmes conclusions que Rolleri. Mais Carolina Guerrero, présentée elle aussi par *Las Ultimas Noticias* du 6 juillet 2006 comme « la présidente de l'OPRA » (cela en faisait donc au moins deux), et d'autre part comme une « belle ingénieure » et « la meilleure amie d'El Rucio », s'inscrivait en faux contre cette hypothèse, affirmant de son côté que le chien légendaire n'avait échappé à la rafle que par hasard, et que le même jour, dans des circonstances non éclaircies, il avait été victime d'une agression qui l'avait laissé presque borgne et sérieusement blessé à une patte. Patte, ou plutôt « papatte » (*patita*), dont un autre journal écrivait qu'El Rucio, bien qu'occupant de nouveau son emplacement habituel sur la place de la Constitution, refusait désormais de la donner, de même qu'il refusait de se lever, ainsi que l'attestait une photographie le montrant couché, la tête inclinée de côté, avec à l'arrière-plan le palais de la Moneda.

Lorsqu'on découvre cet édifice, depuis l'intersection d'Agustinas et de Morandé, ce sont inévitablement les images d'Allende coiffé d'un casque de guerre, ou celles des tirs de chars et des passes de Hawker Hunter, qui se présentent à l'esprit, comme autant de reproches adressés

à la futilité de ma démarche. Quant à l'objet de celle-ci, je tombai sur lui aussitôt et sans aucun doute possible, sa longue robe blond-roux et ses yeux bleuâtres d'aveugle écartant tout risque d'erreur. À l'angle nord-est de la place de la Constitution, en bordure d'un parterre de sauge rouge, le chien-héros était couché dans l'ombre projetée par la statue du général José Miguel Carrera, et presque sur les pieds, chaussés de brodequins, d'un type en uniforme kaki, coiffé d'une casquette plate, que j'identifiai comme un de ces carabiniers qui peut-être l'avaient épargné. Beaucoup d'autres porteurs d'uniformes se tenaient immobiles, sinon au garde-à-vous, en bordure ou au milieu du jardin qui s'étend devant le palais de la Moneda. S'agissant des chiens, en vertu d'un mécanisme naturel, ils étaient de nouveau aussi nombreux, et je remarquai parmi eux une petite chienne particulièrement attrayante, dont la tête, depuis le sommet du crâne jusqu'à la pointe du museau, était partagée par une ligne médiane, comme un masque, en deux zones de coloration différente. Couchée en travers d'une allée, enjambée à tout instant par des passants, elle feignait de dormir avec une telle obstination qu'on aurait pu la croire morte, si ses côtes ne s'étaient soulevées régulièrement et si l'une de ses oreilles ne s'était dressée de temps à autre. Au terme de cette première visite, je revins vers l'hôtel Foresta en empruntant l'avenue du Libérateur O'Higgins. À l'angle qu'elle forme

avec la rue Ahumada, un chien était lové à même le trottoir comme dans un panier virtuel (dont peut-être il se représentait mentalement les bords de paille tressée et la garniture de coussins), tout en rond, le museau sous la queue, celle-ci bien touffue et d'une nuance de roux qui le faisait ressembler parfaitement à un renard de livre pour enfants.

Au bout de la rue Santa Lucía, j'atteignis au niveau du pont Loreto la berge du Mapocho. Le fleuve roulait des eaux grondantes et brunes, hérissées de courtes vagues immobiles, entre des berges de béton inclinées presque à la verticale, à l'arrière-plan se devinaient dans la brume quelques sommets des Andes, enneigés, et l'ensemble, sur le moment, m'évoqua si vivement les berges de la Miljacka dans la traversée de Sarajevo qu'il me sembla — on ne peut pas toujours être de bonne humeur, ni se retenir d'éprouver des impressions de ce genre — que ces deux rivières, dont l'une au moins avait charrié quantité de cadavres, partageaient quelque chose de funèbre et de maléfique.

Et le fait est qu'étant retourné place de la Constitution dans la soirée, peu après le coucher du soleil, à une heure où le quartier se vidait de sa population diurne et bureaucratique, j'y fus attaqué soudainement, sans aucun mobile apparent, par tous les chiens réunis, soit une trentaine, y compris la petite chienne bicolore, saloperie, mais à l'exception d'El Rucio, et que je ne dus mon salut qu'à une saute d'humeur de

la meute, laquelle, ayant avisé sur le trottoir de la rue Teatinos un type encore plus haïssable que moi, ou bien d'apparence plus comestible, me lâcha pour se jeter sur lui avec une fureur décuplée, le malheureux se débattant comme un gibier et faisant de grands gestes de détresse, et poussant de ces cris ! sans s'attirer de ma part plus d'aide qu'il ne m'en avait apportée tout à l'heure, quand c'était moi qui faisais le cerf.

J'avais formé le projet de réaliser un film muet, composé uniquement de longs plans fixes, intitulé *Gustave Flaubert chasse le chien au Caire*. Tel que je me le représentais, ce film était appelé à ne toucher qu'un rare public. Quelques semaines avant la date prévue pour le début du tournage, en procédant à des repérages à Saqqarah, j'ai rencontré Monsieur Ossama dans son bureau du département des Antiquités égyptiennes. Cela se passait à la fin du mois de juin, en milieu de journée, à l'heure où la température devient telle que rares sont les touristes à se risquer au-dehors. Sur le parking, au pied de la pyramide à degrés, un seul autocar stationnait, sous lequel cinq ou six chiens avaient trouvé refuge. Plus que l'ombre, ce qu'ils recherchaient, c'était l'eau provenant de la climatisation du véhicule et s'écoulant goutte à goutte, outre que le chauffeur leur lançait de temps à autre des restes de son repas. Tout cela en silence et sans précipitation, même de la part des chiens, habi-

tuellement plus prompts à se jeter sur la nourriture. Dans le bureau de Monsieur Ossama, vaste, presque vide de tout objet évoquant une quelconque activité, un ventilateur sur pied dispensait une illusion de fraîcheur. L'entretien passait par des hauts et des bas : tous, nous fumions, Monsieur Ossama, Mahmoud, le chauffeur, qui exerçait aussi des responsabilités saisonnières et subalternes au département des Antiquités, et moi-même. Pour la plupart des gens, à cette époque, le principal sujet de conversation était la Coupe du monde de football, et le jour même devait se dérouler un match, opposant en quart de finale l'Italie à la République tchèque, dans lequel notre hôte souhaitait la victoire de la seconde, si ardemment que c'était à se demander ce qu'il avait contre les Italiens, ou de quels bienfaits il était redevable aux Tchèques. Comme il avait déménagé récemment d'Héliopolis pour s'installer dans le quartier neuf d'Al-Maadi, il me signala que dans ce dernier, situé à la limite du désert, il était possible d'observer des chiens, de nuit ou au lever du jour, à proximité du supermarché Carrefour. Dans un environnement plus sévère, et peut-être plus difficile d'accès, il présumait que les chiens étaient également nombreux sur le territoire de la décharge de Beni Youssef, au sud-ouest du Caire, où sont stockés les déchets provenant de Gizeh et d'autres quartiers de la rive gauche du Nil.

Parmi les auteurs français qui au XIXe siècle

ont sacrifié au rite du voyage en Orient, et qui tous ont écrit sur les chiens errants, peu l'ont fait avec autant d'insistance que Flaubert. Dans ses notes, dont il convient peut-être de rappeler qu'elles n'étaient pas destinées à la publication, c'est dès la première étape de son séjour en Égypte, à Alexandrie, que les chiens errants se manifestent, tout d'abord d'une manière que l'on pourrait qualifier de métonymique, l'objet qui attire l'attention de Flaubert étant « un chameau aux trois quarts rongé » (je laisse de côté les « deux chiens blancs » qui quelques lignes plus haut « s'avancent sur le pont-levis et hurlent », le contexte les désignant sans ambiguïté comme des chiens de garde). Or, bien que l'auteur ne le précise pas, seuls des chiens errants ont pu ronger ce chameau aux trois quarts. Ou du moins la probabilité qu'il s'agisse de chiens errants est-elle si grande qu'elle équivaut à une quasi-certitude. D'ailleurs ce chameau rongé, plusieurs des prédécesseurs de Flaubert l'ont également remarqué : Volney, dans son *Voyage en Égypte et en Syrie,* voit « sous les murs de l'ancienne Alexandrie des malheureux assis sur le cadavre d'un chameau et disputant aux chiens ses lambeaux putrides », tandis que Chateaubriand, dans l'*Itinéraire de Paris à Jérusalem,* mentionne au même endroit, à côté d'« un Arabe galopant sur un âne au milieu des débris », « quelques chiens maigres dévorant des carcasses de chameaux sur la grève ». Au point que l'on peut se demander si, dans le cas de Cha-

teaubriand, le souvenir de lecture ne l'emporte pas sur l'observation personnelle, comme il arrive souvent dans de tels récits, le *Voyage en Orient* de Gérard de Nerval, par ailleurs très fertile en chiens, offrant l'un des exemples les plus flagrants de tels emprunts. En ce qui concerne Flaubert, il faut quand même attendre le samedi 22 décembre 1849, dix jours après son vingt-huitième anniversaire et cinq semaines après son arrivée en Égypte, pour que son attention soit attirée durablement par les chiens. La scène se déroule au Caire, au pied de « l'aqueduc qui porte des eaux à la citadelle ». « Des chiens libres dormaient et flânaient au soleil ; des oiseaux de proie tournaient dans le ciel. Chien déchiquetant un âne […], c'est toujours par les yeux que les oiseaux commencent, et les chiens généralement par le ventre ou l'anus — ils vont, tous, des parties les plus tendres aux plus dures. »

Du point de vue de l'étude des chiens errants (des chiens féraux) ce texte comporte deux indications importantes — leur qualité de chiens « libres », plutôt qu'abandonnés ou divagants, et leur prédilection pour les parties molles — dont la seconde, corroborée par des observations ultérieures de Flaubert (par exemple à Jenine, en Palestine, où il voit un chien attaquant par l'anus « une charogne de cheval enflée ») lui servira pour la rédaction de *Salammbô* : « Quand la nuit fut descendue, des chiens à poil jaune, de ces bêtes immondes qui

suivaient les armées, arrivèrent tout doucement au milieu des Barbares. D'abord ils léchèrent les caillots de sang sur les moignons encore tièdes ; et bientôt ils se mirent à dévorer les cadavres, en les entamant par le ventre. »

Le dimanche 6 janvier, c'est de nouveau le long d'un aqueduc, sans doute le même, proche d'un abattoir, abritant d'autre part des « filles à soldats », que survient la fameuse partie de chasse, dans laquelle sont impliqués Gustave Flaubert et Maxime Du Camp.

« Des chiens blanchâtres, écrit le premier, à tournure de loup, à oreilles pointues, hantent ces puants parages ; ils font des trous dans le sable, nids où ils couchent » — ainsi que je l'avais moi-même observé dans l'île de Kizyl Su —, « il y en a qui ont le museau violet de sang caillé » — ce détail sera également recyclé dans *Salammbô*, à une nuance de couleur près.

La mise en place du décor, dans le texte de Flaubert, est trop longue pour qu'il me soit possible de reproduire ce passage intégralement : arcades de l'aqueduc, le long duquel défile une caravane de chameaux (quatorze), charognes diverses, certaines déchiquetées par des chiens, d'autres picorées par des huppes tigrées, chiennes pleines... Si on ajoute à cela les deux principaux protagonistes du drame, armés de leurs longs fusils, leurs « trois bourriquiers » (et donc au moins autant de bourriques) dont il ne sera question que plus tard mais qui doivent bien se trouver déjà quelque

part, les filles à soldats, certes un peu en retrait, « [fumant] au pied des arches et [mangeant] des oranges », on se dit qu'aucun peintre orientaliste, quand bien même une scène aussi triviale lui aurait paru digne d'être représentée, ne serait parvenu à faire tenir autant de choses sur sa toile.

« Après la chasse aux aigles et aux milans, poursuit Flaubert, nous avons tiré sur les chiens. » Maxime Du Camp en blesse un à l'épaule : « À la place où il avait été atteint, nous avons vu une flaque de sang, et une traînée de gouttelettes s'en allait dans la direction de l'abattoir. »

Il ne semble pas que Flaubert, de son côté, ait tué ou blessé aucun chien. Au moins ce jour-là. Dans la suite de son voyage en Égypte, il mentionne à plusieurs reprises une variété de chien féral particulièrement redoutable qu'il nomme le « chien d'Erment », sans jamais expliciter cette appellation, comme si chacun était censé savoir que le village d'Erment, dans la haute vallée du Nil, a donné naissance à une race particulière de chiens, et quelles sont les spécificités de celle-ci. D'après mon propre relevé, son récit compte trois occurrences de ce chien d'Erment. La première à Assouan, le 12 avril : « Les féroces chiens d'Erment hurlent ; les enfants pleurent. » La deuxième à Esneh, quinze jours plus tard : « Un chien d'Erment, hérissé, à longs poils, aboie sur le mur. » La troisième et dernière à Medinet Habou, dans les premiers jours du mois de mai : « Je

descends vers le Nil [...], deux affreux chiens d'Erment sautent à la croupe de mon cheval. »

De ces trois occurrences, la plus importante est la deuxième, tant parce qu'elle donne lieu à de très succinctes indications sur la morphologie de cet animal que parce qu'elle survient à Esneh, la ville de la courtisane Kuchiuk-Hanem et de l'épisode érotique qui la concerne : épisode appelé à devenir un classique du genre, mais aussi, selon certains, une source mineure du malentendu entre l'Orient et l'Occident, les ébats de Flaubert avec Kuchiuk-Hanem alimentant le ressentiment du premier et l'arrogance du second. Entre Esneh et Medinet Habou, la brève escale que Flaubert fait à Erment, le 29 avril 1850, ne nous apprend rien sur le chien qu'il nomme d'après ce village, et d'ailleurs très peu sur le village lui-même, sinon qu'il est situé « à une grande demi-lieue du rivage », dont le sépare une « plaine couverte de tombeaux turcs ».

Un siècle et demi plus tard, par souci de ne négliger aucun détail susceptible d'assurer le succès du film, je me suis rendu à Erment dans l'espoir d'y trouver quelques éclaircissements. Je ne disposais alors d'aucune carte précise de la région. Et, tout d'abord, le nom d'Erment, sans doute outrageusement francisé, n'évoquait rien pour le chauffeur du taxi que j'avais emprunté à Louxor. Ce n'est que par tâtonnements, avec le souci partagé de ne pas perdre la face, que nous sommes finalement tombés d'accord

sur un nom sonnant à peu près comme celui, tel qu'il est retranscrit par Flaubert, de la ville que je recherchais, et dont il s'avéra qu'elle s'était entre-temps dédoublée : désormais, il y en avait une au bord du Nil et une autre un peu en retrait — donc plus conforme à la description de Flaubert —, au milieu de la zone cultivée qui s'étend entre le fleuve et le désert. La première présente des ruines industrielles considérables et, sur la berge, des équipements portuaires dans le même état d'abandon. La route qui longe le Nil surplombe de plusieurs mètres un quai constellé d'ordures et de gravats, parmi lesquels ne se voyait aucun chien. Dans la soirée, de très nombreux promeneurs envahissent cette corniche pour y jouir de la fraîcheur montant du fleuve, et au-dessus d'eux, ce jour-là, des milliers de moineaux pépiaient dans des arbres poussiéreux. Jamais auparavant je n'avais entendu des moineaux — car il s'agissait bien de moineaux et non, par exemple, d'étourneaux — faire autant de bruit, au point que d'un tel vacarme se dégageait à la longue une impression de malveillance, peu compatible avec l'image plutôt bénigne que l'on se fait habituellement de cet oiseau.

    La nuit tombait lorsque nous avons atteint l'autre Erment, celle de l'intérieur des terres, si toutefois l'une au moins de ces villes était Erment. De cette dernière, nettement agricole, les rues étroites, au sol défoncé, étaient rendues impraticables par la surabondance et la di-

vagation des animaux de bât ou de trait : dromadaires, ânes, bœufs, etc. Et toujours pas de chiens. Je commençais à perdre espoir, et le chauffeur, sans doute, à se demander avec une inquiétude croissante — ou peut-être une indifférence résignée — où je voulais en venir, lorsqu'en faisant le tour de la ville par l'extérieur, à la limite des champs, non loin d'un groupe de types en train de pétrir de l'argile pour faire des briques, j'ai aperçu brièvement, dans la pénombre, un animal solitaire, d'une taille supérieure à la moyenne des chiens errants, et dont la morphologie correspondait au vague signalement donné par Flaubert — « hérissé, à longs poils » — avec des détails supplémentaires que celui-ci n'avait pas consignés mais qui allaient dans le même sens, tels qu'un long museau, des yeux à demi dissimulés sous une retombée du poil ou une queue assez fournie et recourbée en cor de chasse. Plus tard, des personnes de confiance m'ont confirmé l'existence d'une race particulière de chiens d'Erment, errants ou non, présentant parmi d'autres tous les traits que je viens d'énumérer.

Quant à la fameuse scène de chasse, seule la décharge de Beni Youssef, d'après la description de Monsieur Ossama, paraissait convenir à sa reconstitution. La décharge étant située en hauteur, sur un plateau, on doit pour y accéder emprunter à la sortie de Shabrâmant une route non revêtue, à la pente assez forte, sur laquelle on ne peut rouler qu'avec prudence, au milieu d'une noria de camions-bennes aussi lents dans la montée que rapides dans la descente, et dans les deux sens à demi aveuglés par un nuage de poussière. Aux deux tiers, environ, de la hauteur de cette côte, après avoir laissé sur la droite, au milieu des dunes, une excavation gigantesque, d'où l'on extrait sans doute des matériaux de construction, à moins que l'on n'y enfouisse des déchets particulièrement peu montrables, la piste franchit un poste de contrôle. La barrière en est généralement relevée, pour ne pas ralentir le trafic des camions-bennes, mais le passage d'un véhicule de tourisme est tout de

même susceptible d'attirer l'attention des gardes. Dans l'hypothèse où nous serions contrôlés, à ce stade ou par la suite, il était convenu avec Mahmoud qu'il présenterait sa carte professionnelle, établie par le service des Antiquités, et qu'il me désignerait, en fonction des circonstances, comme un touriste ou un égyptologue égaré (il semblait d'ailleurs peu conscient de la répugnance qu'éprouvent les autorités, en Égypte comme partout dans le monde, à l'idée que des étrangers non identifiés aillent fouiner dans les décharges publiques). Même en aval du poste de contrôle, il était difficile de prétendre ignorer vers quoi menait cette piste, bordée des deux côtés de talus de débris sur l'un desquels nous venions d'apercevoir un chien mort, un de ses cuissots dressé vers le ciel et toujours revêtu de son poil, tel un gibier à la devanture d'une boucherie.

En amont, la circulation devenait plus fluide, les camions, pour décharger leur cargaison, se dispersant sur un front assez large, parmi les champs d'ordures stratifiées en couches bien épaisses. Et plus on s'élevait, plus la vue s'étendait, embrassant tout d'abord çà et là quelques buissons, tamaris, épineux, figuiers de Barbarie, plus loin des bulldozers en mouvement, outre les camions-bennes, et des cabanes où vivaient des trieurs de débris, plus loin encore une sorte de fortin aux murs couleur de terre, sur lequel flottait un drapeau égyptien, après quoi le plateau chutait abruptement vers la plaine du

Caire, ménageant par endroits des échappées sur les pyramides de Gizeh, et aussi le Sphinx, véritablement stupéfiants d'être ainsi vus, par en dessus, d'une telle hauteur, à travers un voile de poussière et comme du sein même des immondices. Toutes ces ordures faisaient en définitive assez propre, tassées par les bulldozers et rôties par le soleil au point d'être devenues presque inodores. Cependant la présence de nombreux charognards, surtout des corneilles bicolores et des aigrettes blanches, attestait qu'il y avait tout de même, et en quantité, de quoi manger. Et ce qui l'attestait aussi, c'étaient les chiens : à défaut d'être beaucoup plus nombreux qu'à Saqqarah, d'où nous venions, et où il n'était pas rare d'en rencontrer la nuit des bandes de six ou huit, ils se distinguaient des précédents par leurs dimensions imposantes — même en faisant la part des circonstances, et de l'influence qu'elles pouvaient exercer sur l'imagination — et surtout par un air d'être là comme chez eux, sans gêne aucune, nullement furtifs et encore moins enclins à nous céder le passage. À quelques pas de nous, là où nous avions abandonné la voiture, une chienne jaune était lovée sur son nid, un cratère d'environ un mètre de diamètre situé à l'abri d'un buisson, au milieu d'une portée de cinq chiots uniformément jaunes, eux aussi, mais dont le pelage, contrairement au sien, terne et souillé, présentait encore l'éclat du neuf. Un peu en retrait, sur la ligne de crête du plateau avant sa retombée vertigineuse vers les

pyramides de Gizeh, se profilaient les silhouettes d'une dizaine de chiens, tant jaunes que noirs, progressant d'un pas régulier, au petit trot.

« Il faut surtout se défier, dit Mahmoud, de ceux qui ont pris goût à la chair humaine en mangeant des cadavres dans les cimetières » ; mais il entrait dans ces propos beaucoup de licence poétique, et de même quand il prétendait que le peuple des cabanes vivait bien, voire grassement, de ce qu'il récoltait sur la décharge, en particulier des « montres en or », comme si c'était tous les jours que quelqu'un se défaisait d'un objet de ce genre dans une poubelle du Caire.

Il est certain que ces chiens devaient présenter des qualités particulières d'audace et de robustesse, résultant de la pression sélective, pour s'être assuré le contrôle d'un territoire à tous égards aussi propice. Ici, outre l'abondance de la ressource, personne ne songeait à les emmerder, chacun — corbeaux, aigrettes, conducteurs d'engins ou écumeurs de rebuts — vaquant à ses affaires sans s'occuper des autres et surtout sans chercher à leur nuire, à l'exception peut-être des occupants du fortin, flics ou militaires, qui pour tout le monde, y compris momentanément pour nous-mêmes, étaient sans doute ce qu'il y avait le plus à redouter.

En redescendant, nous avons d'ailleurs été interceptés au niveau du poste de garde, mais l'affaire s'est réglée après quelques palabres et grâce à la carte professionnelle de Mahmoud.

Que le chien errant soit associé au désordre, à la discorde et à la guerre, c'est ce qui apparaît déjà dans des ouvrages aussi vénérables que le Livre des Rois ou l'*Iliade*.

Du premier, on peut résumer ainsi, pour ceux qui l'auraient oubliée, l'histoire d'Achab, roi de Samarie, et de son épouse Jézabel.

Achab convoite la vigne de Nabot de Yizréel, que celui-ci refuse de lui céder. Jézabel le fait alors faussement accuser. Nabot est mis à mort. Mais lorsque Achab s'apprête à prendre possession de sa vigne, Élie le Tishbite, s'exprimant au nom de Yahvé, s'adresse à lui en ces termes : « À l'endroit même où les chiens ont lapé le sang de Nabot, les chiens laperont ton sang à toi aussi. »

« Contre Jézabel aussi, poursuit Élie le Tishbite, Yahvé a prononcé une parole : les chiens dévoreront Jézabel dans le champ de Yizréel ! Celui de la famille d'Achab qui mourra dans la ville, les chiens le mangeront, et celui qui mourra

dans la campagne, les oiseaux du ciel le mangeront. »

Quelques années plus tard, Achab succombe dans un combat contre le roi d'Aram. Après quoi « on lava à grande eau son char à l'étang de Samarie, les chiens lapèrent le sang et les prostituées s'y baignèrent, selon la parole que Yahvé avait dite ».

L'heure de Jézabel ne vient que plus tard, mais son sort, s'il se peut, est encore plus cruel : défenestrée sur ordre de Jéhu, roi d'Israël, « son sang éclaboussa les murs et les chevaux ». Et quand on vint pour l'ensevelir, « on ne trouva d'elle que le crâne, les pieds et les mains ». « C'est la parole de Yahvé, commente Jéhu, qu'il a prononcée par le ministère de son serviteur Élie le Tishbite : "Dans le champ de Yizréel, les chiens dévoreront la chair de Jézabel : le cadavre de Jézabel sera comme du fumier répandu dans la campagne, en sorte qu'on ne pourra pas dire : c'est Jézabel." »

Malédiction à laquelle fait écho, dans l'*Iliade*, cette plainte d'Andromaque : « Et maintenant, près des nefs creuses, loin de tes parents, les vers grouillants, après les chiens repus, vont dévorer ton corps. »

De toutes les occurrences de chiens errants dans l'*Iliade*, où elles sont nombreuses, mais toujours relatives au sort des héros laissés sans sépulture (je mets de côté la scène où le vieux Priam évoque sa mise en pièces, depuis « la tête blanchissante » jusqu'aux « parties », par les

chiens qu'il a « nourris à sa table », puisque de cette dernière proposition il ressort clairement qu'il ne s'agit pas de chiens errants), celle-ci, la vision d'Andromaque, est sans doute la plus concrète, et l'une des seules qui permette de se les représenter, matériellement, dans leur œuvre de dévoration, tels qu'ils apparaissent par exemple, dans un contexte certes tout différent, sur une photographie reproduite dans un ouvrage concernant l'Inde et publié en 1976 au Japon.

Le nom du photographe n'est pas mentionné sur le document dont je dispose, qui, en revanche, est accompagné de cette légende : « Des cadavres non incinérés, en flottant sur la rivière, atteignent la berge d'une île. Une troupe de chiens les dévore, mais personne n'y prête attention. Les corps ne sont pas incinérés lorsqu'il s'agit d'accidentés ou de jeunes enfants » (je laisse à l'auteur de la légende la responsabilité de cette dernière assertion).

La photographie montre un corps nu, à l'exception d'une pièce de tissu rouge lui ceignant les reins, légèrement enflé, marbré de taches sombres, et illustrant d'autant mieux la malédiction commune aux Juifs et aux Grecs qu'il est devenu la proie tant des oiseaux que des chiens. En tout deux oiseaux — apparemment des corbeaux — et deux chiens, dont le caractère féral ne fait aucun doute, ressemblant trait pour trait à des dingos australiens. L'un de ces chiens, presque entièrement noir,

et qui occupe le premier plan de la photographie, a redressé du bout de sa patte antérieure gauche l'une des jambes de l'homme, dont il est en train de manger un pied. Ce que fait l'autre chien, jaune-roux, au second plan, est moins clair, mais il semble qu'il soit sur le point d'attaquer la fesse droite du cadavre, ou peut-être son bras droit, invisible sur la photographie.

Dans la littérature de témoignage ou de reportage, donc en laissant de côté la littérature de fiction, où les scènes de dévoration par les chiens sont presque monnaie courante, je ne connais guère qu'un texte de John Reed qui atteigne au même degré d'horreur ou de réalisme.

La scène se déroule en 1915 près de Loznitza, sur la frontière entre la Serbie et la Bosnie-Herzégovine alors occupée par l'Autriche. Au-dessus de la vallée de la Drina, sur les crêtes boisées du mont Goutchevo, les Serbes et les Autrichiens viennent de s'affronter pendant quarante-cinq jours, sur un front de quinze kilomètres, dans un combat indécis — défaite initiale des Serbes, puis retrait des Autrichiens après leur propre défaite à Valjevo — dont John Reed évalue le bilan à quelque 10 000 morts. Plusieurs semaines après la fin des combats, le journaliste américain se rend sur le champ de bataille en compagnie d'un officier serbe. Depuis les crêtes du mont Goutchevo, il note qu'on

voit « les tours et les maisons éclatantes de la ville autrichienne de Zvornik[1] ». Lui-même et son guide marchent « sur un épais tapis de morts », dans lequel par moments leurs pieds s'enfoncent « dans des trous de chair [...] en faisant craquer des ossements ». « Des bandes de chiens à demi sauvages, observe John Reed, rôdaient à la limite de la forêt. » Deux d'entre eux se disputent « à coups de crocs quelque chose qui [est] à moitié déterré ». L'officier serbe abat l'un des deux chiens, « l'autre [s'enfuit] sous les arbres en aboyant ; et soudain, des profondeurs de la forêt environnante, est venu en réponse un long aboiement vorace et sinistre, qui a couru sur les kilomètres de la ligne de front ».

« Il n'y a pas de voix humaine, écrit de son côté Malaparte, qui puisse égaler celle des chiens dans l'expression de la douleur universelle. Aucune musique, pas même la plus pure, ne parvient à exprimer la douleur du monde aussi bien que la voix des chiens. »

En règle générale, Malaparte est un auteur rempli d'indulgence pour les chiens — sous l'invocation desquels il a placé l'une des six parties de *Kaputt*, dont les textes qui suivent et celui qui précède sont extraits —, et pour les chiens errants en particulier. Pourtant, la phrase plus haut citée se rapporte à un épisode non

---

1. Toutes les citations sont extraites du livre de John Reed intitulé *La Guerre dans les Balkans,* traduit par François Maspero et publié en 1996 aux éditions du Seuil.

moins funeste que celui décrit par John Reed, et d'ailleurs proche, tant humainement que géographiquement, puisqu'il s'agit de la chute de Belgrade, écrasée sous les bombardements allemands, au début de la Seconde Guerre mondiale. Épisode dans lequel les chiens errants, certes bien malgré eux, apparaissent de nouveau comme des auxiliaires de la défaite et de la désolation.

« C'étaient des appels éperdus, poursuit Malaparte, des appels déserts au milieu des marais, des fourrés, des champs de roseaux et de joncs où le vent passait avec un murmure et un frisson. Sur l'eau des étangs flottaient des corps morts […]. Des bandes de chiens faméliques tournaient autour des villages où quelques maisons brûlaient encore comme des tisons. »

Dans d'autres circonstances du même conflit, en URSS, alors que commence pour la Wehrmacht, dont les offensives marquent le pas, ce qu'il désigne ironiquement comme « la guerre-éclair de trente ans », Malaparte évoque de nouveau les chiens errants, « ces petits chiens bâtards de l'Ukraine au poil jaunâtre, aux yeux rouges, aux jambes torses », et la soudaine frénésie, qu'il impute tout d'abord à une épidémie de rage, avec laquelle les Allemands se mettent à leur donner la chasse : « À peine entrés dans un village, avant même de commencer la chasse aux Juifs, ils commençaient la chasse aux chiens. » L'explication de ce comportement ne lui est donnée qu'un peu plus tard, lors d'une

attaque lancée par les chars du général von Schobert. En dépit de la perfection de cette scène, ou plutôt à cause de cette perfection, il est permis de soupçonner qu'elle ne s'est jamais déroulée, sous ses yeux, exactement telle qu'il l'a décrite, et que, dans cet épisode comme dans beaucoup d'autres, Malaparte puise généreusement dans les ressources de son imagination.

Quelque temps après le début de l'attaque, en plaine, au milieu de fourrés d'acacias — « d'un étang éloigné deux canards sauvages prirent leur vol en ramant lentement de leurs ailes » —, des chiens jaillissent d'un bois et se jettent sur les chars, en détruisant plusieurs presque aussitôt, et semant la panique parmi les fantassins qui les accompagnent dans leur progression. « C'étaient les chiens antichars, écrit Malaparte, dressés par les Russes à aller chercher leur repas sous le ventre des chars armés. »

L'utilisation contre les chars, par les Russes, de ces chiens bardés d'explosifs, et préalablement affamés, est attestée par d'autres auteurs, tel Anthony Beevor, historien militaire et coresponsable, avec Luba Vinogradova, de l'édition des *Carnets de guerre* de Vassili Grossman[1]. Dans une note, Beevor précise que « l'explosif était

---

1. Vassili Grossman, *Carnets de guerre*, textes choisis et présentés par Anthony Beevor et Luba Vinogradova, Calmann-Lévy, 2007.

fixé sur leur dos par une tige munie d'un détonateur, qui faisait exploser la charge au premier contact avec le dessous du véhicule visé ».

La note de Beevor est plus précise, techniquement, que le texte de Grossman auquel elle est attachée : « Des chiens qu'on a dressés à cela se jettent avec des bouteilles contre les tanks, ils flambent. » D'autres passages des *Carnets de guerre* concernent plus spécifiquement les chiens errants. À Stalingrad, en septembre 1942, Grossman croit même observer chez ces derniers des réflexes patriotiques, ou du moins une sorte de sixième sens leur permettant de distinguer les avions amicaux des avions hostiles (l'équivalent naturel de ce que le jargon militaire contemporain désigne comme une « procédure IFF », pour « Identifying friend or foe[1] ») : « Quand ce sont les nôtres qui volent [...] ils ne font pas attention du tout. Mais si ce sont des avions allemands, ils se mettent immédiatement à aboyer, à hurler, et ils vont se cacher. Même s'ils volent très haut. »

En décembre 1942, quelques semaines avant l'issue victorieuse de la bataille de Stalingrad, Grossman est envoyé sur le front sud, dans la région d'Elista d'où les Allemands viennent de se retirer. Sur la steppe kalmouke couverte de neige, et truffée de mines, gisent éparpillés des épaves de véhicules, des cadavres d'hommes et de chevaux : « entrailles dehors », précise Gros-

---

1. Identification de l'ami ou de l'ennemi.

sman au sujet de ces derniers. « Tout est désert et tranquille. Un chien avec un os humain entre les dents court le long de la route, et, derrière lui, un autre, la queue basse. »

À force de rechercher dans des textes les occurrences de chiens errants, on finit par développer, ou par s'imaginer que l'on développe, une sorte d'instinct, ou d'expérience, qui à plusieurs lignes de distance vous fait pressentir leur apparition imminente. Mais il arrive parfois que les signes avant-coureurs soient trompeurs et que cette attente soit déçue, la scène ou le passage concerné donnant alors l'impression qu'*il y manque des chiens.*

Typiquement, une scène où il manque des chiens est celle dans laquelle Grossman évoque sa visite éclair à Iasnaïa Poliana, la propriété de Tolstoï, en pleine débâcle de l'Armée rouge, alors que les chars de Guderian viennent d'enfoncer le front de Briansk défendu par le général Eremenko. La veille, ou le même jour, Grossman a observé « des chiens [qui] se précipitaient pour traverser le pont, fuyant Gomel en flammes en même temps que les voitures ».

Et maintenant, au moment de franchir le seuil de la maison de Tolstoï, il se souvient des hésitations de Tchekhov, qui, « arrivé là [...] saisi d'un accès de timidité [...] a fait demi-tour et s'en est allé à la gare reprendre le train pour Moscou ».

Inévitablement, il est aussi frappé par la ressemblance entre ce qu'il est en train d'observer

et la scène fameuse, dans *Guerre et paix*, de l'évacuation de Lyssye Gory, le domaine du prince Bolkonski, à l'approche de la Grande Armée.

« Le chemin qui mène à la maison est tapissé de feuilles, rouges, orange, jaune d'or et citron clair, c'est vraiment beau […]. À l'intérieur règne la détestable agitation fiévreuse qui précède les départs. Des caisses sont empilées. Les murs sont nus […]. »

Sortant de la maison, Grossman se dirige alors, dans le jardin, vers la tombe de Tolstoï : « Au-dessus d'elle les avions de chasse hurlent, les explosions sifflent. Et cet automne majestueux et calme. Comme c'est dur. J'ai rarement ressenti une douleur pareille. »

Mais aucune « voix de chien » ne vient exprimer cette douleur mieux que la voix humaine ne saurait le faire.

Dès les premiers jours de la guerre opposant l'armée israélienne à la milice du Hezbollah, en juillet 2006, la figure rhétorique du chien errant, ou la réalité de celui-ci, apparaît dans beaucoup de récits se rapportant à ce conflit. En particulier lorsque leurs habitants, par dizaines de milliers, doivent fuir les villes et les villages du sud du Liban, bombardés sans relâche par l'aviation et l'artillerie israéliennes.

Le chien errant rhétorique procède de cette tradition illustrée par la Bible aussi bien que par l'*Iliade* : il met en relief l'iniquité du fauteur de guerre et l'injustice redoublée qui frappe ses victimes, non seulement privées de la vie mais laissées après cela sans sépulture. Il se rencontre surtout dans des récits colportés, ou composés après coup, tandis que le chien réel apparaît dans des témoignages directs. Le chien rhétorique est presque toujours occupé à dévorer des cadavres, alors que le chien réel, le plus souvent, ne fait rien de particulier. Naturellement,

il arrive aussi que la frontière entre l'un et l'autre ne soit pas facile à tracer, comme il arrive que les cadavres laissés sans sépulture — tels ceux qui gisaient alors en grand nombre sur les routes au sud du Liban — soient effectivement dévorés.

Par prudence, ou par courtoisie, j'éviterai de citer des reportages publiés à l'époque et dans lesquels se manifestent des chiens errants vraisemblablement rhétoriques. Rien ne s'oppose, en revanche, à ce que je cite assez longuement, afin de donner une idée du contexte, un reportage de Cécile Hennion où figurent des chiens errants dont la réalité ne fait aucun doute. Ce texte a été publié dans *Le Monde* daté du 1er août 2006. La scène se déroule aux alentours de Bint Jbeil, une petite ville proche de la frontière israélienne et particulièrement éprouvée par les combats.

« Des avions opèrent des vols en piqué avant de larguer leurs charges explosives », note Cécile Hennion, qui décrit d'autre part les routes trouées de cratères, les portes de maisons détruites claquant au vent, les câbles électriques traînant au sol, au milieu des gravats et des carcasses de véhicules calcinés.

« Dans les parages, les seuls êtres vivants visibles sont des chiens errants et d'impassibles lézards. De derrière une colline résonnent quatre tirs de katioucha[1]. Quelques minutes plus tard,

---

1. Lance-roquettes multiple.

une Mazda rouge, deux hommes barbus à bord, déboule à toute allure derrière une station d'essence en ruine [...]. Puis un nouvel obus s'écrase sur la route [...], projetant des éclats et des morceaux de bitume. »

(À quelques jours d'intervalle, le même journal publie un reportage de Benjamin Barthe, son envoyé spécial à Kiryat Chmonah, « la ville située le plus au nord d'Israël ». « Depuis trois semaines, écrit l'envoyé spécial du *Monde*, les feux de circulation [...] sont bloqués à l'orange. Le clignotement lancinant des lumières illustre l'immobilité dans laquelle est plongée la ville depuis le début des bombardements du Hezbollah. Les rideaux de fer sont baissés, les trottoirs désertés. Les rues appartiennent aux chats sauvages, aux papiers gras et aux convois de l'armée qui remontent vers la ligne de front » : peut-être les chiens errants des uns et les chats sauvages des autres témoignent-ils d'une dimension très secondaire du conflit opposant Israël à ses voisins arabes.)

Le jour où la guerre a commencé, le 12 juillet, après l'enlèvement par le Hezbollah de deux soldats israéliens, Eldad Regev et Ehud Goldwasser, je me trouvais à Paris, où j'avais reçu dans la matinée une lettre qui m'était personnellement — et non par erreur — adressée, émanant d'un certain « Institut Rodin » et ainsi libellée : « Chère Madame, J'ai le plaisir de vous annoncer que vous faites partie des heureuses privilégiées. Ce courrier constitue la con-

firmation officielle de mise à disposition de votre cadeau : une semaine d'amincissement ou de raffermissement ! »

Plus tard, au cours de la même journée, j'ai appelé Jean-Denis Vigne, chercheur au CNRS et directeur du Laboratoire d'archéozoologie du Muséum d'histoire naturelle de Paris. Jean-Denis Vigne est l'auteur de plusieurs ouvrages relevant de cette discipline, dont l'un au moins, *Les Débuts de l'élevage*[1], aborde la question de la domestication du chien. « On a pu clairement établir, écrit à ce sujet Jean-Denis Vigne, que l'ancêtre du chien est effectivement le loup. » Et même, plus précisément, une louve « chinoise », qui aurait « donné naissance à l'essentiel des lignées de chiens domestiques ». Toutefois, concède Jean-Denis Vigne, « on peut se demander si c'est bien le chien qui est issu de l'Asie orientale et qui a envahi le monde, ou bien si, au contraire, ce ne sont pas plutôt ses ancêtres loups qui auraient suivi ce trajet peu avant qu'on ne les domestique ». On verra plus loin, le moment venu, que cette thèse de la domestication du loup, si elle est généralement admise, ne fait pas l'unanimité, et qu'elle est contestée notamment par un couple de zoologistes américains, Ray et Laura Coppinger, spécialistes des chiens et auteurs de plusieurs ouvrages à leur sujet.

1. Éditions Le Pommier et la Cité des Sciences et de l'Industrie, 2004.

Mais lorsque j'ai appelé Jean-Denis Vigne, dans la matinée du 12 juillet 2006, ce n'était pas pour aborder cette douloureuse question de la transformation du loup en chien : douloureuse, car les zoologistes ne sont pas plus mesurés, dans leurs controverses, que d'autres spécialistes, et il peut en résulter une certaine confusion, voire une certaine gêne, pour un membre du public aussi ignorant de cette discipline que je le suis moi-même. Ce que je voulais lui demander, faisant ainsi l'aveu de cette ignorance, c'était pour quelle raison les chiens errants, ou les chiens féraux, finissent généralement par présenter, sous toutes les latitudes, une apparence presque semblable, celle du « chien jaune », ou du « chien paria », ainsi qu'on les désigne dans quelques-uns des pays où ils sont le plus nombreux.

Sur ce sujet, Robert Delort, dans *Les animaux ont une histoire*[1], écrit que « les chiens bâtards, en quelques générations, tendent à retrouver un type "ancestral" roux, de taille moyenne, bien proche du dingo d'Australie ou du pariah des Indes ».

Mais Jean-Pierre Digard, dans *L'Homme et les Animaux domestiques*[2], énonce de son côté ces deux propositions qui ne sont contradictoires qu'en apparence : « En cessant d'être dépendants de l'homme, les animaux marrons peuvent per-

1. Le Seuil, 1984.
2. Fayard, 1990.

dre les caractères qu'ils avaient acquis avec la domestication et retrouver, par l'effet de la sélection naturelle, un aspect physique proche de celui des espèces sauvages voisines [...]. Ces retours [à la vie sauvage] sont d'une portée limitée, car ils n'entraînent pas d'évolution génétique à rebours vers les espèces originelles. »

Au téléphone, Jean-Denis Vigne a mis un terme à mes hésitations, au moins provisoirement, en me confirmant que « rien, dans la nature, ne remonte jamais vers sa source ».

En revanche, a-t-il ajouté, « si on lâche un chihuahua près de l'aéroport de Tunis, il est certain que le morphotype qu'il représente ne va pas durer : le brassage génétique et la sélection naturelle tendent à faire retomber les chiens errants dans un creuset commun », même si les spécimens issus de ce creuset, et morphologiquement homogènes, n'ont « rien à voir avec un chien originel ou primitif ». (Si Jean-Denis Vigne avait pris l'exemple de l'aéroport de Tunis, c'est que lui-même avait enseigné dans cette ville, où il s'était fait attaquer, en se rendant à l'université, par une troupe de chiens errants, circonstance dans laquelle il n'avait dû son salut qu'à un jet de pierre particulièrement heureux, droit sur la truffe de l'animal le plus agressif de la bande.)

Dans l'après-midi du 12 juillet, alors qu'au sud du Liban continuaient de s'enchaîner les causes et les effets conduisant à une guerre de courte durée, je me suis rendu à la salle des

ventes de la rue Drouot pour y retrouver Blondeau, le colonel, afin de l'interroger sur la pratique de la cynophagie parmi les Lubas du Kasaï. Massif et vêtu d'un costume sombre, le regard masqué par ses habituelles lunettes noires, Blondeau était affecté à la surveillance d'une porte de sortie, par laquelle il devait s'assurer que personne n'entrât. Plus tard, il fut redéployé dans l'une des salles où les objets proposés à la vente étaient préalablement exposés, et c'est alors qu'il s'avéra que parmi les plus beaux — il s'agissait de sculptures africaines — beaucoup étaient originaires du Kasaï et de l'ethnie Luba. Ainsi Blondeau, lui-même Luba du Kasaï, précédemment colonel des Forces armées zaïroises, désormais vigile à temps partiel pour le compte d'une entreprise parisienne un peu louche, posait-il dans son costume sombre, et tout d'abord sans avoir rien remarqué, devant une vitrine remplie d'objets qu'avaient fabriqués ses ancêtres — non pas comme on dit des Gaulois qu'ils sont les nôtres, mais dans un sens bien plus étroit, compte tenu du nombre limité de Lubas du Kasaï et du peu d'ancienneté de ces objets — et transitant brièvement, avant de passer d'une collection dans une autre, par cette salle d'exposition dont il assurait la surveillance. Quant à ma question relative à la pratique de la cynophagie, elle m'avait été inspirée par une réflexion faite en ma présence, à Kinshasa, par le docteur Articlaux, à propos des chiens errants « qui serreraient les fesses quand ils s'étaient égarés dans un quartier luba ».

Lorsque je la lui rapportai, cette réflexion d'Articlaux n'inspira aucune gêne à Blondeau. Il me confirma que la consommation de viande de chien, chez les Lubas du Kasaï, faisait l'objet d'une cérémonie rituelle, dédiée aux ancêtres, et connue sous le nom de *tshibelebele*. En général, cette cérémonie n'a lieu qu'une fois par an, mais comme ce n'est pas à date fixe, rien n'empêche un amateur de se rendre au cours de la même année à plusieurs *tshibelebele* organisés par des groupes différents. C'est par le bouche à oreille que l'on est prévenu de la tenue prochaine d'une telle cérémonie, dont sont exclues « les dames », pour reprendre le terme utilisé par Blondeau.

Après qu'on lui a « tordu le cou », précise-t-il, on enfonce dans le cul du chien un épi de maïs : au fur et à mesure que sa cuisson progresse, le chien se gonfle « comme une outre », jusqu'à ce qu'on retire d'un coup sec le bouchon formé par l'épi, à la suite de quoi il se vide brutalement de « toutes ses saletés », en un long jet fusant que Blondeau mimait à la perfection, du geste et de la voix, devant cette vitrine de l'hôtel Drouot. La viande de chien — *nyinyi wa mbwa* —, au moins telle qu'on la prépare dans le contexte d'un *tshibelebele*, est d'après lui « délicieuse », « plus délicieuse encore que le bœuf », et « plus délicieuse même que le porc ».

Plus on s'éloigne du centre, plus la circulation se raréfie, tandis que croissent et se multiplient les gisements d'ordures non collectées. De cette raréfaction de la circulation, le chauffeur tire avantage pour rouler tantôt du bon côté et tantôt à contresens, afin d'éviter des obstacles plutôt que par fantaisie.

Le port d'Ouzaï est situé dans les quartiers sud de Beyrouth, à l'ouest d'une artère qui porte sur les plans le nom de Cheikh Sabah El Salem El Sabah ; et à l'abri, si c'en est un, de la piste principale de l'aéroport. Depuis le rivage, on la voit distinctement, protégée par des enrochements, au-delà d'une étendue d'eau immobile. En temps ordinaire, l'endroit doit être très bruyant. Mais l'aéroport est fermé depuis le début du conflit, le port lui-même a reçu la veille un nombre indéterminé de bombes ou de missiles, et le quartier qui le jouxte semble avoir été déserté par la plupart de ses habitants. Il y règne pour le moment un silence propice à

l'amplification du moindre bruit, tels le claquement au vent d'une tôle disjointe ou le crissement sous les pas d'un mélange de verre brisé, de débris métalliques et de gravats. Tout d'abord, seul le chauffeur du taxi m'accompagne dans cette exploration, puis un jeune homme se joint à nous, qui se présente comme le propriétaire d'une des barques détruites par le bombardement. Si les Israéliens se sont donné la peine de bombarder un port de pêche, et sans lésiner sur les moyens, c'est vraisemblablement parce qu'ils soupçonnaient certains pêcheurs, presque tous chiites, originaires du sud du Liban, et donc supporters potentiels du Hezbollah, de procurer un soutien logistique à celui-ci, peut-être en acheminant des armes, ou d'autres commodités, depuis Beyrouth jusque dans la zone des combats. À en juger par l'étendue des destructions dans les quartiers sud de la ville, il se peut aussi qu'ils aient décidé de réduire en cendres non seulement tout le patrimoine immobilier du Hezbollah, mais également le biotope, ou la niche écologique, de celui-ci.

Pour atteindre le bassin du port, il faut traverser un terrain vague, lui-même parsemé d'épaves, barques ou véhicules, puis se hisser sur une digue faite de blocs grossièrement assemblés. De là-haut, ce qu'on découvre évoque une reproduction en miniature du sabordage de la flotte française à Toulon : les embarcations détruites ont pour certaines chaviré, pour d'autres non ;

les plus grandes n'ayant coulé qu'à demi, leur coque repose sur le fond tandis que tout ou partie de leurs superstructures émerge de l'eau du bassin. L'ensemble est uniformément recouvert de cette couche de matière pulvérulente et grise que l'on observe sur tous les sites bombardés, effaçant les couleurs des objets, et estompant leurs contours, comme il arrive parfois dans les paysages de cauchemar ou de science-fiction. Alors que le pêcheur commente la scène, le bourdonnement d'un drone — quelque chose comme le bruit (aérien) d'un Vélosolex, mais sans le Vélosolex — lui fait prendre la fuite, et c'est dans la seule boutique ouverte du quartier, toutes les autres ayant tiré leur rideau de fer, que nous le retrouvons peu après. Il s'y tient déjà un gros barbu, torse nu, beaucoup plus fort et aussi beaucoup plus important que le pêcheur, qui se présente comme un « docteur » — mais ce titre est souvent revendiqué, au Liban, par des gens qui n'ont jamais exercé la médecine — et insiste pour contrôler mes papiers. D'entrée de jeu, sans qu'on lui ait rien demandé, le gros type a claironné qu'« il n'y avait ici personne du Hezbollah », ce qui est une manière comme une autre de décliner sa propre identité. Puis, tandis que de la main droite il brandit le document, revêtu de plusieurs tampons dignes de foi, que j'ai tiré de ma poche, de la gauche il tient inclinée presque à l'horizontale la bouteille de soda qu'il était en train de boire avant notre arrivée, jusqu'à ce qu'un

filet de liquide pétillant et poisseux s'en échappe pour se répandre sur mes chaussures. Il ne m'est pas possible de déterminer si cet incident a été provoqué délibérément par le docteur (*el hakim*), mais je présume que oui, car à ce stade de notre entretien il affecte encore de me prendre pour un espion, venu se rendre compte par lui-même — comme si les drones, justement, ne servaient à rien — de l'étendue des dégâts, et peut-être de l'opportunité d'en causer de supplémentaires. Toujours dans le même registre, et bien qu'entre-temps il ait semble-t-il agréé le document que je viens de lui présenter, il s'efforce désormais de m'embrouiller, ou de me confondre, en contrant systématiquement le pêcheur, qui de son côté s'exprime sans calcul, au sujet des circonstances du bombardement. Par exemple, si le pêcheur (comme l'AFP) dit qu'il a eu lieu de nuit, le docteur le reprend et affirme que cela s'est passé en plein jour. Ou si le premier évoque la possibilité que les missiles aient été tirés par des navires, le second assure qu'il a vu les avions de ses propres yeux. Étrangement, le seul point sur lequel tous deux s'accordent est plutôt de nature à exonérer les Israéliens d'une partie de leur responsabilité, puisqu'il s'agit des tracts lancés par ces derniers, avant le bombardement, pour inviter la population à s'enfuir.

Le soir même, dans le quartier jusque-là épargné de Shiyah, ils en useront avec moins de scrupules, tirant sans avertissement deux

missiles contre un immeuble d'habitation, pour des raisons indiscernables, au prix de trente-deux morts et de soixante-dix blessés.

En plein centre-ville, dans ma chambre de l'hôtel Cavalier, j'ai ressenti les deux explosions comme si elles s'étaient produites dans le voisinage, alors que c'est à peine si j'entends d'habitude celles qui secouent à intervalles irréguliers la banlieue sud. Puis lorsque Charif est passé me chercher, il m'a confirmé que l'immeuble détruit était assez proche de chez lui — bien qu'il n'habite pas à Shiyah mais à Forn El Shebbak, autant dire dans un autre monde — pour que le souffle des explosions lui ait fait perdre l'équilibre.

Et pendant le dîner, de son balcon, tandis que la lune se levait, pleine, au-dessus des araucarias, on percevait à divers signes modérément perturbants — car un accident de la circulation, par exemple, en aurait entraîné de semblables —, tels des éclats de gyrophares ou des hurlements de sirènes, l'agitation qui régnait non loin de là dans les décombres. Mais c'est à la télévision que nous avons regardé les habituelles scènes de désolation, aucun d'entre nous n'ayant manifesté le désir d'y aller voir de plus près ; outre que dans ce contexte, beaucoup plus qu'à Ouzaï quelques heures auparavant, il y avait un risque certain d'être pris par la foule pour un de ces agents, et sans doute y en avait-il réellement, qu'elle soupçonnait de désigner des cibles aux appareils israéliens.

De temps à autre, on entendait l'un de ceux-ci survoler la ville à haute ou moyenne altitude. Juste au-dessus de nos têtes, aussi longtemps que nous sommes restés sur le balcon, c'était surtout les drones qui bourdonnaient, et par véritables essaims : ou peut-être un petit nombre de drones, voire un seul de ces appareils, manœuvré à distance par un expert, parvient-il à créer cette impression d'être continuellement observé et menacé d'un châtiment imminent.

L'un des convives, à propos de la vue que l'on découvrait du balcon, ayant rappelé qu'en français l'araucaria portait aussi le nom de « désespoir des singes », en raison des épines plus ou moins acérées dont le tronc de cet arbre est hérissé sur tout ou partie de sa hauteur, il me sembla que le moment était venu, pour moi, de parler des chiens. Et, comme toujours, chacun avait quelque chose à raconter à ce sujet ; en particulier dans cette ville, dont le centre, ayant été pendant des années abandonné aux milices de toutes obédiences et ravagé par ces dernières, avant de tomber longuement en déshérence une fois la paix revenue, avait abrité durant toute cette période une population de chiens errants particulièrement coriaces, dont l'éradication s'était avérée très difficile et dont la littérature libanaise conserve des traces nombreuses. Quant à la nouvelle guerre, dont personne ne savait alors ni quand ni comment elle finirait, même si chacun présumait qu'elle serait de courte durée, elle continuait à produire avec

régularité son lot d'histoires d'animaux errants, et notamment de chiens, comme en témoignait un article paru le matin même dans un quotidien anglophone.

Sous un titre — « US rights group on mission to save Lebanese wildlife[1] » — inapproprié, puisque par la suite il n'était question que d'animaux domestiques ou présumés tels, l'article, signé par un certain Jailan Zayan, de l'AFP, retraçait l'équipée libanaise d'un groupuscule américain d'amis des bêtes, le PETA (People for the Ethical Treatment of Animals). Sous la conduite de son leader, Michelle Rokke, dont l'article précisait qu'elle avait travaillé pendant quatre ans comme « enquêteur clandestin » *(undercover)* au service de la cause animale, le PETA s'était rendu dans le sud du Liban, à la limite de la zone des combats — seul un barrage de l'armée les avait empêchés d'aller plus loin — afin de distribuer des tracts et des brochures expliquant à la population comment prendre soin des animaux. La condition de ces derniers, en effet, laissait beaucoup à désirer. « Les carcasses de chiens, de chats, de chèvres et de moutons, pouvait-on lire sous la plume de Jailan Zayan, jonchent les routes, écrasés par les véhicules des villageois en fuite. » « Les bombes tombent également sur les animaux, commentait Michelle Rokke, et de même qu'il y a des

---

1. « Un groupe américain de défenseurs des droits en mission pour sauver la faune sauvage libanaise »

pertes humaines, il y a des pertes animales ; la guerre est un enfer absolu pour eux aussi. »

Dans leurs tracts, les militants du PETA invitaient les habitants, mais aussi « les militaires, les policiers et les membres d'organisations non gouvernementales » à « libérer les animaux en détresse s'ils étaient attachés, à leur donner de l'eau, si possible à les prendre avec eux » et, en dernier ressort, à « leur tirer à bout portant » *(point-blank range)* une balle dans la tête.

Le groupuscule américain se proposait de ramasser en grand nombre les chats et les chiens (et pourquoi pas les moutons ou les chèvres ?) afin de leur trouver en lieu sûr des familles d'accueil. D'autre part, ils n'étaient pas venus les mains vides, ayant apporté avec eux des stocks de nourriture pour animaux de compagnie.

« Il y a des endroits que nous n'avons pu atteindre, précisait Michelle Rokke, mais l'armée libanaise a pris la nourriture pour aller elle-même la distribuer aux chiens. » (Un esprit mal-intentionné aurait pu observer que c'était peut-être la seule chose dont l'armée libanaise fût encore capable — même s'il est probable qu'elle ne s'est jamais acquittée de cette mission — dans la zone concernée.) Apparemment, le PETA n'avait pas été en mesure d'approcher les principaux acteurs du conflit, combattants du Hezbollah et militaires israéliens. Mais en ce qui concerne les premiers, le journaliste de l'AFP rapportait une anecdote qui projetait sur eux

— ou plutôt sur l'un d'entre eux — un éclairage inattendu : « A Bint Jbeil, écrivait Jailan Zayan, un village dévasté par la toute-puissance de l'offensive israélienne, un combattant du Hezbollah raconte comment au plus fort des combats il a trouvé du réconfort auprès d'un ami à quatre pattes : "J'ai vu un chien (racontait le combattant anonyme du Hezbollah), sa langue pendait jusqu'à terre de faim et de soif. Je lui ai donné ma dernière boîte de thon. Si j'ai montré de la pitié pour ce chien, peut-être Dieu en montrera-t-il pour moi-même." »

Ainsi présentée, cette histoire relevait presque du sacrilège. D'ailleurs, dans un village voisin, celui de Srifa, le journaliste avait rencontré une vache à la recherche de nourriture dans une cuisine abandonnée, des chevaux errant sans but le long de la rue principale, et même un âne brayant à fendre l'âme, une de ses pattes coincée dans un écheveau de fil de fer, sans que le sort des uns ou des autres émeuve le moins du monde le responsable local, plus gradé, du Hezbollah.

Dans son palais épiscopal, et cependant que les bombardements se poursuivaient — non sur la ville elle-même, ce jour-là, mais à la périphérie —, l'archevêque maronite de Tyr faisait un petit somme. C'est du moins ce que l'on nous avait objecté la première fois que nous nous étions présentés pour le voir. La seconde, le gardien nous fit comprendre, par gestes, que l'archevêque était en train de se raser et, semble-t-il — la main du gardien, après s'être attardée dans le voisinage de son menton, décrivant à hauteur de son crâne des mouvements qui pouvaient évoquer ceux d'un peigne —, de se coiffer. Non que l'archevêque fût particulièrement coquet ou soucieux de son apparence, comme nous pûmes en juger dès qu'il en eut terminé avec sa toilette ; mais ces soins étaient rendus nécessaires par les effets des bains de mer, l'archevêque, quand il n'était pas en déplacement, ayant conservé l'habitude de nager chaque jour : « La natation vous rafraîchit les

idées, disait-il à ce sujet, et elle aide à supporter la dureté de cette situation. »

De retour d'une tournée dans des villages de l'intérieur — dans cette zone de combat, au sud du fleuve Litani, où les Israéliens venaient de décréter que tout véhicule en mouvement constituait désormais une cible légitime pour leur aviation — Monseigneur Chucrallah Nabil Hage, de ce qu'il avait observé, retirait une certaine perplexité. Comme tout le monde, il avait été surpris par la combativité du Hezbollah et la qualité de son arsenal : « On a toujours dit que les Israéliens étaient invincibles, et puis... Désormais, beaucoup d'Arabes vont se dire : nous savons comment les combattre ! »

Qu'il fallût s'en féliciter ou s'en inquiéter, ce n'était pas, dans l'immédiat, le principal souci de l'archevêque, qui soulignait d'autre part qu'historiquement, au sein de l'Empire ottoman, chiites et chrétiens du Sud-Liban avaient enduré côte à côte leur statut de minorités. S'agissant des seconds, il estimait toutefois que seule une solution définitive du conflit israélo-palestinien — autant dire, parmi tous les développements possibles, le plus improbable — était susceptible d'assurer la pérennité de leur présence dans la région. « Notre Seigneur est passé par Tyr, ajoutait-il, saint Paul y est resté une semaine, en 350 un concile a rassemblé dans cette ville quelque trois cents évêques... Aujourd'hui, les jeunes me demandent s'ils ont encore un avenir à Tyr, ou même dans le reste

du pays. » « Il faudrait un miracle », conclut l'archevêque, dont les propos étaient à tout instant interrompus par la sonnerie de son portable, « il faudrait un miracle pour nous sauver de cette situation ». Mais la tournure de sa phrase ne permettait pas de comprendre s'il faisait allusion à la situation particulière des chrétiens ou à celle, en général, du Liban.

Lorsqu'on arrivait du nord, après avoir franchi le Litani, à pied, en empruntant le pont de Kasmiyeh, tronçonné par un bombardement mais dont le tablier émergeait de l'eau peu profonde, puis attendu parmi les bananeraies le véhicule venu de Tyr à votre rencontre, enfin parcouru aussi rapidement que possible, sur une route trouée de cratères, la dizaine de kilomètres séparant la ville du pont de Kasmiyeh, lorsqu'on arrivait du nord et qu'on pénétrait dans Tyr, par une artère en contrebas de laquelle des vagues se brisaient, tandis que du côté opposé de la chaussée certains immeubles détruits, parmi d'autres restés debout, présentaient l'aspect caractéristique, en mille-feuille, des bâtiments de plusieurs étages ciblés par des bombes « intelligentes », on éprouvait tout d'abord l'impression que la ville était abandonnée, ou que peut-être la vie s'y était réfugiée dans les caves. Puis, toujours en longeant le littoral nord de la presqu'île, on passait à la hauteur du camp palestinien d'El Bass, où régnait une activité, en particulier commerciale, non seulement normale mais fébrile, bien que strictement confi-

née au périmètre de cette enclave, avant d'atteindre le quartier chrétien établi autour du vieux port. Pas plus que le camp palestinien ce quartier ne semblait avoir souffert de la guerre, autrement que par l'interdiction, pour les pêcheurs, de sortir en mer, ou par l'évacuation précipitée des touristes dès les premiers jours du conflit. De la saison avortée demeuraient ici et là quelques signes, telle cette affiche invitant à concourir pour l'élection de « Miss Tyre » : « With your beauty and self-confidence, you can be the queen[1] !

2005 : Maya Nehmeh

2006 : ? »

Sans doute Maya Nehmeh — que l'on aurait aimé rencontrer pour lui demander son point de vue sur les événements en cours, si toutefois elle n'avait pas quitté la ville afin de se réfugier en lieu sûr —, sans doute Maya Nehmeh était-elle appelée à conserver son titre un an de plus. En cas de victoire complète du Hezbollah, peut-être même serait-elle la dernière dans la lignée des « Miss Tyre ».

En attendant, et bien qu'une partie de la population ait fui, pour être remplacée par un nombre équivalent de réfugiés venus de l'arrière-pays, ou d'autres quartiers plus exposés, la vie se poursuit, autour du vieux port, dans des conditions à la fois obsidionales et balnéaires :

---

1. « Avec votre beauté et votre confiance en vous, vous pouvez devenir la reine ! »

un peu comme à Dubrovnik, pendant le siège de cette ville par les forces serbo-monténégrines, où dans l'intervalle entre deux bombardements d'artillerie on pouvait voir des enfants pêcher des poulpes au pied des remparts, tandis que l'hôtel Argentina continuait d'offrir aux journalistes ou aux humanitaires, dans un décor magnifique, et si l'on excepte quelques problèmes d'intendance, un niveau de confort probablement supérieur à ce qu'il eût été en temps de paix. À Tyr, c'est l'hôtel Al Fanar, situé à la pointe nord de la presqu'île et juste à côté du phare d'où il tire son nom, qui accueille la même clientèle. De cet hôtel Al Fanar, c'est peu de dire qu'il donne sur la mer, puisque celle-ci, quand elle est agitée, vient battre les rochers dans lesquels il prend racine. Sur le côté gauche de cet établissement, vers le sud, s'allonge une promenade piétonnière, plantée de palmiers chauves, qui, même inachevée, constitue déjà une atteinte irréparable à la beauté du site. On y voit déambuler, ou pêcher à la ligne, de paisibles vieillards, cependant que les ordures que plus personne ne collecte attirent des chats errants presque invariablement roux, et, en plus petit nombre, des chiens. En poursuivant dans cette direction, on finit par atteindre une sorte de terrain vague, en contrebas de la route, dominé par un château d'eau, et d'où surgissent quantité de colonnes, de portiques ou d'autres ruines antiques environnées de lauriers-roses et de bougainvillées. À quelque dis-

tance du rivage, la mer se brise sur des hauts-fonds que la littérature touristique identifie comme des vestiges du port phénicien. De ce point, qui doit être le plus élevé de la presqu'île, on voit se dérouler tout le littoral, au sud de Tyr, jusqu'à la frontière israélienne. Des panaches de fumée s'épanouissent autour du camp palestinien de Rachidye — bien que celui-ci, pas plus que le camp d'El Bass, ne soit directement concerné par la guerre — et du bourg de Ras el Ain. Tout cela est encore assez lointain pour que le fracas des brisants recouvre en partie celui des explosions. À une oreille avertie, toutefois, des coups plus proches, et d'une sonorité différente, devraient signaler les départs des roquettes tirées par le Hezbollah depuis les bananeraies situées en retrait du rivage. (« Méfiez-vous des bananeraies ! » nous avait recommandé ce matin le chauffeur de taxi avec lequel nous étions venus de Beyrouth, après avoir insisté pour nous accompagner, à pied, jusque sur l'autre rive du Litani. « Et tenez-vous à l'écart des stations-service qui n'ont pas encore été détruites ! » Cela tandis que machinalement, Christophe et moi, nous nous dirigions vers l'abri que semblait offrir l'auvent d'une station Mobil intacte, bien qu'évidemment désertée. En face de la station, au pied d'un panneau publicitaire invitant à visiter un élevage d'autruches — Middle East Ostrich — gisait une BMW gris métallisé aux vitres explosées, avec sur le capot une poupée de celluloïd si opportuné-

ment disposée que l'ensemble pouvait faire soupçonner une mise en scène de photographe. Après le départ du chauffeur, dans le silence de cet endroit peu accueillant, tel que le murmure de l'eau ruisselant dans un canal d'irrigation éveillait des visions de cataractes, la sonnerie de mon téléphone portable m'avait fait sursauter, et tout cela pour entendre, de la bouche d'une opératrice, une proposition d'« offre spéciale » aussi incongrue, même si elle m'était parvenue dans des conditions plus propices, que celle reçue quelques semaines auparavant de l'Institut Rodin et disposant de moi comme d'une grosse femme un peu molle.)

Entre deux champs de ruines, un cimetière s'étend de la chaussée presque jusqu'à la mer. En bordure du cimetière, un bâtiment sans étage abrite ce qui doit être une morgue, et devant celle-ci un cercueil vide et tout neuf, en bois clair, est abandonné sur le trottoir. C'est au-delà de la morgue, me semble-t-il, que la route amorce sa descente vers un grand carrefour, bordé de boutiques dont les rideaux de fer sont tirés. Passe en courant, mais à petites foulées, une dame vêtue d'un jogging bleu turquoise et coiffée d'un foulard assorti. Quelques piétons vaquent à des occupations indécises. Tout semble normal et paisible, jusqu'à ce que survienne un jeune homme autoritaire, peut-être barbu, qui chevauche une mobylette et ordonne à tout le monde de disparaître. Fuite des quelques piétons. Il convient de noter que depuis l'ana-

thème fulminé par les Israéliens contre les véhicules circulant au sud du Litani, il n'y a plus que des estafettes du Hezbollah, sauf exception, pour enfreindre cette interdiction, et le plus souvent sur des deux-roues, sans doute avec l'illusion qu'elles sont ainsi moins repérables par les drones. Maintenant, un hélicoptère Apache que l'on n'a pas entendu venir se tient en vol stationnaire au-dessus du carrefour : mais au lieu de tirer un missile, comme on pourrait s'y attendre — et d'autant plus que selon certaines sources l'un des immeubles donnant sur cette intersection abrite un local du Hezbollah —, il se contente de lâcher des leurres, qui scintillent autour de lui comme des rubans de magnésium.

Par des rues désertes, désormais, et auxquelles il manque parfois un immeuble ou deux, ou seulement les étages supérieurs d'un troisième, avec des cascades de gros blocs retenus dans leur chute par l'armature métallique du béton, et sur toutes choses alentour cette couche homogène de poussière grise, je regagne le quartier du port où il ne semble pas que la visite de l'Apache ait provoqué le moindre branle-bas. Devant les rares bistrots ouverts, des tables ont été tirées au-dehors. Des parties de trictrac (ou de backgammon ?) se poursuivent. L'agent de la municipalité affecté à la crémation des ordures fait sa tournée. Près d'une tour dominant la mer, vers le nord, et dont la construction doit être imputable aux Croisés, des jeunes gens en

short, tatoués, se moquent du préposé aux ordures et plongent tour à tour dans les vagues (à quelque distance du rivage flotte une dorade morte mais fraîche, probablement victime d'un pêcheur à la dynamite). Il semble que tous soient sunnites, et pour la plupart réfugiés de l'arrière-pays. L'un d'eux, qui prétend se nommer Ali Harb — c'est-à-dire Ali Guerre — et être originaire du village d'Al Mansouri, situé à mi-chemin de Tyr et de la frontière israélienne, évoque des chiens errants dévorant des cadavres sur les routes ; mais comme il convient d'avoir fui dès que la guerre a commencé, il est peu vraisemblable qu'il ait assisté en personne à de telles scènes.

À force de voir des gens se baigner, l'envie m'est venue d'en faire autant, en dépit des scrupules que le contexte m'avait tout d'abord inspirés. Et c'est ainsi qu'au coucher du soleil j'ai nagé quelque temps, au pied de l'hôtel Al Fanar, jusqu'à ce qu'un journaliste de télévision, sur le point de faire un « plateau », avec la mer à l'arrière-plan, me dépêche un de ses sbires pour m'enjoindre de sortir du champ.

En regagnant ma chambre, dans le plus simple appareil, et encore tout poisseux de sel, je suis tombé nez à nez avec une jeune femme ravissante, faisant avec ses longues mains fines, autour de son mince visage et de sa chevelure blonde, des gestes d'une sophistication incroyable, dans laquelle j'ai reconnu Sabrina Tavernise, la reporter semi-légendaire du *New York*

Times, dont il me semble qu'elle m'a snobé. D'un autre côté, combien d'hommes ordinaires peuvent-ils se flatter de l'avoir ne serait-ce que croisée dans l'escalier d'un hôtel ?

Il est exactement 19 h 15, le samedi 12 août, lorsque le soleil, vu de Baalbek, disparaît derrière la ligne de crête du mont Liban. Une heure plus tôt, dans le périmètre des ruines, les moineaux se sont égosillés avec une telle frénésie qu'aussi longtemps qu'a duré ce concert il a recouvert tout autre bruit. Puis nous sommes ressortis, Christophe et moi, en compagnie de Sammy Ketz, pour aller recueillir les déclarations d'une famille dont plusieurs membres, quelques jours auparavant, ont été enlevés lors d'une opération de commando menée par les Israéliens. Outre que nous communiquons dans un sabir empruntant à deux ou trois langues, la difficulté de cet entretien vient de ce que la famille s'efforce de ne rapporter de l'incident que ce qui peut nuire à la réputation des Israéliens, et de taire ce qui pourrait témoigner de ses propres liens avec le Hezbollah : de telle sorte que le récit, livré par bribes, et présenté différemment selon que c'est l'un ou l'autre

des hommes de la famille qui s'exprime, finit par revêtir le caractère d'une charade, étrangère à toute logique, dont la part de vérité devient impossible à démêler. Et il en va presque toujours ainsi, les gens affirmant d'un côté soutenir sans réserves le Hezbollah, qu'il convient de désigner plutôt comme « la Résistance », tout en se récriant qu'eux-mêmes ne savent rien de ce parti et ne connaissent personne qui lui soit affilié. L'idéal, de ce point de vue — et c'est un argumentaire qu'Hicham, notre guide et interprète, a déployé devant nous, le même jour, avec beaucoup de talent, tout en nous gavant de nourritures excellentes et préparées par ses soins, largement arrosées d'arak, devant un téléviseur réglé sur la chaîne du Hezbollah —, l'idéal consiste à se présenter comme quelqu'un qui nourrissait à l'encontre du Parti de Dieu, auparavant, de sérieuses réserves, voire, dans le cas d'Hicham, une hostilité déclarée, mais qui a été conquis peu à peu par ses qualités, tant dans la conduite de la guerre que dans les soins prodigués à la communauté, et qui désormais ne jure plus que par lui. Sans doute de telles déclarations sont-elles en partie sincères. Mais on s'étonne tout de même de ne rencontrer personne — ou presque personne — qui, même à demi-mot, impute au Hezbollah ne serait-ce qu'une part de responsabilité dans le déclenchement du conflit, lequel a si bien pris de court les populations et les autorités, jusque dans les zones où elles auraient dû

être le mieux préparées, qu'à Baalbek, par exemple, les premiers bombardements se sont produits dès le lendemain de l'ouverture en grande pompe d'un festival de musique dont les unes et les autres espéraient de fructueuses retombées.

Le matin même de notre arrivée à Baalbek, après un énième bombardement dirigé notamment contre des stations-service, que les Israéliens détruisent avec une obstination témoignant peut-être de leur ignorance qu'il existe pour le Hezbollah des moyens plus discrets de se ravitailler, obstination qui alimente d'autre part les habituelles rumeurs sur les intérêts commerciaux que « les Juifs » font toujours passer avant toute chose, au point d'avoir pour les mêmes raisons réduit en cendres l'usine Libanlait, appartenant au groupe Candia, lors d'une attaque qui a tué un certain nombre de vaches et réduit plusieurs centaines d'autres à l'errance, le matin même de notre arrivé à Baalbek, sous la conduite du mokhtar, ou d'un autre dignitaire de rang élevé, nous avons eu droit à une visite commentée des temples de Bacchus et de Jupiter. Entre les deux sont disposées sur des gradins plusieurs milliers de chaises en plastique, en face de la scène, encore décorée d'un faux puits, et environnée de bâches noires que de temps à autre un souffle d'air fait claquer, sur laquelle la chanteuse Fairouz a inauguré le festival, dans la soirée du 12 juillet, quelques heures après l'enlèvement des deux soldats is-

raéliens. Chemin faisant, le mokhtar, peut-être improvisant, sous le coup d'une inspiration subite, ou peut-être reproduisant un numéro mis au point depuis plusieurs semaines, ne peut se retenir, en passant sous une colonne du temple de Bacchus dont le chapiteau présente de larges fissures, de nous désigner ces dernières comme résultant d'un bombardement israélien, alors qu'à vue de nez elles peuvent dater du sac de la ville par les Mongols ou de plus loin encore.

« Le temple de Bacchus, s'indigne en français le mokhtar, le plus beau temple du monde ! » Et il tend les bras vers le ciel où de nouveau des avions se font entendre.

À 19 h 15, lorsque par les deux hautes fenêtres de ma chambre, qui donnent directement sur les ruines, je vois le soleil disparaître derrière la ligne de crête du mont Liban, les moineaux se sont calmés depuis longtemps. Même les drones ont momentanément cessé de vrombir, et il régnerait un silence abyssal, tel qu'une ville de ce genre n'en connaît normalement que dans les dernières heures avant le lever du jour, si ne grésillaient quelques grillons, n'aboyaient quelques chiens et ne ronflaient quelques générateurs. Peu après 20 heures, Hisham a appelé pour annoncer qu'un cessez-le-feu devrait entrer en vigueur après-demain matin : ce qui fait craindre le pire pour les heures à venir, durant lesquelles les militaires israéliens risquent de

mettre les bouchées doubles dans l'habituelle illusion de « terminer le travail ».

Et, en effet, un peu plus tard, alors que la ville est plongée dans l'obscurité, à l'exception des ruines qui sur recommandation de l'Unesco restent illuminées toute la nuit, baignant comme l'Acropole ou les remparts de Saint-Malo dans l'éclairage doré des monuments historiques, celui-ci réglé de telle sorte que se voie au-dessus le ciel étoilé et plus particulièrement la Grande Ourse, des chasseurs-bombardiers passent tout d'abord en altitude, puis le bruit amplifié et tiré vers l'aigu d'un réacteur témoigne d'un premier piqué, puis d'un second, suivi à quelques secondes, ou à quelques dixièmes de seconde, de deux explosions sourdes et par conséquent assez lointaines. La situation de la maison, juste en face des temples, m'inspire un certain sentiment de sécurité, jusqu'à ce que, pour les mêmes raisons, je me demande si elle n'abrite pas dans ses caves tout l'état-major du Hezbollah. Mais il semble que non.

L'activité aérienne a entraîné dans le périmètre des ruines une recrudescence d'aboiements, telle que je suis désormais persuadé qu'elles accueillent, assez logiquement, des chiens errants. Comme cette activité écarte d'autre part toute perspective de sommeil, j'explore à la lueur d'un briquet les deux reproductions qui décorent ma chambre, constatant qu'il s'agit de gravures orientalistes et pornographiques de Jean-Léon Gérôme, ce peintre pompier dont le

seul tableau de qualité reste celui qu'il a consacré à l'exécution du maréchal Ney.

Je me demande ce qu'Edward Saïd aurait pensé de ces gravures, et si même il ne parle pas de Jean-Léon Gérôme, nécessairement en mal, dans son ouvrage célèbre que je n'ai pas lu. Et il me revient que c'est à Beyrouth, de la bouche d'Iskandar, que j'ai entendu mentionner pour la première fois la thèse relative à Kuchiuk Hanem, au rôle que ses ébats avec Flaubert, tels qu'ils sont rapportés par ce dernier, auraient joué dans l'approfondissement du malentendu entre l'Orient et l'Occident.

À 4 heures du matin, dans le silence restauré, éclate l'appel à la prière, diffusé par des haut-parleurs et suscitant un regain d'émotion parmi les chiens. Dans la lumière qui tout juste commence à poindre, gris perle, après que se sont éteints les projecteurs, je devine plus que je ne vois, tout d'abord, une meute qui hurle et caracole au milieu des ruines, avec une ardeur digne d'une scène de chasse. Puis, dès 5 heures, avant même le lever du soleil, la lumière est assez vive pour que je puisse observer qu'ils sont roux, au nombre de sept, passant et repassant inlassablement par les mêmes points telles les figures d'un manège. S'ils interrompent leur cavalcade, c'est pour se castagner, hargneusement, comme si parmi les sept il y en avait au moins un de trop. Et ainsi de suite jusqu'à ce que les coqs chantent, les moineaux s'égosillent, et les premiers rayons du soleil touchent

l'entablement des six colonnes alignées (22 mètres de haut) du temple de Jupiter. Sur l'horizon occidental, désormais, se détache la masse ocre, et par endroits violette du mont Liban.

Juste avant de quitter Baalbek, nous avons acheté de l'eau et des biscuits dans le petit supermarché d'un quartier périphérique qui compte parmi les plus bombardés de la ville : et cependant le caissier, sans se presser, présentait méthodiquement chaque article devant le lecteur de code-barres. Mais aussi longtemps que celui-ci fonctionne, pourquoi devrait-il se priver de l'utiliser ?

Sur la route en direction de Zahle, véhicules détruits, ruines de l'usine Liban-lait parmi lesquelles ne se voit aucune vache. Publicité pour « Château Ka, l'âme de la Bekaa ». Abondance de portraits du *Seyyed* Hassan Nasrallah, secrétaire général du Hezbollah, et de drapeaux jaunes frappés du sigle de cette organisation, lequel est inévitablement composé autour d'un Kalachnikov.

Barrages non gardés de l'armée libanaise. Christophe répondant à un appel téléphonique inopportun avec la même courtoisie, presque

surannée, que s'il se trouvait dans l'antichambre de la duchesse de Guermantes (Christophe est le genre de type qui s'efface devant vous — c'est-à-dire devant quiconque — au moment de passer une porte, quand bien même il n'y a plus d'immeuble derrière).

Le chauffeur, Hassan, conduit pied au plancher sa vieille Mercedes rouge, lâchant de temps à autre le volant, en dépit des cratères et des autres obstacles dont la chaussée est criblée, pour se saisir d'un Coran minuscule glissé sous le pare-soleil, le baiser avec ferveur, les yeux noyés de larmes — ce qui implique qu'en plus de lâcher le volant, il ne regarde pas la route — en évoquant la mort récente de son père, apparemment victime d'un bombardement : Hassan est à coup sûr un supporter exalté du Hezbollah, et peut-être, au moins à temps partiel, un combattant de cette organisation, et au demeurant il s'agit incontestablement d'un homme d'une innocence peu commune, dont la foi ne m'apparaît à aucun moment comme une menace mais plutôt comme un encouragement (Hassan pourrait être l'homme qui offre au chien errant sa dernière boîte de thon). C'est avec des embrassades que nous nous séparons à Zahle. En revanche, et quelle que soit ma prédilection affirmée pour le christianisme, le chauffeur de taxi maronite qui prend le relais, au volant d'une Mercedes non moins vétuste, mais bleue, pour nous conduire à Bey-

routh à travers le massif du mont Liban, ce chauffeur, je le dis à regret, est un con.

« Christian ! Mmh ! » exulte-t-il en se baisant le bout des doigts. « Muslim no good ! Sale ! » Et il fait le geste de renifler un vêtement malodorant avant de le jeter à terre. (Le seul point commun entre ces deux chauffeurs de taxi, outre la marque et le délabrement de leur véhicule, c'est qu'ils font l'un et l'autre, en conduisant, mille choses étrangères à la conduite.)

Le lundi 14 août, à Beyrouth, la chaîne de télévision du Hezbollah, Al Manar, organise une conférence de presse parmi les décombres de l'immeuble qui l'abritait avant la guerre dans le quartier d'Haret Hreik. Non loin de là, un bâtiment de plusieurs étages continue de flamber comme une torche. À côté d'immeubles totalement détruits, certains n'ont perdu que leurs étages supérieurs, d'autres sont restés debout du haut en bas mais ont été amputés de tout un pan, dont la disparition révèle des appartements mis à nu. Ainsi qu'il arrive toujours dans un quartier d'habitation bombardé, c'est toute la vie des gens, en pièces détachées, que l'on foule en marchant dans les gravats : rideaux jaunes avec motifs de fleurs de lys et frange de glands dorés, cartouches de butane, cassettes vidéo et bandes magnétiques déroulées, baignoires, appareillage électroménager, bagages, playstations, flacons de parfum et autres ustensiles de toilette, livres scolaires, photos de famille, ballons de foot, pots de fleurs, petits Corans,

ours en peluche ou poupées Barbie ; toutes choses qui dans l'ensemble témoigneraient plutôt d'une certaine homogénéité de l'espèce humaine. En dépit de l'âcre fumée qui se dégage de ces ruines, et de la difficulté de s'y mouvoir, outre qu'elles doivent être truffées de munitions non explosées, beaucoup d'habitants sont déjà de retour, avec des valises, en quête d'objets à sauver. Au milieu d'un périmètre totalement dévasté jaillit un hibiscus arborescent dont il semble que pas une seule fleur n'ait été touchée. Mais le plus saisissant, c'est que ces destructions s'arrêtent net, de ce côté, à hauteur du boulevard Msharrafieh, à moins qu'il ne s'agisse du boulevard Hadi Hassan Nasrallah. Au sud de cette artère, un champ de ruines, au nord un alignement régulier d'immeubles apparemment intacts.

La conférence de presse d'Al Manar commence à 11 heures. Les deux jeunes présentatrices les plus populaires de la chaîne sont assises au milieu des décombres, en plein air, autour d'une table de jardin. Toutes deux sont coiffées d'un foulard et vêtues d'une longue tunique islamique à la mode turque. L'une d'entre elles est jolie, souriante et polyglotte, l'autre plutôt moche et renfrognée. Ce qu'elles disent de leur expérience pendant la guerre, avant de mettre un terme à l'interview et de présenter le journal télévisé, est évidemment convenu et dénué de toute considération personnelle.

Dans la soirée, après le discours du *Seyyed* annonçant qu'il est prématuré de rendre les armes — comme le Hezbollah est supposé le faire au terme de la résolution de l'ONU qui a mis fin à la guerre —, fantasia dans les ruines de la banlieue sud, tirs en rafales, balles traçantes, tout cela prenant fin comme par enchantement à 22 heures précises.

Fureur de Sharif, sombres pronostics des convives.

Dès le lendemain du cessez-le-feu, dans un exode à l'envers, un des plus grands embouteillages de l'histoire du Liban se propage sur les routes du Sud. Nous atteignons la mer à Naqoura dont le port est exempt de toute présence humaine, et de toute trace d'une quelconque activité à l'exception d'un conteneur de 20 pieds, jaune, criblé d'impacts. Tout cela se déroulerait en silence si le propriétaire du 4×4, Mahmoud, un chiite libanais vivant à Detroit, ne tenait à écouter Radio Nour, la voix du Hezbollah, sur laquelle se succèdent les chants héroïques et d'autres nuisances sonores.

« Des chercheurs français, affirme Mahmoud, ont établi que c'est ici le seul endroit de la Méditerranée où elle soit à 100 % pure. » Sur toute la largeur du pare-brise, sous une bande autocollante représentant des combattants en train de servir un lance-roquettes : « Le Hezbollah accomplit la volonté de Dieu ! »

« Nous ne sommes pas concernés par cette guerre mais nous en avons subi les conséquen-

ces », remarque de son côté le curé maronite du village d'Alma ech Chaab, assis en compagnie d'une dizaine de ses ouailles sous le feuillage d'un arbre qui a la particularité de repousser les moustiques.

Plus à l'est, au niveau peut-être d'Ed Dhaira, ou de Yarine, une colline est couronnée par une position israélienne d'où pointe le canon d'un char. Puis, sur une hauteur voisine, une position isolée de la Finul.

Quelques vaches bicolores et trois ânes. Les oliveraies alternent avec des champs de tabac.

Depuis Marouahine, on distingue la clôture et le chemin de sable, passé au peigne fin, qui marquent la frontière, et au-delà le village israélien de Tarbikha. À la jumelle, on pourrait observer comment vivent ses habitants, s'ils ont par exemple des jardins : mais, dans ce contexte, ce ne serait probablement pas une bonne idée.

Des drapeaux du Hezbollah claquent au vent parmi les ruines du village d'Aït ech Chaab et au sommet de son minaret, toujours debout, où l'on installe des haut-parleurs qui bientôt diffuseront sans désemparer des chants guerriers. Dans le lointain se dessine la silhouette du mont Hermon.

« Aussi longtemps que nous aurons la Résistance, nous aurons la paix », proclame une jeune fille encapuchonnée de noir au milieu des décombres de sa maison familiale. De ceux-ci émergent les restes d'un séchoir à tabac, et aussi le cylindre jaune d'une sous-munition

non explosée, approximativement de la taille d'une saucisse. Le petit frère de la jeune fille montre ses deux pigeons morts.

« C'était juste un village de paysans, de pauvres gens, pas de terroristes ! » se récrie un homme qui, pour ce qui le concerne, est probablement un combattant. À défaut d'uniforme ou de tout autre signe distinctif, la seule chose qui ne trompe pas, c'est quand un homme habillé en civil est équipé d'un talkie-walkie. « Ils font pire que l'Holocauste ! Ils se vengent sur le monde entier ! »

L'un de ces hommes équipés d'un talkie-walkie soutient que jamais les Israéliens n'ont réussi à prendre le contrôle du village, et que sur une colline voisine ils ont perdu « treize hommes et trois chars Merkava ». Un autre prétend avoir trouvé dans les parages la tête d'un soldat, coiffée de son casque, et l'avoir conservée « comme une preuve ». À défaut, voici une bouteille d'eau minérale dont l'étiquette est libellée en hébreu. L'homme qui la brandit en boit une gorgée, au goulot : « C'est de l'eau ! » annonce-t-il d'un air dépité, ou incrédule, comme s'il s'était attendu, venant des « Juifs », à quelque chose de plus rare et de plus original.

Un chien noir et blanc erre le long de la rue principale du village de Rmaich, non loin du cadavre presque momifié d'un cheval. Puis c'est une chienne jaune, efflanquée, les mamelles pendantes, qui hante les abords de Bint Jbeil,

« capital of Liberation », où le Hezbollah a tenu les Israéliens en échec pendant plusieurs semaines, au prix de destructions formidables.

La chienne apparaît à un détour de la route, en même temps que la terrasse dressée, avec tables, chaises, parasols bicolores (orange et noir) du restaurant Grand Palace, dont il faut se rapprocher pour constater que derrière ce décor toutes les vitres sont cassées, les stores arrachés, les murs noircis par la fumée et la salle encombrée par les débris de son mobilier.

Au fond d'un vallon, un stade aux gradins troués, une école béante, écorchée d'un côté sur toute sa hauteur.

« God blessed us to win the war ! » Le vieil homme se tient dans le salon de sa maison bombardée, meublée de quatre fauteuils et d'une armoire vitrée curieusement épargnés, sous un portrait du *Seyyed* et presque dans les plis d'un drapeau iranien.

« Les Juifs sont sans pitié. » Il se plaint d'avoir perdu tout ce qu'il possédait, huit cents moutons, mitraillés (jusqu'au dernier ?) par un hélicoptère et par un chasseur-bombardier.

Bien qu'il se soit auparavant défendu de tout sectarisme, le Libanais de Detroit, ressortant de chez le vieil homme, tient à nous faire observer que celui-ci, un chiite, nous a offert du thé, tandis que les chrétiens du village d'Alma s'en étaient abstenus. Mais n'a-t-il pas remarqué que ces derniers n'étaient pas chez eux, et qu'ils s'étaient entretenus avec nous sous un arbre ?

À la longue, excédé par les réflexions antiaméricaines qu'il profère à tout bout de champ, je lui demande pourquoi il s'obstine à vivre, et apparemment à prospérer — comme d'ailleurs énormément de Libanais originaires de Bint Jbeil, ou d'autres villages de la région — dans un pays qu'il déteste à ce point. À quoi il me répond, assez habilement : « Nous nous habillons comme des Américains, nous aimons leur façon de vivre, leur musique et leur cinéma. Mais au lieu de répandre tout cela par le canal des médias ou de l'éducation, ils le font avec des F-16, et c'est cela que nous haïssons. »

Encore des ruines : de celles-ci, dans le village d'Ainata, tout proche de Bint Jbeil, des volontaires du Qatar, vêtus de casaques jaunes et portant des masques pour se protéger de la puanteur, sont en train d'exhumer les restes épars d'une famille, avant de les rassembler dans des sacs en plastique ou dans des couvertures nouées à leurs deux extrémités. Huit corps hier, et déjà onze aujourd'hui. La tâche se poursuit sous la supervision du fils d'une des victimes, qui est aussi le frère de deux autres, un ingénieur arrivé la veille de Beyrouth.

De cette soirée, lors de laquelle nous avons bu, et parlé, avec une égale profusion, d'abord dans la salle à manger de l'hôtel Al Fanar puis à la terrasse d'un bistrot du port, je ne conserve que deux souvenirs susceptibles d'être rapportés. Dans le premier, un journaliste italien évoque une nuit qu'il a passée autrefois dans la demeure familiale des Joumblatt et dans le lit même de Kamal — longtemps après que ce dernier, le leader historique des Druzes, eut été assassiné par les Syriens — tandis que dans une pièce voisine le fils du précédent, et son successeur à la tête du même parti, se querellait violemment avec son épouse. Dans le second, Bruno Philip, le correspondant du *Monde* en Chine (et un ami de longue date), mentionne comme particulièrement mal embouchés les chiens errants du Népal, et ceux d'une ville de Mongolie qui ne peut être qu'Oulan-Bator. (Ces chiens d'Oulan-Bator — jadis Ourga — dont Xavier de Planhol, dans un ouvrage déjà

cité, écrit de son côté : « Dans la Mongolie lamaïque de l'époque moderne et contemporaine encore les cadavres étaient traditionnellement livrés aux chiens. Autour d'Ourga, jusque dans les années vingt, il y en avait ainsi des meutes auxquelles on allait livrer les corps et qui se disputaient leurs restes. Leur présence rendait très dangereuse la circulation nocturne car ils n'hésitaient pas à s'attaquer aux passants. »)

Dans l'état d'ébriété, ou de post-ébriété, qui était le mien au réveil, avant le lever du jour, c'est avec appréhension, et même le vague sentiment d'être victime d'un enlèvement, que je me suis retrouvé, heureusement en compagnie de Christophe, chargé tel un quartier de viande dans le 4 X 4 de Mahmoud, celui dont le pare-brise s'ornait d'une bande autocollante proclamant que « le Hezbollah accomplit la volonté de Dieu ».

Et ce sentiment ne fit que croître lorsque à la périphérie de Tyr le véhicule stationna plusieurs minutes au pied d'un immeuble qui me parut louche, le temps pour Mahmoud d'aller chercher son jeune frère, Ahmed, et de lui céder le volant. Ledit Ahmed venait d'être expulsé d'Allemagne pour défaut de visa. Ce n'est qu'une fois passé le Litani, à rebours, sur un pont provisoire établi par l'armée libanaise, que ma crainte d'être enlevé, de concert avec mon état de post-ébriété, s'est progressivement dissipée : même si la manière qu'avait Ahmed de conduire, le nez de sa voiture toujours sur le

cul de la précédente, puis déboîtant au dernier moment et doublant sans visibilité, klaxon hurlant, pouvait être envisagée comme une poursuite de la guerre, ou du *djihad*, par d'autres moyens.

Le soir même nous dînions à Beyrouth dans un restaurant de la corniche. Mais, pour d'obscures raisons, j'ai tendance à confondre ce repas avec un autre que j'ai fait plus tard, au mois de décembre, dans le même lieu et dans des circonstances comparables — il s'agit dans les deux cas d'une veille de départ —, réunissant les mêmes convives : Sharif et Nayla, Iskandar, outre Christophe, présent uniquement lors du premier, et Nada, qui n'avait pu se joindre à nous que lors du second. (Ce dîner d'adieux, qui tel que je m'en souviens commence donc au mois d'août, quelques jours après la fin des combats, pour ne se terminer qu'en décembre, quelques heures après la dispersion d'un rassemblement gigantesque organisé par l'opposition prosyrienne dans le voisinage du Parlement — rassemblement lors duquel le général Aoun est monté à la tribune vêtu d'une combinaison orange et coiffé d'une casquette de la même couleur qui le faisaient ressembler à un pompiste —, ce dîner d'adieux se tient dans un restaurant tout proche de l'hôtel Palm Beach où ma chambre jouit d'une vue oblique, en se penchant, sur le trou d'Hariri, ou plus exactement sur le trou, de dimensions imposantes, creusé dans la chaussée par l'explosion qui a

tué celui-ci : site dont les abords, gardés vingt-quatre heures sur vingt-quatre par des militaires, sont envahis d'herbe folle, le trou lui-même étant maintenu dans son état d'origine et régulièrement épilé, sans doute afin de soutenir l'illusion qu'il fera un jour, lorsque tout le monde se sera mis d'accord sur les modalités d'une telle enquête, l'objet d'investigations susceptibles de confondre les assassins. Et au retour du dîner de décembre, sinon de celui d'août, puisque je logeais alors dans un autre hôtel, j'avais contemplé ce trou, depuis mon balcon si étroit qu'il invitait à l'enjamber, en même temps que le lieu où quelques minutes auparavant mes amis beyrouthins — dont il me semblait alors, par pure grandiloquence éthylique, que je ne devais jamais les revoir — avaient été réunis.)

Le 10 août, en effet, Nada avait quitté Beyrouth — pour y revenir quelques semaines plus tard, bien qu'elle eût un moment envisagé ce départ comme définitif, dans la mesure où le Hezbollah semblait appelé à dominer pour longtemps la vie politique du pays — à bord du *Mistral*, un navire de la marine nationale qui évacuait vers Larnaka les ressortissants français, ou franco-libanais, bloqués au Liban par le conflit. Lors de cet épisode, elle m'avait appelé, depuis le bateau, pour me confirmer qu'elle venait d'embarquer, et me signaler qu'auparavant elle avait aperçu dans le périmètre du port des chiens errants. Et ces chiens, ou d'autres, je les ai vus moi-même, courant à perdre haleine

dans les larges allées délimitées par des alignements de conteneurs empilés — telle une meute de loups, me disais-je, à l'approche de la fin du monde — lorsque dix jours plus tard, dans la soirée, je me suis rendu au port avec le projet d'embarquer à destination de Chypre sur le *Cap-Camarat*.

Les enceintes portuaires, surtout lorsqu'il y règne une certaine confusion, sont particulièrement propices aux chiens errants : à l'aller, alors que je me disposais à profiter de l'une des rotations assurées par le *Mistral*, et que j'attendais, tôt le matin, devant la grille du port de Larnaka, j'en avais rencontré quatre ou cinq, apparemment une femelle avec plusieurs générations de sa descendance. Le gardien du port, ou le chef des flics affectés à la sécurité de celui-ci, les traitait affectueusement de « gangsters », parce que de temps à autre ils s'aplatissaient pour passer sous la grille et aller marauder sur les quais. Aussi longtemps que j'attendis, ils me tinrent compagnie, le plus souvent couchés autour de moi, me regardant d'un œil et se léchant à l'occasion les babines, ne se dressant pour aboyer que lorsque apparaissait dans leur champ de vision un congénère domestique. C'est le seul bon souvenir que je conserve de Larnaka, par ailleurs l'une des villes les plus ingrates de la Méditerranée. Lors de mon premier passage, j'y avais séjourné à l'hôtel Crown Resort, situé sur le littoral à quelque distance de la ville. Au retour, le Crown Resort étant complet,

je dus me rabattre sur un établissement voisin du nom de Sveltos. Ce dernier était tenu par un couple d'ogres, ou de gens qui auraient mérité de l'être. L'ogresse, en particulier, après qu'elle m'eut agoni d'injures lorsque je lui avais demandé un reçu pour le prix du repas immangeable qu'on venait de me servir sur la terrasse — repas dont des touristes pauvres, britanniques pour la plupart, avalaient avec bonheur d'énormes portions, ce qui m'avait inspiré une certaine honte pour la délicatesse, pourtant très relative, de mon goût —, l'ogresse en particulier me causait une indicible frayeur. Vers 18 h 30, un peu avant le coucher du soleil, je suis ressorti de l'hôtel pour m'engager à pied sur la route qui passait devant, non dans la direction de la plage, dont j'avais déjà pris la mesure, mais vers l'intérieur des terres. À quelques centaines de mètres du repaire des ogres, je tombai accidentellement sur le lieu où vraisemblablement ils égorgeaient leurs victimes : il s'agissait de cinq maisons abandonnées, toutes semblables mais à des degrés différents d'inachèvement, perchées sur une butte, en retrait de la route, d'où la vue embrassait d'immenses étendues de maquis dégradé, à la limite du terrain vague. Borné dans le lointain par des collines, au pied desquelles se devinait un quartier périphérique ou une agglomération satellite de Larnaka, ce paysage était composé principalement de poussière et de buissons incolores. Quant au sol sur lequel étaient bâties, ou plutôt

ébauchées, les cinq maisons, il était autour d'elles planté de roseaux et de chardons, les uns et les autres en touffes, et constellé tant de boîtes de bière, ou d'autres emballages alimentaires, que d'étrons, ces derniers par telles quantités qu'il fallait que ce décor exerçât un attrait irrésistible sur les chieurs. À ces ruines merdeuses, un malheureux était venu confier le secret de ses amours, graffitant sur un mur les noms de Clea et de Zaccharias, séparés — ou réunis — par un cœur percé d'une flèche.

Alors que le soleil se rapprochait de l'horizon, à la crête d'une des collines qui formaient l'arrière-plan de ce paysage je vis paraître tout d'abord un nuage de poussière, s'élevant et croissant à la vitesse d'une tornade — mais il n'y avait pas un souffle d'air — ou d'une vision biblique, puis sous ce nuage un flot épais et sombre se ruer, dont l'irrésistible progrès semblait aller dans le sens de la seconde hypothèse (biblique), jusqu'à ce que je parvienne, dans la pénombre, à reconnaître des moutons, ou des chèvres, en plus grand nombre que je n'en avais jamais observés. Et ce déferlement d'ovins, ou de caprins, surmonté de son nuage de poussière inévitablement doré par la lumière du couchant, traversa tout mon champ visuel, du sud au nord, avant de disparaître derrière une autre crête. Ce spectacle me laissa tout pantelant, comme dans l'imminence de la révélation d'un mystère. Par la suite, en m'éloignant des maisons inachevées, je remarquai sur une cou-

lée de terre meuble, entre les buissons, des empreintes de canidé si larges qu'elles auraient pu appartenir à une hyène, et dissociées de toute empreinte humaine. Il s'agissait donc d'un animal solitaire, probablement féral. Peut-être cet animal avait-il partie liée avec les ogres, comme dans certaines versions de l'histoire ce n'est pas un loup seul, mais un homme agissant de concert avec une bête fauve, qui saigne les bergères du Gévaudan.

Détaché de son contexte, ou plutôt arraché à celui-ci, et retrouvé à terre, dans un environnement sec, au bout de quelques semaines ou de quelques mois — car rien ne permet de déterminer avec plus de précision la date de son arrachement — l'objet se présente comme un triangle de parchemin d'environ quatre centimètres de longueur et d'un poids de deux ou trois grammes, revêtu sur sa face externe de poils bruns. Ces poils, il faut en convenir, évoquent la chèvre autant que le chien. Mais le lieu de la découverte, dans le centre d'Athènes, au sommet de la colline de Philopapos, semble peu compatible avec la chèvre. Si donc il s'agit, comme je le pense, d'une oreille de chien, arrachée lors d'un combat par un autre chien, l'animal essorillé devait être très jeune, compte tenu de la petite taille de l'objet : à moins que celui-ci, plutôt qu'une oreille entière, n'en constitue qu'une partie, et vraisemblablement la pointe, qui en est la plus exposée. Ce morceau présumé d'une

oreille de chien, Kate l'avait trouvé sur le sol, où peut-être elle recherchait un objet tombé de sa poche, au pied du monument qui couronne la colline de Philopapos. L'endroit, évidemment plus connu pour la vue qu'il ménage sur l'Acropole, et au-delà sur la plus grande partie de l'agglomération athénienne, jusqu'à la mer et à l'île de Salamine, nous avait été signalé d'autre part comme infesté de chiens errants. Et tandis que nous gravissions cette colline, en effet, notre attention avait été attirée par la contiguïté d'une grotte présentée comme la « prison de Socrate » et d'un enclos non gardé, à usage de fourrière, derrière les grilles duquel aboyaient des animaux abandonnés, tandis qu'à l'extérieur des chiens errants, libres de leurs mouvements, semblaient prendre plaisir à narguer leurs congénères enfermés. Leur liberté, ces chiens errants ne l'avaient d'ailleurs préservée que dans des conditions qui en limitaient l'exercice : chacun d'entre eux portait un collier de toile auquel étaient accrochées deux ou trois breloques attestant qu'ils avaient été stérilisés, vaccinés, etc. Sans doute cet étiquetage des chiens errants, et leur neutralisation préalable, étaient-ils une fois de plus ce que les associations de défense avaient trouvé de mieux pour en soustraire quelques-uns à l'élimination brutale dont la plupart avaient été victimes avant les Jeux olympiques de 2004 ou dans d'autres circonstances.

De toute la documentation inutile, ou d'un

intérêt inégal, dont je dispose au sujet des chiens errants, une grande partie a été collectée sur Internet et témoigne de l'universalité de cette controverse opposant les éradicateurs aux partisans de la stérilisation, envisagée comme la seule alternative « humaine » aux méthodes des précédents.

Parmi d'autres pays des Balkans, tous bien fournis en chiens errants, la Roumanie est depuis des années l'un des théâtres privilégiés de ces affrontements. En avril 2001, à la suite d'une semaine de violences contre les chiens orchestrées par le maire de Bucarest, Traian Basescu, une pétition adressée au président de la République, Ion Iliescu, est mise en ligne sur le site www.paw-europe.com. Dès le premier paragraphe, on comprend que les initiateurs de cette démarche ne vont pas y aller avec le dos de la cuiller : « Nous, les signataires, demandons au président roumain de mettre fin immédiatement à l'atroce massacre des chiens de Bucarest et de lancer un programme de stérilisation et d'adoption. » « La grande majorité des Roumains, poursuit le texte, est horrifiée par ce massacre […]. Les centaines de protestants *[sic]*, regroupant aussi bien de simples citoyens que des représentants du Parlement, doivent faire face aux menaces de Basescu d'utiliser les forces anti-émeutes » (le maire de Bucarest ayant auparavant déclaré que « quelques coups de bâton sur le dos des sénateurs et des dames représentant les organisations de protection

donneraient une bonne leçon d'autorité et d'ordre public »).

« La manière violente avec laquelle le maire a décidé de régler le problème des chiens errants a provoqué encore plus de violence et a amené [...] des personnes à descendre dans la rue pour tirer avec des armes à feu sur les chiens » (ce qui relativise la proposition précédente concernant l'opinion de « la grande majorité des Roumains »). « Cet accès de violence a été suivi par un autre incident dramatique provoqué par plusieurs personnes non identifiées qui sont entrées par la force dans un appartement rue Foisorului, à Bucarest, et ont tabassé à coups de bâton une dame âgée et les trois chiens errants qu'elle cachait, avant de finalement jeter les chiens par le balcon : les chiens sont morts et la femme se trouve à l'hôpital. » Cité par les auteurs de la pétition, un « professeur d'université », M. Mihai Voiculescu, confirme que les chiens capturés dans les rues sont « à l'heure actuelle tués par strangulation ou par injection de phosphate de magnésium dans le cœur, sans anesthésie ». « Les refuges municipaux, conclut le texte, gardés par des personnes armées et interdits aux visiteurs, opèrent comme des "camps de la mort". »

Cette comparaison, en effet, exerce sur les défenseurs des chiens — dont le cruel Basescu a justement observé qu'il s'agissait le plus souvent de femmes — une tentation à laquelle ils ne parviennent pas toujours à se soustraire.

Cinq ans après la pétition, qui n'a donc pas obtenu les résultats escomptés, en janvier 2006 c'est au tour d'une « jeune Milanaise » (ainsi qu'elle est présentée par ailleurs), qui « en 2002 a déménagé en Roumanie pour y réaliser un centre de stérilisation », de lancer sur le site www.cani-bucarest-it un « SOS à tous pour sauver des chiens en danger d'extermination », dans lequel elle n'hésite pas à flétrir « le monde et ses shoahs d'animaux ». « Les humains me rendent folle ! » enchaîne Sara Turetta, la jeune Milanaise, avant d'évoquer les scènes apocalyptiques dont Bucarest serait à nouveau le théâtre, telle celle de « chiens en flammes et non euthanasiés dans les brasiers des fours crématoires ». Cette fois, c'est à la suite du décès d'une personnalité, le président de l'association d'amitié nippo-roumaine — lequel, mordu par un chien, s'est vidé de son sang, en plein jour, sur les marches du palais du gouvernement —, que les esprits se sont échauffés.

« Hier soir, écrit encore Turetta, tous les chiens se trouvant devant le palais du gouvernement ont été capturés et probablement tués […]. L'effet de cet accident à Bucarest se fait également ressentir à Cernavoda. Aujourd'hui, le management de la centrale nucléaire a décidé que les chiens présents sur le terrain, bien que déjà stérilisés par nos soins, devaient disparaître. »

Même si tout ce qui précède semble plutôt témoigner de l'inanité d'une telle politique de

stérilisation, c'est encore par une relance de celle-ci que les amis des chiens répondront à ces persécutions.

Dans une conclusion provisoirement optimiste, le même site, ou un site apparenté, signale en effet qu'« un camping-car Mercedes aménagé comme une vraie salle d'opération, avec à son bord du personnel vétérinaire international, voyagera dans le sud-est de la Roumanie pour secourir et stériliser des milliers de chiens errants ». « C'est le cadeau, poursuit le texte, qu'a fait la show-girl et célèbre présentatrice hollandaise Bridget Maasland (www.bridget.tv) aux associations du projet Canibucarest. »

Après avoir « adopté un chiot », « la splendide Bridget » s'est rendue personnellement en Roumanie pour y réaliser « un reportage choc [ceci en caractères gras] sur le calvaire des chiens errants ». Dès son retour, elle a créé la fondation Dutchy-puppy et accepté de poser dans *Playboy* au bénéfice de celle-ci. Le texte est illustré d'une photographie de Bridget souriante accroupie au milieu d'un chenil, vêtue d'une petite robe toute simple, à motifs floraux, et tenant dans ses bras pas moins de trois chiens errants.

La première édition de l'ouvrage d'Alan M. Beck, *The Ecology of Stray Dogs* («L'écologie des chiens errants»), date de 1973. Celle dont je dispose a été publiée en 2002 par Purdue University Press. Dans celle-ci, l'ouvrage est sous-titré *A Study of Free-ranging Urban Animals*, ce qui peut se traduire ainsi : «Une étude sur les animaux urbains en état d'errance», ou encore : «Une étude sur les animaux urbains errant librement». Mais la seconde option, me semble-t-il, sonne comme un pléonasme, dans la mesure où l'errance implique nécessairement un certain degré de liberté. À la lecture de la préface de l'édition de 2002, on rencontre à chaque ligne des difficultés de traduction, imputables pour certaines à la plus grande richesse du vocabulaire anglais se rapportant aux chiens errants, pour d'autres à la nature même de ces animaux, ou plutôt à l'ambiguïté de leur statut. Ainsi Beck distingue-t-il les «loose or straying pets» — animaux de compagnie errants ou détachés — des

« unowned stray dogs » — chiens errants sans propriétaire — qu'il définit ailleurs comme les véritables chiens errants — « true stray dogs » — voire comme des chiens féraux : « stray (feral) dogs ». Des chiens appartenant à la seconde catégorie, Beck observe qu'ils forment des groupes stables, habituellement de deux à cinq, qu'ils sont « plus actifs de nuit », et aussi « plus méfiants vis-à-vis des gens ». Toutefois certains d'entre eux brouillent les pistes en imitant le comportement des animaux de compagnie, dans ce que Beck décrit comme une forme de « camouflage culturel ». Par la suite, le même auteur introduit des nuances tendant à estomper la frontière entre les deux catégories qu'il a au préalable définies : ainsi dans le cas du chien errant « unowned » mais faisant l'objet d'une forme non concertée d'appropriation collective, qui reçoit de différentes personnes une aide alimentaire plus ou moins régulière, au lieu d'être réduit à ce qu'il trouve dans les poubelles, et dont on peut penser qu'il se rencontre surtout parmi les spécimens les plus doués pour le « camouflage culturel ». L'étude de Beck, qui date du début des années soixante-dix, porte sur une population atypique de chiens errants, puisqu'elle a été réalisée à Baltimore, sur la côte est des États-Unis. Sans surprise, elle établit que la plus forte densité de chiens errants s'observe dans les quartiers les plus pauvres, qui dans leur grande majorité se trouvent être également des quartiers noirs. Dans ces quartiers, remarque

Alan M. Beck, la divagation des chiens, qu'ils appartiennent ou non à quelqu'un, bénéficie d'une certaine tolérance, au moins si l'on en juge d'après les réactions agressives qu'entraînent sporadiquement les interventions de la fourrière.

Il n'en va pas de même avec la « meute véritablement férale » (« truly feral pack ») observée par l'auteur, entre le 21 juillet et le 4 août 1971, sur un terrain boisé — les deux mots du texte original, « forest land », évoquant même une réalité plus sombre et plus touffue — situé à Baltimore dans le quartier de Chapel Gate Road. Il y a quelque chose d'onirique, ou de fantastique, dans l'idée de cette meute, telle que la décrit Alan M. Beck, ne surgissant de son bois, ou de ses fourrés, en plein cœur d'une des villes les plus peuplées des États-Unis, que pour renverser des poubelles, de préférence à l'aube ou au crépuscule, et pour donner la chasse aux riverains s'ils interfèrent avec cette activité. Beck précise que dans le même périmètre se dressaient alors les ruines d'un collège. Tout cela — meute, forêt, crépuscule, ruines, poubelles renversées, riverains pourchassés, et jusqu'au nom de Chapel Gate Road — me faisait dresser les cheveux sur la tête et excitait en même temps ma convoitise, alors que dans l'appartement où m'avait installé l'Université Johns-Hopkins, à Baltimore, je cherchais le sommeil en feuilletant *The Ecology of Stray Dogs*.

À l'invitation de mon ami Christian Delacam-

pagne, qui devait mourir peu après, et qui peut-être se savait déjà gravement malade mais ne m'en avait rien dit — de telle sorte que par la suite, et comme à mon habitude, je me suis efforcé de faire durer le plus longtemps possible un dîner qui sans doute lui pesait —, je venais de donner devant quelques élèves et quelques professeurs de cette université une conférence, passablement bavarde et décousue, dont il y a tout lieu de penser qu'elle les avait consternés. Autant que je m'en souvienne, c'est à peine si j'étais arrivé à parler de littérature, et je ne doute pas de leur être apparu comme une sorte de contorsionniste ou d'artiste de music-hall. Je n'en avais pas moins profité de cette exhibition pour demander à la cantonade, au point où j'en étais, si quelqu'un ne serait pas disponible, le lendemain soir, pour m'accompagner dans l'excursion que je prévoyais de faire à Chapel Gate Road. Et j'avais également mentionné le quartier de Bolton Hill, dont un plan figurait dans le livre de Beck, sur lequel ce dernier avait reporté le territoire — *home-range* — fréquenté par deux chiens errants, Shaggy et Doberman, qui avaient fait de sa part l'objet d'observations particulièrement détaillées. Mais aucun de mes auditeurs n'avait manifesté d'intérêt pour l'une ou l'autre de ces excursions, en partie parce qu'elles ne présentaient en effet guère de sens, au moins de leur point de vue, et accessoirement parce que si le quartier de Chapel Gate Road semblait difficile à locali-

ser, celui de Bolton Hill, tout proche de l'université, apparaissait dans l'ouvrage de Beck comme un ghetto noir, et donc comme un territoire où des étudiants blancs, peut-être à juste titre, étaient peu désireux de se hasarder.

Le lendemain, je me suis levé de bonne heure pour me rendre par le train à Washington où je devais entretenir un autre public de sujets plus sérieux. Dans cette ville, pendant le temps libre dont je disposais, je me suis rendu au muséum d'histoire naturelle où j'ai acheté un livre de Stephen Budiansky, *The Truth about Dogs* (« La vérité sur les chiens »), dans lequel, à la page 120, figurent deux images — une reproduction d'un tableau de Van Gogh et la photographie d'un lapin au milieu d'un parterre de capucines —, chacune en deux exemplaires, dont l'un illustre la perception des couleurs chez l'homme et l'autre chez le chien. Ce document permet de mieux comprendre pourquoi si peu de chiens s'intéressent à la peinture : ils voient tout en gris-jaune. (C'est également dans le livre de Budiansky que pour la première fois j'ai vu mentionné le chien chanteur de Nouvelle-Guinée, par curiosité pour lequel, bien plus tard, je devais me lancer dans plusieurs entreprises hasardeuses, à commencer par une tentative infructueuse d'embarquer à Brisbane sur un cargo à destination de Port-Moresby.) Avant de reprendre le train pour Baltimore, j'ai encore eu le temps de faire le tour de la Maison-Blanche, ou tout au moins de passer devant. Il faut pour cela

emprunter une voie interdite aux automobiles, et évidemment très surveillée, en bordure de laquelle je tombai malencontreusement sur un objet qui n'aurait pas dû s'y trouver, tout ce secteur étant inlassablement passé au peigne fin, et qui, de ma hauteur, me parut être un k-way plié avec soin et glissé dans une pochette de plastique. Toutefois une bombe, pour ce que j'en sais, peut aussi bien se présenter sous cette forme, et c'est pourquoi je demeurai assez longtemps dans l'expectative, considérant que si c'en était une, et quoi que je puisse faire désormais, que je m'éloigne à grands pas ou que je me penche pour la ramasser, je risquais également d'être arrêté, longuement interrogé et vraisemblablement poursuivi. Aucun des flics présents dans la rue n'avait encore rien remarqué. Je décidai de passer outre, non sans me reprocher d'avoir manqué de courage, ou d'ambition, en ne me baissant pas pour examiner l'objet suspect, négligeant ainsi une chance unique de devenir d'une manière ou d'une autre un héros. Comme je m'éloignais, d'un pas mesuré, il me sembla que George Bush apparaissait brièvement à sa fenêtre et m'adressait de la main un petit signe plein de cordialité.

De retour à Baltimore, j'ai examiné un plan de la ville et constaté que le quartier de Bolton Hill était si proche de la gare qu'aucun taxi n'accepterait de m'y conduire. J'avais tout d'abord formé le projet d'en louer un, de préférence conduit par un Noir, afin de limiter les

risques d'être pris à partie pendant mon excursion dans ce qui devait être un ghetto. En même temps, il m'était impossible d'expliquer à un chauffeur de taxi, et plus particulièrement, me semblait-il, à un chauffeur noir, que cette visite, je ne voulais la faire que par sympathie pour deux chiens qui avaient erré là au début des années soixante-dix. Pour ces deux raisons, il ne me restait d'autre choix que de m'y rendre à pied, ce qui d'ailleurs me donnerait une vision des choses plus proche de celle de Shaggy et Doberman. Par Mount Royal, puis Lanvale, suivant exactement la limite du territoire canin telle qu'elle était reportée sur le plan de Beck, j'atteignis Eutaw sans avoir jamais cessé de marcher parmi de coquettes maisons de brique à perrons géorgiens, refaites à neuf, séparées par des allées impeccables où plus rien n'était susceptible de convenir à des animaux errants : manifestement, le ghetto avait changé de couleur et de statut social. Toutefois, passé Eutaw — une artère assez large dont les voies sont séparées par un terre-plein aménagé en espace vert —, le paysage change du tout au tout ; ce sont cependant les mêmes maisons, mais non restaurées, et toujours, comme au temps de Shaggy et Doberman, peuplées de Noirs, dont la condition ne semble pas avoir favorablement évolué depuis lors.

Tous les signes de la dérélection étaient réunis dans le périmètre très restreint auquel je décidai de limiter mes observations ; jeunes types

tenant les murs, graffitis, véhicules aux roues crevées ou aux vitres explosées, maisons murées, et même, pour au moins l'une d'entre elles, entièrement calcinée de l'intérieur, réduite à une façade sur laquelle se lisait encore l'avis suivant : « If animal trapped, call 396 62 86[1]. » Un peu plus loin, toujours en suivant la limite du territoire de Shaggy et Doberman, le long de Madison ou de McCulloh, une petite cité de HLM réhabilitées paraissait témoigner de vagues efforts relevant d'une « politique de la ville ». En redescendant par Mosher vers Eutaw, et vers le confort du secteur reconquis par la bourgeoisie culturelle, avec ses plantations soignées, ses couples gays et ses cafés semblables à ceux de la rue Vieille-du-Temple, je pris le temps de vérifier que les allées, dans la partie du quartier qui avait conservé son caractère d'origine, étaient encore encombrées de poubelles débordantes et de sacs en plastique, parmi lesquels je ne vis aucun chien, mais un rat. Dans son livre, Alan M. Beck prétend que ces derniers, dans les quartiers qu'il a plus particulièrement étudiés, vivent en bonne intelligence avec les chiens, au point même de s'entendre avec eux pour prévenir toute invasion de leur territoire commun par les chats. Il convient de noter qu'à l'exception de Beck, personne, où que ce soit dans le monde, n'a jamais rien observé qui confirme une telle association.

---

1. « Si un animal est enfermé, appelez le 396 62 86. »

À 9 heures et demie du soir, le ciel bleu sombre, au-dessus du lac, est parcouru de grands trains de nuages blancs, boursouflés, que pousse un vent violent. Lequel fait se courber la cime et se tordre les palmes des cocotiers, dont la silhouette, noire désormais, se détache sur le fond bleu sombre du ciel. Noire également, la surface du lac est ridée de vaguelettes qui viennent battre, ou lécher, les piliers de la jetée. Cela ressemble au début de la tempête dans une version colorisée de *Key Largo*. Toutefois le vent ne souffle pas assez fort pour empêcher un balbuzard de planer, ou des anhingas de faire sécher leurs ailes déployées, leur long cou décrivant de ces sinuosités qui sont à l'origine de leur nom anglais de *snake-bird*. La lune à demi pleine, son éclat atténué par un reste de jour, se lève au-dessus du belvédère qui marque l'extrémité de la jetée. À l'opposé, sur la terre ferme, de sous un buisson bien épais dépasse la queue rayée d'un iguane, lequel a négligé ce détail, en allant

se mettre à couvert, et se croit probablement invisible. À la tentation de le détromper, en marchant sur cette queue ou en la tirant d'un coup sec, s'opposent le sentiment du respect dû à l'iguane, autant que la crainte d'être mordu (bien que dans un autre film de référence, *La Nuit de l'iguane*, il me semble que ce dernier, pourtant fort mal traité, ne se défend pas, ou très peu).

Tout ce décor, idyllique, et assez conforme à l'idée que certains se font de la nature, est un pur artifice. Car si on élargit un peu le champ, on découvre sur la berge du lac une autoroute, animée en ce début de soirée par une circulation dense produisant une rumeur incessante, et au-delà, sous un dais de lumière orange, les pistes de l'aéroport de Miami, d'où à chaque instant s'éloignent ou se rapprochent d'innombrables avions, leur fuselage étincelant dans les dernières lueurs du couchant, avec un bruit fracassant dont il faut reconnaître qu'il est aussi particulièrement excitant.

La scène se déroule dans le jardin et au bord de la piscine de l'hôtel Hilton-Airport, l'enseigne lumineuse de celui-ci se reflétant, rouge, sur les eaux du lac. Le matin même, je m'étais foulé la cheville en transitant par l'aéroport de Cincinnati. Et maintenant, au bord de la piscine du Hilton dont je suis le seul usager, dans les odeurs de kérosène et de marécage portées par le vent tiède, au sortir d'un repas servi dans une salle à manger peut-être un peu trop

climatisée, survolé par les avions aux trajectoires brillantes et assourdi par le vacarme de leurs réacteurs, regardant se balancer la cime des cocotiers, planer le balbuzard, se sécher les anhingas aux ailes déployées, dépasser d'un buisson la queue ocellée du lézard, songer une jeune Japonaise accoudée au garde-corps de la jetée, j'éprouve un sentiment de bonheur et de plénitude tel que je me demande si je ne pourrais pas finir mes jours dans cet hôtel, réglant chaque semaine ma note avec tout un jeu de fausses cartes de crédit, prétextant de l'ajournement d'un vol reporté d'année en année, sans autre occupation que de lire de temps à autre le *Miami Herald*, de me baigner dans la piscine, de me restaurer à heures fixes d'un choix de nourritures aseptisées, d'aller et venir sur la jetée, de différer de jour en jour le moment de marcher sur la queue de l'iguane ou de la tirer d'un coup sec. Sans doute s'agit-il d'une pensée morbide, ou traduisant du moins un défaut de maturité. Le temps passerait, des avions par milliers — mais jamais le mien — atterriraient ou décolleraient, rien n'arriverait, peut-être deviendrais-je à la longue aussi peu gênant, aussi familier, aussi sympathique, même, que le lézard, peut-être tenterais-je à mon tour de me cacher dans le buisson en évitant de laisser dépasser ma queue à l'extérieur. Peut-être entrerais-je à la fin dans le lézard, au sens où les démons entrent dans les pourceaux (lesquels, il est vrai, vont aussitôt se jeter du haut de la falaise).

Longtemps après cette soirée au Hilton, le jeudi 15 mars 2007, je lus dans *Libération* un article consacré au dernier roman de Carlos Victoria, un écrivain cubain vivant en exil à Miami. Le livre s'intitule *Un pont dans la nuit*. L'article m'avait touché au point d'acheter le livre le jour même. Puis je l'avais mis de côté. Une fois au moins j'étais repassé par Miami, en pleine nuit, j'y avais été accueilli par un flic noir et raciste, ou francophobe, qui s'était efforcé de me faire sortir de mes gonds, afin d'avoir un prétexte, je n'en doutais pas, pour me jeter en prison — « Are you going to commit any crime ? » m'avait-il demandé de vive voix, parmi d'autres insanités, après m'avoir renvoyé au bout de la file parce que j'avais oublié de cocher une des cases de ma déclaration —, puis j'avais emprunté devant l'aéroport un taxi et je m'étais fait conduire à Miami Beach où j'avais vu le soleil se lever du mauvais côté, surgissant de ce même océan dans lequel nous avons l'habitude de le voir disparaître. Une dame d'un certain âge — probablement le mien —, non moins noire que le flic, m'avait taxé de dix dollars et déclaré en retour que j'étais « un ange » — « you're an angel » —, me réconciliant du même coup avec la communauté afro-américaine et me mettant de bonne humeur pour toute la journée.

De retour à Paris, ou à Saint-Nazaire, je n'avais toujours pas ouvert *Un pont dans la nuit*, lorsque dans le même journal qui me l'avait fait

découvrir, j'appris que Carlos Victoria venait de se suicider. J'étais maintenant plus que jamais décidé à lire le livre. Mais auparavant, j'ai parcouru de nouveau l'article daté du jeudi 15 mars 2007, et j'y ai remarqué quelque chose qui m'avait échappé la première fois, à savoir que le paysage devant lequel écrivait Carlos Victoria, à Miami, était assez semblable, ou du moins comparable sur de nombreux points, à celui qui m'avait plongé dans cette espèce de transe. « Son appartement, lisait-on, est recouvert d'une moquette propre et gris clair. Il donne sur le lac. Dessous, des palmiers et un vieux ponton. Sur le ponton, un iguane. À gauche, un hydravion. » L'article relevait d'autre part le goût de Carlos Victoria pour les livres de cuisine : « [Il] lit leurs recettes avec passion. Mais il ne cuisine jamais. Il mange du thon en boîte. »

Dans sa conclusion, étrangement prémonitoire si on considère qu'elle date de plusieurs mois avant le suicide de Victoria, consommé semble-t-il en toute élégance et en toute discrétion, le journaliste de *Libération* écrivait que « si la joie cubaine est si belle, c'est parce que la tristesse qu'elle recouvre est sans fond. Carlos Victoria est entré sans crier dans le puits ».

Le massacre de la rue Tiremasse a dû se dérouler au moment même où nous arrivions, Hans et moi, chez les amis qui l'avaient invité à dîner. Après une courte accalmie, la pluie venait de reprendre, d'autre part la nuit tombait, et la conjonction de ces deux phénomènes sera signalée dans la plupart des articles qui au cours de la semaine suivante dévoileront peu à peu les circonstances du massacre. Pendant plusieurs jours, en effet, à compter du lundi, l'évocation de ce fait divers, dans les colonnes du *Nouvelliste* ou du *Matin*, occupera presque autant de place que les articles relatifs au bicentenaire de l'assassinat de Dessalines. La rue Tiremasse, je le remarque incidemment, coupe à angle droit le boulevard qui porte le nom de ce dernier. Et cette intersection de la rue Tiremasse et du boulevard Dessalines n'est pas très éloignée du lieu-dit « le Pont-Rouge », en retrait du port pétrolier, où deux cents ans plus tôt, le 17 octobre 1806, le premier empereur

d'Haïti devait trouver la mort sous les coups de ses compagnons d'armes. Avant de retrouver Hans, le hasard m'avait fait passer dans la matinée — en vitesse, et tassé dans le fond d'une voiture, car il s'agissait alors d'un quartier de Port-au-Prince où il n'était pas recommandé de s'attarder — devant le monument assez précaire élevé sur le lieu de cet assassinat : quelques drapeaux et quelques calicots venaient apparemment d'y être accrochés, et la barrière qui le protégeait avait été restaurée, mais seulement sur une partie de sa longueur, soit par négligence, ou parce qu'il manquait de la peinture verte ou blanche pour persister jusqu'au bout dans les mêmes tonalités, soit parce que les employés affectés à cette restauration avaient succombé en cours de route à la crainte d'être enlevés. Et il est de fait que l'on enlevait désormais n'importe qui, des secrétaires à la sortie de leur bureau, des enfants sur le chemin de l'école, dans une spirale de férocité qui semblait se nourrir d'elle-même, les ravisseurs exécutant parfois leurs victimes avant toute demande de rançon.

En fin d'après-midi, à la terrasse d'un hôtel d'où l'on voyait la baie de Port-au-Prince, et au-dessus de celle-ci se déployer l'orage, venu des hauteurs, qui bientôt allait noyer la ville sous des trombes d'eau, nous avions controversé, Hans et moi, avec un Irlandais du Nord, volontaire d'un organisme charitable, qui soutenait que la violence ne pouvait être combattue que par la concertation. Lui-même payait de sa personne

en donnant des cours de non-violence dans les écoles des quartiers mis en coupe réglée par les gangs, ou en invitant certains de leurs membres, parmi les plus policés, à se réunir avec des chefs d'entreprise et d'autres représentants qualifiés de la société. Que de telles démarches n'aient entraîné jusque-là aucun résultat tangible, pas plus que la collecte des armes, qui de l'avis général n'avait été qu'une mascarade, rien de tout cela ne semblait pouvoir entamer ses convictions, fondées d'autre part sur des expériences de même nature qu'il prétendait avoir menées avec succès dans son pays d'origine. Et maintenant il se disposait à récidiver au Cachemire. Ce qui le rendait sympathique, malgré tout, en dépit de son obstination à prôner des méthodes qui, au moins en Haïti, s'étaient soldées par un échec manifeste, dont on mesurait quotidiennement l'ampleur au nombre de victimes des gangs, c'était la modestie, et la bonne foi, avec laquelle il convenait à demi-mot de cet échec, mais sans remettre en cause l'idéologie qui l'avait inspiré. On sentait qu'aucun revers ne pouvait le rebuter, ou l'ébranler dans sa foi, et on s'en félicitait pour lui, tant les chances de voir triompher la non-violence au Cachemire paraissaient limitées.

L'averse s'était abattue sur la ville alors qu'au sortir de l'hôtel nous nous dirigions vers le centre, ou le fantôme de celui-ci, et déjà l'eau bouillonnait en torrents dans les ravines, ces égouts à ciel ouvert où différentes sortes d'ani-

maux — porcs, dont certains atteignent la taille d'un tigre et sont rayés comme ces derniers, chèvres, poulets, chiens — recherchent leur nourriture lorsqu'elles ne sont pas inondées.

Passé le musée haïtien, où par suite de pillages, ou de laisser-aller, il n'y a désormais presque plus rien à voir, hormis quelques tableaux parmi lesquels celui de Sénèque Obin intitulé *Mort de tempête*, qui représente un cheval renversé, les jambes en l'air, assailli par une dizaine de chiens, tandis que deux autres de ces animaux copulent au premier plan, et que sur un côté de la scène, en retrait, se tient un homme qui semble presser contre son nez un mouchoir, peut-être afin de se protéger de la puanteur émanant du cheval mort, passé le musée haïtien la rue Capois laisse sur sa droite le cinéma Rex, où la légende rapporte qu'une conférence donnée en 1945 par André Breton fut à l'origine d'une émeute, celle-ci prenant bientôt les proportions d'une véritable insurrection et entraînant de proche en proche la chute du gouvernement. Puis nous nous étions engagés dans l'interminable avenue Panaméricaine, qui relie Port-au-Prince à Pétionville, sur la hauteur, et la pluie avait redoublé alors que nous nous trouvions à mi-pente. Le niveau de l'eau qui dévalait la chaussée ne cessait de s'élever, et sa vitesse de croître, alors que déclinait symétriquement la puissance du véhicule loué par Hans, un modèle de faible cylindrée et de mauvaise qualité. Au plus fort de l'orage, la visibilité étant tom-

bée à quelques mètres, et tout notre environnement paraissant sur le point d'être lessivé par la crue, la voiture s'était immobilisée dans une côte et avait refusé momentanément de redémarrer. L'embrayage patinait, pour autant que je puisse en juger, et la première renâclait à s'enclencher. Pendant les quelques secondes, ou les quelques minutes, qu'a duré cet incident, je ne doute pas qu'outre la crainte raisonnable d'être emportés par le flot, ou percutés par un autre véhicule, nous ayons éprouvé furtivement celle plus inavouable de nous retrouver sans défense, tels deux poulets aux pattes liées, face à un possible assaut des gueux dont les cabanes se grimpaient les unes sur les autres dans le ravin. Et cela d'autant plus qu'en contrebas de la Panaméricaine je venais d'apercevoir à travers la pluie battante un chien mort, accident au demeurant très fréquent à Port-au-Prince. De telle sorte que si les choses devaient à la fin mal tourner, pour Hans ou pour moi-même, peut-être le moment viendrait-il où un témoin de la scène, se tenant prudemment à distance comme l'homme au mouchoir dans le tableau de Sénèque Obin, pourrait noter sur son carnet (dans la mesure où une telle démarche était envisageable sous ces trombes d'eau) : « Somebody threw a dead dog after him down the ravine[1]. » Et c'est ainsi, comme je le notais

1. « Quelqu'un jeta un chien mort après lui dans le ravin. » Il s'agit de la dernière phrase d'*Au-dessous du volcan*, de Malcolm Lowry, dans la traduction de Stephen Spriel et de Clarisse Francillon.

au début, que la pluie avait cessé, temporairement, pour reprendre avec une moindre abondance au moment où les assassins ouvrirent le feu sur de paisibles riverains de la rue Tiremasse, tandis que Hans et moi, sains et saufs, nous approchions de chez les G., les amis haïtiens qui l'avaient invité à dîner. Je me rappelle distinctement qu'alors que nous quittions la voiture, dont l'abri nous avait paru tout à l'heure si précaire, quelqu'un est sorti de la maison avec un parapluie pour nous escorter jusqu'à la porte d'entrée.

Je sais peu de chose de G. le père, sinon qu'il avait été longtemps auparavant une figure marquante de l'intelligentsia marxiste en Haïti. À la date de ce dîner, il est mort depuis plusieurs années. C'est sa veuve, originaire d'Europe de l'Est, qui nous reçoit, en compagnie de son fils, de sa belle-fille, et d'un adolescent qui doit être le fils des précédents. À notre arrivée, il se trouvait également dans la maison un homme âgé, au langage fleuri, radoteur — « c'est l'académicien par excellence ! » répétait-il inlassablement, « et il me dit "j'ai faim, Pierre-Alexis, j'ai faim !" » —, dont tout le monde semblait pressé de se débarrasser. Désespérant d'arriver au terme de cette histoire d'académicien affamé, dont on devinait qu'il l'avait déjà racontée à d'innombrables reprises, constamment interrompu et rabroué — tel Saniette, me disais-je, dans un dîner chez Mme Verdurin —, il finit par prendre son chapeau et s'éclipser.

La franchise, ou la brutalité, avec laquelle il avait été évincé me faisait craindre le pire lorsque à la demande générale je dus m'expliquer sur mes propres projets. La veille, je m'étais plutôt mal tiré d'un exercice du même genre devant une jeune psychiatre volontaire d'une association humanitaire (mais le même jour, j'avais rencontré auprès des élèves du lycée Alexandre-Dumas un succès qui, sans être triomphal, effaçait en partie le souvenir de mon échec à Baltimore, renouvelé par la suite, et jusqu'à Miami, dans plusieurs villes des États-Unis). Ce fut donc avec surprise, tout d'abord, puis avec soulagement, que j'observai combien ce public intellectuel et marxiste, ou présumé tel, accueillait avec bienveillance l'abrégé de ma conférence sur les chiens. Hans me prêta main-forte en racontant comment lui-même avait rencontré à Panmunjom, sur la ligne de démarcation entre les deux Corée, un officier américain qui nourrissait dans le no man's land toute une troupe de chiens afin de leur éviter de se faire manger s'ils s'en écartaient. Le fils de la maison renchérit en évoquant une parente qui, autrefois, avait travaillé dans une laiterie dont les employés recevaient une prime pour chaque chien errant qu'ils tuaient, ceux-ci ayant la réputation d'attaquer les vaches quand elles vêlent. La littérature et l'histoire haïtiennes, chacun en convenait, entretenaient l'une et l'autre d'étroites relations avec les chiens, depuis ceux — des dogues importés de Cuba — du général

Rochambeau, dévoreurs d'esclaves révoltés, jusqu'à celui, noir, dans lequel s'était peut-être réincarné Clément Barbot, un ancien chef macoute que les sbires de Papa Doc avaient aspergé de kérosène et brûlé vif dans la plaine du Cul-de-Sac, en passant par les chiens qui se repaissaient des cadavres laissés sans sépulture sur les champs de bataille ou les charniers (ni d'un côté ni de l'autre on ne faisait la moindre différence entre combattants et civils) de la guerre qui avait opposé les Français à Dessalines, ou ceux dont on prétendait, rituellement, qu'ils avaient lapé le sang de ce dernier, après que ses compagnons d'armes l'eurent assassiné au lieudit le Pont-Rouge, et en attendant que ses restes soient recueillis, et inhumés, par une femme connue sous le nom de Défilée la Folle « qui avait perdu trois ou quatre de ses fils au combat de Vertières », pouvait-on lire dans *Le Nouvelliste*, « et, conséquemment, la raison ».

Les livres que Hans avait écrits sur Haïti étaient eux-mêmes pleins de chiens errants, le plus souvent occupés, en compagnie de porcs, à mettre en pièces des corps d'opposants au régime abandonnés sur des décharges publiques ; et un auteur haïtien, André Vilaire Chéry, venait de publier sur ce sujet un livre savant et drôle, dans lequel il observait que « le chien est l'animal qui revient le plus souvent dans les proverbes créoles », précisant que « plus d'une centaine de proverbes, dictons ou locutions [...] de

la langue populaire [sont] construits autour du mot *chen*[1] ».

De mon côté, afin de faire ressortir le sérieux de ma démarche, je citai de mémoire un passage d'un roman de Graham Greene, *Les Comédiens*, dans lequel Brown, le narrateur, se penche au-dessus de la piscine vide de l'hôtel Oloffson (désigné dans le livre comme Le Trianon), au fond de laquelle gît le corps recroquevillé du docteur Philipot, un homme de bien, comme sans doute l'avait été G. le père à la même époque : « Un pas feutré s'approcha dans la nuit et quand je tournai ma lampe dans sa direction je vis un chien maigre et affamé se dresser à côté du plongeoir. Il me regarda de ses yeux qui coulaient et remua la queue sans espoir comme pour me demander la permission de sauter dans le trou et de lécher le sang. Je le chassai de la voix. »

Pendant le repas, Mme G., dont les convictions révolutionnaires avaient apparemment résisté à l'épreuve du temps, se lança dans le récit compliqué d'une intrigue à laquelle son mari avait été mêlé, dans les années soixante, alors qu'il était un des leaders de l'opposition la plus radicale à Papa Doc. Un apprenti guérillero ayant été grièvement blessé par balle, lors d'une séance d'entraînement, G. le père avait dû rechercher en toute hâte un médecin pour le soigner, et

---

1. André Vilaire Chéry, *Le Chien comme métaphore en Haïti*, Henri Deschamps, 2004.

n'avait trouvé finalement qu'un houngan, un prêtre vaudou, qui fût prêt à prendre ce risque. Il semble malgré tout que l'apprenti guérillero, soigné par le houngan, se remit peu à peu de sa blessure. Mais pendant la nuit où G. s'était absenté afin de porter secours au guérillero blessé, son épouse avait reçu la visite d'un homme qui s'était présenté comme un ami de son mari, et dont elle-même, sans pouvoir l'identifier, éprouvait le sentiment de l'avoir déjà rencontré. Ce visiteur, d'autre part, était par ses origines un « Russe blanc », circonstance qu'elle ignorait, et dont elle prétend aujourd'hui qu'elle eût été suffisante pour qu'elle refusât de le recevoir. Et ce qu'elle ignorait aussi, et qui était beaucoup plus alarmant, c'est que cet ami supposé de son mari était en même temps très lié avec l'entourage de Papa Doc. Étrangement, Mme G. ne conserve aucun souvenir de ce que l'homme lui dit à l'occasion de cette visite, ni de ce qui en avait résulté. Or voici qu'un journal de Port-au-Prince publie depuis quelques jours, sous forme de feuilleton, un récit de la vie du Russe blanc particulièrement farfelu — même compte tenu des approximations et des outrances dont la presse haïtienne est coutumière —, d'où il ressort que sa fille, dont Mme G. n'a jamais entendu parler, aurait à la même époque fait perdre la tête au père de Dodi Al Fayed, l'ami de Lady Diana, et que lui-même, quelques années plus tard, aurait procuré à Lee Harvey Oswald l'arme avec laquelle il

devait assassiner le président Kennedy. Et ainsi de suite.

La veille de ce dîner, après que Hans eut présenté son dernier livre sur Haïti, *Ombres dansantes*[1], devant le public du centre culturel français, un de ses amis de Port-au-Prince, le peintre et écrivain Frankétienne, s'était lancé dans une interminable et brillante diatribe, sans le moindre rapport avec l'ouvrage de Hans qui en constituait le prétexte, contre « l'hégémonie actuelle d'une superpuissance » et « six siècles de domination occidentale sur le monde », tenus pour seuls responsables de tous les maux de celui-ci, y compris le naufrage vers lequel la société haïtienne semblait irrésistiblement entraînée.

Et dès le lendemain, dans les colonnes du *Matin*, un autre écrivain haïtien, d'une égale réputation, saluait cette diatribe de Frankétienne en termes dithyrambiques, tandis que dans un second article, à propos cette fois du bicentenaire de l'assassinat de Dessalines, le même auteur dénonçait la « loi du silence » dont ce dernier avait été victime : ceci dans un journal où il n'était question que de lui, au milieu des préparatifs de grandioses cérémonies à sa mémoire. Que le mot d'ordre le plus connu de Dessalines eût été « Coupez têtes, brûlez cayes » ne semblait pas le préoccuper le moins du monde, non plus que l'évidence de ses sanglants

---

1. Hans Christoph Buch, *Ombres dansantes*, Grasset, 2006.

dérèglements, pourtant d'une telle ampleur qu'ils avaient amené ses anciens compagnons d'armes à se conjurer pour l'abattre (mais il est vrai que cette circonstance était généralement ignorée des textes publiés à l'occasion du bicentenaire, d'où se dégageait l'impression que si Dessalines avait bel et bien été assassiné, puisque cet événement faisait l'objet de commémorations, ce n'était par personne en particulier). Inévitablement, dans ce genre d'exercices, les Français étaient soupçonnés d'être à l'origine de la mauvaise réputation de Dessalines, et de n'avoir grandi Toussaint-Louverture qu'afin de mieux flétrir son successeur, « plus spécifiquement haïtien ». Dans un long poème écrit en 1932 et reproduit dans *Le Nouvelliste* du lundi 16 octobre 2006, un certain Charles Moravia prête à Dessalines les propos suivants :

« Pour laver cette terre, il faut du sang, du sang ! Qu'importe qu'au hasard je frappe l'innocent ? À la guerre comme à la guerre ! […] Je suis l'homme de sang qui sauvera le Noir […]. Pris d'une soif inextinguible de massacre, Mon cœur s'est endurci longuement […]. Je veux répandre tant de sang et de ruines, Qu'on frissonne plus tard au nom de Dessalines. »

Même en faisant la part de la licence poétique, si l'auteur de tels discours est « plus spécifiquement haïtien » que Toussaint-Louverture, tout ce que l'on peut souhaiter à Haïti, c'est d'avoir dans l'avenir des dirigeants qui ne soient pas trop spécifiques.

Ce n'est que deux jours après le dîner chez Mme G., et la veille des célébrations officielles du bicentenaire, que la presse de Port-au-Prince a publié les premières relations détaillées du massacre de la rue Tiremasse. Entre-temps, on avait érigé sur la place Saint-Pierre, devant l'hôtel où je résidais, une construction provisoire, en planches, dont la ressemblance avec un échafaud m'avait tout d'abord alarmé, sous l'influence peut-être des articles exaltant les aspects les plus sombres de la personnalité de Dessalines, jusqu'à ce que je comprenne que cette tribune, même si elle avait un lien avec la commémoration de son assassinat, n'était destinée qu'à recevoir un orchestre.

D'après *Le Nouvelliste*, la tuerie s'était déroulée à l'angle de la rue Tiremasse et de la rue Mariela, dans le quartier de Bel Air, à la tombée de la nuit, alors que beaucoup de gens étaient rentrés chez eux pour s'abriter de la pluie. Le bilan s'élevait tout de même à sept morts et dix-huit blessés. De son côté, *Le Matin* précisait que les tueurs étaient au nombre de sept, et qu'ils étaient arrivés, « torse nu et lourdement armés », à bord d'un véhicule dépourvu de signes distinctifs. Les deux quotidiens, citant probablement les mêmes sources, les décrivaient comme des partisans de l'ancien président Aristide qui plusieurs années auparavant avaient pris part à l'« opération Bagdad », une campagne de terreur orchestrée par celui-ci afin de rendre le pays ingouvernable. Originai-

res du quartier de Bel Air, ils en avaient été éloignés à la demande des habitants, avant de revenir pour se venger en tirant au hasard sur ceux qu'ils avaient trouvés au-dehors. *Le Nouvelliste* rappelait comment, dix-huit mois plus tôt, des détenus, évadés en masse du Pénitencier national à la suite d'une opération de commando, avaient assassiné dans des circonstances comparables une vingtaine d'habitants d'un bidonville, le Village de Dieu, qu'ils soupçonnaient de les avoir dénoncés.

Dans la même édition du *Nouvelliste,* un certain Thony Roland Rousseau exposait longuement un programme politique destiné à résoudre tous les problèmes d'Haïti, qu'il prétendait lui avoir été révélé, en songe, par quatre des pères fondateurs — Toussaint-Louverture, Dessalines, Pétion et Christophe — et dont l'article cinq était ainsi libellé : « Créer une grande dynamique en envoyant des délégations d'étudiants et d'ouvriers sillonner tout le pays en apportant à chaque commune l'acte signé par le nouveau président, stipulant que tous les habitants seront princes et princesses. » Un autre article du programme de Rousseau, plus terre à terre, prévoyait d'instaurer un « nouveau système bancaire à double verrou », « plus performant que celui de la Suisse », reposant sur une institution dont le nom, dans le journal, était entièrement composé en capitales d'imprimerie : « LA BANQUE ULTRA-SECRÈTE DU CAPITALISME POPULAIRE ».

Si le véhicule d'Eduardo Mendoza, une voiture plutôt moche et de coloration imprécise, ne rencontre pas d'obstacle, dans sa progression à une allure régulière, d'est en ouest, le long de la limite sud du parc de Chapultepec, il devrait à un moment ou à un autre rejoindre la route de Toluca, comme nous souhaitons qu'il le fasse. La voie qui longe cette limite sud du parc de Chapultepec porte malencontreusement le nom de Constituyentes, l'un des plus dissonants parmi ceux des artères de la capitale mexicaine, dont beaucoup sont au contraire admirables : ainsi d'*Insurgentes*, ou de *Niños Heroes*, ou même de cet *anillo de circunvalación* qu'il est tentant de se représenter sous les traits d'un petit animal pourvu d'une longue queue enroulée sur elle-même, à l'instar de ce cacomixtle *(bassariscus astutus)* dont le parc de Chapultepec, justement, abrite quelques spécimens, et dont on peut lire sur un panneau explicatif la description suivante,

dans un espagnol si facile qu'il peut se passer de traduction :

« El cacomixtle es un carnívoro muy agil de cuerpo largo y cola anillada [...] es de hábitos nocturnos [...] pasa gran parte del día en los árboles. »

Il ne semble pas qu'Eduardo Mendoza ait entendu parler du cacomixtle. En revanche, il confirme que parmi les chiens errants capturés par la *perrera* — la fourrière —, certains, préalablement électrocutés, sont bel et bien livrés aux fauves du zoo de Chapultepec, comme on me l'avait indiqué dans l'entourage du cireur. Personnellement, Eduardo a plutôt de la sympathie pour ces chiens, qu'il a l'habitude de croiser lorsqu'il photographie des scènes de la vie quotidienne à México. C'est dans l'exercice de cette activité qu'il a observé, par exemple, que les chiens errants empruntaient volontiers les passerelles piétonnières pour franchir les voies à grande circulation, et il en a retiré la conclusion qu'ils étaient « plus intelligents que les hommes », ou que certains d'entre eux, qui souvent négligent cette précaution et se font écraser. Cette réflexion d'Eduardo me rappela dans quelles circonstances j'avais vu pour la première fois un chien errant de México : c'était à Paris, rue Rambuteau, dans le film de Carlos Reygadas intitulé *Batalla en el cielo*. Le premier plan de ce film, un plan extrêmement long, montre une jeune femme de la bonne société, agenouillée, en train de sucer le sexe du chauf-

feur de son père. Il ne s'agit pas à proprement parler d'une scène excitante, les deux protagonistes témoignant d'une égale morosité. Dans le plan suivant, c'est la nuit, vraisemblablement le jour ne va pas tarder à se lever, et on retrouve le chauffeur, plus alerte, défilant avec la fanfare aux accents de laquelle est envoyé chaque matin le gigantesque drapeau qui flotte dans la journée au-dessus de la place du Zócalo. Un chien errant, comme il s'en rencontre beaucoup dans ce quartier historique de México, passe dans le champ, qu'il se soit trouvé là par hasard au moment où la scène était tournée, ou qu'on l'y ait délibérément fait figurer.

Le Refugio Perro Feliz, vers lequel se dirigeait le véhicule d'Eduardo, m'avait été décrit par la comtesse Almaviva — le jour même où je lui avais offert ce bouquet de gardénias — comme un lieu au « sol couvert de chiens » : « peut-être plusieurs milliers », avait-elle ajouté. Bien qu'a priori les refuges ne m'intéressent pas, j'avais décidé de visiter celui-ci afin d'avoir vu ça, un sol couvert de chiens, par milliers, au moins une fois, avant de passer à autre chose. Eduardo était supposé avoir repéré l'objectif et préparé notre intervention, mais ce n'était pas le cas. Loin du centre historique de México, le Refugio Perro Feliz est situé en bordure de la nouvelle route de Toluca, en un point où celle-ci surplombe de très haut le quartier d'affaires de Santa Fe. Sur l'un des bas-côtés, couverts à ce niveau d'une végétation presque rurale, gi-

sait ce matin-là un gros rat mort dont la dépouille encore souple avait attiré quelques quiscales. D'entrée de jeu, nos échanges avec le gardien du refuge, à travers une petite ouverture pratiquée dans une porte métallique, se sont avérés difficiles. Non seulement à cause de sa mauvaise volonté, mais aussi du vacarme que faisaient les chiens, à l'intérieur, et à l'extérieur les véhicules roulant à vive allure sur la route de Toluca. Eduardo agitait sous son nez une carte de presse, certainement la dernière chose à faire, mais il était encore débutant dans le métier. Le gardien s'en fut chercher un responsable plus élevé, des coups de téléphone furent échangés, de vagues promesses nous furent faites, l'attente se prolongea, mais non, tout bien pesé, il était impossible de nous laisser accéder sans rendez-vous au refuge, ce qui augurait plutôt mal de la façon dont les chiens y étaient traités. Le bruit qui en émanait, et l'odeur, n'exprimaient d'ailleurs pas la joie de vivre. Avant de repartir, j'ai eu le temps de coller mon œil à cette espèce de judas à travers lequel nous communiquions avec le gardien, et d'apercevoir une cage dans laquelle étaient entassés peut-être deux cents chiens. Non seulement ils couvraient le sol mais ils se recouvraient en partie les uns les autres. Et Eduardo trépignait, dans mon dos, qu'au total il y en avait peut-être dix fois plus, répartis dans d'autres enclos invisibles du portail.

Malgré tout, cette visite inachevée n'était pas

à la hauteur de ce qui avait été convenu entre nous, la veille, par téléphone, depuis la terrasse d'un restaurant de Coyoacán où je déjeunais en compagnie de l'éditeur mexicain qui m'avait mis en relation avec Eduardo. (Pendant le déjeuner, dans ce faubourg qu'inévitablement on associe au souvenir de Trotski, l'éditeur raconta comment les guérilleros du Sentier lumineux, au Pérou, avaient exécuté par pendaison des chiens errants qu'ils accusaient de trotskisme : mais la conversation, ainsi qu'il arrive souvent, s'était écartée du sujet avant que mon interlocuteur ait eu le temps de décrypter cette information.) Si j'avais fait appel à Eduardo, sur la recommandation de l'éditeur, c'était avant toute chose pour qu'il me conduise à Nezahualcoyotl, un quartier périphérique de México, voisin de l'aéroport, dont on m'avait assuré qu'il valait mieux s'y rendre accompagné. Mais bien que familier des échauffourées, des émeutes, enfin des violences de toutes sortes qui font partie de la vie quotidienne à México, Eduardo manifestait peu d'entrain pour ce projet, prétextant que Nezahualcoyotl était trop éloigné, ou difficile d'accès, ou pauvre en chiens, alors que d'autres sources me l'avaient indiqué comme foisonnant de ces derniers. Après notre échec, ou notre demi-échec, sur la route de Toluca, je dus presque me mettre en colère pour le convaincre, si nous n'allions pas à Nezahualcoyotl, de me conduire dans n'importe quel autre quartier, à l'exclusion de ceux que je connaissais

déjà, susceptible d'abriter beaucoup de chiens. Pas plus que de Nezahualcoyotl, Eduardo ne voulait entendre parler de Tepito, où l'on m'avait pourtant signalé que se tenait un commerce de chiens errants maquillés en chiens de race. Après avoir consulté longuement, en chipotant, mon plan de México, il se décida finalement pour la *colonia* El Mirador, au pied du *cerro* de La Estrella — une de ces collines absorbées depuis longtemps par la croissance de la ville —, que nous avons attaquée en fin de matinée par l'avenue Morelos. Au vu des petites maisons crépies de couleurs vives, des jardinets, des boutiques, des groupes d'enfants vêtus d'uniformes scolaires impeccables, j'ai tout de suite compris pourquoi le choix d'Eduardo s'était porté sur ce quartier, de préférence à tous ceux que je lui avais suggérés. Je ricanais, intérieurement, à l'idée de sa déconvenue imminente, cependant qu'il s'efforçait de détourner mon attention en prétendant qu'il avait vu ici même s'affronter « des bandes de vingt à trente chiens ». Et pourquoi pas, tant qu'il y était, des combats de chiens et de rétiaires ? Soudainement, alors que nous nous trouvions à l'angle des rues Luna et Neptuno, avec la même expression hagarde que s'il venait d'apercevoir un couple de lions il me désigna en silence cinq gros chiens assoupis à l'ombre d'un acacia, ce qui accentuait leur ressemblance avec des fauves, le long d'un mur peint aux couleurs de la bière Corona Extra. Trois de ces chiens étaient jaunes, ou brunâ-

tres, les deux autres noirs, et tous les cinq tenaient à des degrés divers du berger allemand. Il eût été facile de les imaginer repus de chair humaine si le climat du quartier n'avait exclu de telles extrémités. Fort de ce premier succès, Eduardo, servi par le hasard, s'acheminait maintenant vers un véritable triomphe.

Sur les pentes du *cerro* de La Estrella, plus haut que les maisons, s'étend un cimetière, un *panteón*, dont il connaît bien le personnel, ayant l'habitude de s'y rendre chaque année le jour de la Fête des Morts. Il s'agit d'un cimetière immense, l'un des plus grands de México. Et cependant nous y sommes tombés presque aussitôt sur une de ses relations, un type qui vivait là, semble-t-il, depuis toujours, et qui, pointant son doigt dans la direction d'une grande croix, marquée de l'inscription « Solo Jesus Salva » et plantée à l'intersection de deux allées, nous a indiqué ce carrefour comme « le lieu où les chiens se tenaient dans la journée ». En approchant de la croix, on remarque qu'elle est de couleur rouge, sanglante si l'on veut ; mais ce qu'on remarque surtout c'est que deux camionnettes de la *brigada de control canino* — la *perrera* — stationnent au niveau du carrefour sous la protection d'un véhicule de police (*Delegación Iztapalapa*). Et tandis que les flics veillent à ce que personne ne les prenne à partie, une dizaine d'employés de la *perrera*, vêtus de salopettes grises, coiffés de casquettes bleues, portant des masques et des gants de protection, pour-

chassent en tous sens, à travers les tombes, piétinant au passage les chétives décorations de celles-ci, des chiens complètement affolés, qui le plus souvent leur échappent et que parfois ils parviennent à capturer, au lasso, avant de les traîner sur le sol, puis de les hisser par le cou jusque dans les cages grillagées dont sont équipés leurs fourgons. Il se dégage de cette scène la même impression de violence aveugle, et de confusion, que lors d'une bagarre de rue. Les employés de la *perrera* sont hors d'haleine, une fois leurs masques retirés, et n'échangent que peu de mots — les chiens eux-mêmes, dans l'ensemble, se tiennent cois sitôt qu'ils sont encagés —, conscients de s'acquitter d'une tâche méprisée, appréhendant sans doute les réactions d'un public en l'occurrence très réduit, mais qui, plus nombreux, manifesterait probablement de l'hostilité. À quelque distance se tient un groupe de femmes silencieuses et réprobatrices, appuyées sur le manche de leurs bêches, que je prends pour des fossoyeuses et qui s'avèrent être des jardinières. « Pourquoi tuent-ils les chiens ? » questionne l'une d'elles. « Ils sont tellement bons à manger ! » ajoute une autre, provoquant le rire de ses compagnes. Du moins est-ce ainsi qu'Eduardo me traduit cette réplique, que je soupçonne d'être en réalité plus ambiguë et peut-être sexuellement connotée. D'après les jardinières, les chiens que l'on vient de capturer étaient tout à fait inoffensifs. Les seuls chiens dangereux de ce quartier vivraient

dans une rue se terminant en impasse au pied du *cerro* de La Estrella, et qui se trouve être dédiée aux frères Lumière. Au fond de la rue Hermanos Lumière, c'est exact, commence une espèce de jungle, qui recouvre en partie le sommet du *cerro*. Lorsque nous nous y engageons, un groupe d'ivrognes qui étaient couchés en travers se relèvent sans hâte avant de s'égailler dans la brousse, et seul reste allongé sur le macadam, comme mort, un chien errant qui ne paraît pas notablement plus dangereux que ses congénères du cimetière. Sans doute la mauvaise réputation des chiens de la rue Hermanos Lumière tient-elle surtout à leur proximité, ou à leur association, avec les ivrognes.

Arnaud Exbalin, un Français qui prépare une thèse sur la naissance de la police à México, soutient que lors de la grande *matanza de perros* — tuerie de chiens — perpétrée en 1798 dans la capitale mexicaine, l'une des premières et des plus systématiques, en l'absence d'épidémie de rage c'est symboliquement tout le vagabondage, et pas seulement celui des chiens, qui était visé. Il souligne que le vocable utilisé à l'époque, et aujourd'hui encore parmi d'autres, pour désigner le chien errant, *perro vago*, assimile celui-ci au vagabond tout court, *el vago*. Quant à la croisade de 1798, elle aurait été sinon prêchée, du moins encouragée, par un prêtre qui reprochait aux chiens la plupart des vices également imputés à la plèbe : telles la paresse, la lubricité, ou l'habitude, peut-être plus

spécifiquement canine, de vomir et de chier dans les églises.

L'inclination à se castagner en public constitue un autre trait commun aux vagabonds et aux chiens, et l'un de ceux qui peuvent inspirer du dégoût ou de la frayeur. Carlos Fuentes, dans *La Mort d'Artemio Cruz*, a tiré de cette circonstance une des plus belles scènes de chiens de la littérature mexicaine, ou de l'infime partie de celle-ci que je connaisse. Cela se passe en 1941. Une grande bourgeoise et sa fille font leurs courses dans le centre de México :

« Elles se partagèrent les paquets et se dirigèrent vers le Palais des Beaux-Arts, où le chauffeur devait les attendre : elles marchaient toujours la tête baissée, tournée vers les vitrines comme une antenne et brusquement la mère prit en tremblant le bras de sa fille et laissa tomber un paquet parce que devant elles, tout près d'elles, deux chiens grognaient avec une colère glacée, s'écartaient l'un de l'autre, grognaient, se mordaient le cou jusqu'au sang, couraient sur la chaussée, mêlaient à nouveau leurs membres en se mordant cruellement et en grognant : deux chiens de la rue, teigneux, bavant, un mâle et une femelle. La jeune fille ramassa le paquet et entraîna sa mère vers le parking[1]. »

En recherchant le lieu où cette scène se dé-

---

1. Carlos Fuentes, *La Mort d'Artemio Cruz*, traduction de Robert Marrast, « Folio », 1977.

roule, je suis tombé non loin de là, devant le Musée national des Arts, au pied de la statue de Carlos IV, sur un rassemblement, ou plutôt un campement, d'habitants d'Oaxaca — ou de représentants plus ou moins qualifiés de ces derniers —, une ville qui était alors en état d'insurrection depuis plusieurs semaines. Ne serait-ce qu'en raison de la violence et de la mauvaise foi auxquelles se heurtait leur mouvement, qui lui-même n'était pas exempt de l'une et de l'autre, on aurait aimé éprouver de la sympathie pour les insurgés d'Oaxaca : quand je lisais le récit de leurs aventures, dans la presse, je m'y sentais d'ailleurs assez enclin. Mais la traversée de ce campement, où pullulaient les portraits d'ancêtres barbus et les enseignes de groupuscules concurrents, avec des acronymes longs comme le bras, dont les leaders s'égosillaient acrimonieusement dans des haut-parleurs, cette traversée me fit l'effet d'une visite au musée Grévin de la Révolution et c'est plutôt de la répulsion qu'elle m'inspira, comme elle en aurait inspiré à ces deux bourgeoises de Carlos Fuentes auxquelles je n'avais aucun désir de ressembler.

Au cours des derniers mois de l'année 2006, à Valparaíso, l'accès de la station Puerto du *metro tren* est momentanément perturbé par des travaux d'agrandissement ou de rénovation. En empruntant la passerelle provisoire qui permet d'atteindre le quai, on ne peut manquer de remarquer combien son étrange courbure, avec les angles morts qu'elle ménage, est propice aux rencontres non souhaitées. Et c'est pourquoi nul ne s'étonne, le lundi 6 novembre dans la matinée, de voir un quotidien local, *La Estrella*, titrer sur toute la largeur de sa une : « Sicópata sexual ataca en la estación Puerto ! »

« Il était 11 h 30 du matin ce vendredi, poursuit *La Estrella*, quand un dépravé qui se déplaçait à bicyclette a abordé la jeune universitaire à la station Puerto du métro de Valparaíso… » Afin de faire ressortir toute l'horreur de ce fait divers, et de pallier la pauvreté du récit qu'il en donne, le journal l'a illustré d'une photographie non de la scène elle-même, mais d'une

reconstitution de celle-ci, avec des figurants si paresseux, pour ne rien dire du photographe, que le résultat va à l'encontre de l'effet recherché : les bras tendus à l'horizontale, tel un somnambule de bande dessinée, et les deux mains posées bien à plat sur les épaules de la pseudo-victime, elle-même un peu figée, le pseudo-psychopathe semble plutôt s'efforcer de la tenir à distance, comme pour prévenir de sa part toute tentative d'effusion.

Plus on regarde ce montage, que son manque de naturel élève au rang d'une véritable œuvre d'art, et plus on en retire l'impression qu'il ne s'est rien passé, le vendredi 4 novembre, à la station Puerto ; ou rien qui justifiât d'en faire la une d'un journal, même aux ambitions aussi modestes que *La Estrella.*

Cette station Puerto marque l'une des deux extrémités de la ligne, partiellement aérienne, qui relie Valparaíso à la ville voisine de Viña del Mar. Elle débouche sur la place Sotomayor à l'extrémité nord de celle-ci, là où elle s'ouvre sur le port et communique par un escalier de quelques marches avec le quai Prat, nommé d'après l'un des héros les plus toponymiques de l'histoire maritime, ou de l'histoire tout court, du Chili. En retrait du quai, entre les bâtiments presque jumeaux de la Douane et de la Capitainerie, s'élève un monument lui-même couronné par une statue de Prat, et dédié « par la patrie reconnaissante aux héros et martyrs » de la bataille navale d'Iquique. Au milieu de la mati-

née, tout le côté est de la place Sotomayor est encore plongé dans l'ombre, tandis que son côté ouest est en pleine lumière et que le monument vient d'entrer dans cette zone éclairée.

C'est une particularité, parmi d'autres, de la marine chilienne, que d'avoir choisi comme son jour de gloire, *Glorias Navales*, célébré chaque année par un défilé, celui de l'anniversaire d'une défaite. (Les préparatifs de ce défilé donnent régulièrement lieu à des massacres de chiens, et en retour à des manifestations parfois spectaculaires de leurs défenseurs, lesquels se trouvent être à Valparaíso sensiblement plus jeunes, plus inventifs, et à l'occasion plus violents, que dans n'importe quelle autre ville du monde où les chiens errants comptent des défenseurs.) Car la bataille navale d'Iquique, qui le 21 mai 1879 opposa la marine chilienne à la marine péruvienne, s'est soldée par une lourde défaite pour la première. Et c'est au cœur de cette défaite que se situe l'épisode, lui-même infructueux, lors duquel le capitaine de frégate Arturo Prat Chacón devait trouver la mort — et atteindre du même coup à ce sommet de gloire d'où il règne désormais sur la toponymie — en lançant son navire, l'*Esmeralda*, à l'assaut du monitor péruvien *Huáscar*, dont un simple coup d'œil, n'eût-il été un héros, aurait dû le convaincre qu'il s'agissait d'un objectif très au-dessus de ses moyens. Or le *Huáscar*, parfaitement conservé et maintenu à flot, est aujourd'hui la propriété de la marine chilienne, qui le fait

visiter dans le port de Talcahuano. Pour comprendre comment le même navire a pu tout d'abord triompher de la frégate *Esmeralda*, causant la mort du capitaine Arturo Prat Chacón, puis tomber aux mains de ses ennemis, il est indispensable de se reporter aux collections du musée naval de Valparaíso, dont les pièces relatives à ces deux épisodes — perte de l'*Esmeralda*, capture du *Huáscar* — constituent le fonds principal.

L'assaut infructueux de l'*Esmeralda* contre le *Huáscar* est illustré notamment par un tableau, plein de flammes et de fumée, dû au peintre Thomas Somerscales. Quant à la capture du *Huáscar*, le 8 octobre 1879, soit à peine plus de quatre mois après la défaite d'Iquique, elle est retracée à travers toutes sortes de documents, des cartes marines en particulier, d'où il ressort qu'elle survint au large de la pointe Angamos, elle-même une partie de la péninsule de Mejillones, dans le nord d'Antofagasta, et qu'elle fut l'œuvre des navires chiliens *Cochrane* et *Blanco Encalada*, commandés respectivement par le capitaine de frégate Juan José Latorre et le commodore Galvarino Riveros, dont le premier a connu par la suite une fortune toponymique bien supérieure à celle du second (ou peut-être le hasard seul m'a-t-il fait passer par plus de lieux nommés d'après Juan José Latorre).

Il se trouve même parmi les collections du musée naval un document, dont j'ai oublié la nature exacte, témoignant de la courtoisie ou

de l'esprit chevaleresque du commandant du *Huáscar*, qui après la mort héroïque d'Arturo Prat Chacón aurait fait parvenir à sa veuve une lettre de condoléances, ou quelque chose de ce genre. Mais le clou de ces collections, c'est la maquette géante (il en existe également une plus petite) du *Huáscar*, un navire cuirassé d'un type encore assez rare à l'époque, construit en 1865 à Birkenhead, sur l'estuaire de la Mersey, par les chantiers Laird Brothers. Il semble que la confiscation de cette unité, parmi d'autres conséquences plus sérieuses de la guerre du Pacifique, pèse encore sur les relations entre Chiliens et Péruviens, au point que dans sa présentation du *Huáscar*, l'office du tourisme de Talcahuano ne fait aucune allusion aux circonstances de sa capture, ni même à sa nationalité d'origine.

Sur les pentes du *cerro* Artillería, dont le musée naval occupe le sommet, s'est développée par endroits, là où elles sont le plus abruptes, une végétation sauvage parsemée de fleurs aux couleurs presque fluorescentes. Telle que je la voyais au passage, depuis la cabine du funiculaire, cette flore m'évoquait celle que j'avais observée auparavant sur le littoral, à Tuncan, elle aussi prodigieuse de brillance et de variété — « Preservemos este jardín eterno », pouvait-on lire à l'entrée du sentier descendant vers la mer, dans une formule qui faisait écho, délibérément ou non, à la célèbre ritournelle de Malcolm Lowry —, et dont on pouvait s'étonner

qu'elle prospérât, entre la plage et le sommet des falaises, dans cette espèce d'aérosol au taux d'humidité, mais aussi de salinité, maintenu constant par le déferlement incessant de vagues gigantesques (le spectacle de ce déferlement atteignait un paroxysme de beauté, et d'irréalité, au coucher du soleil, lorsque la lumière rasante rendait translucide la crête des vagues, en dessous de leur frange d'écume, au fur et à mesure qu'elles prenaient de la hauteur — et devenaient plus terrifiantes — en se rapprochant du rivage).

Au sortir du funiculaire, ayant emprunté la rue Cochrane — avec la volonté de parcourir ce que l'on m'avait indiqué comme un axe du vice, tout en sachant fort bien que ce n'est pas au début de l'après-midi que celui-ci se donne libre cours —, je suis tombé sur la place Echaurren qui, même à cette heure-là, présentait un certain caractère d'insalubrité. La place Echaurren est un haut lieu de cette association entre chiens errants et sans-logis si caractéristique des villes d'Amérique latine[1]. Le problème est que les miséreux de la place Echaurren sont pour beaucoup d'entre eux des ivrognes, plutôt plus menaçants, ou moins avenants, que le cireur de

1. Et plus généralement de toutes les villes d'où les chiens errants n'ont pas été éradiqués : « J'invoque la muse familière, la citadine, la vivante », écrit Baudelaire dans le cinquantième et dernier des *Petits poèmes en prose*, « pour qu'elle m'aide à chanter les bons chiens, les pauvres chiens, les chiens crottés, ceux-là que chacun écarte, comme pestiférés et pouilleux, excepté le pauvre dont ils sont les associés »…

pompes de México, par exemple. En fait, plusieurs chiens de la place Echaurren, dans ce qui n'est pas nécessairement, pour eux, une bonne affaire, n'ont échappé à l'errance que pour se retrouver, aussi maigres et croûteux que leurs congénères libres, attachés aux brancards d'une charrette à bras. Ce dispositif, je l'avais déjà observé, à Santiago, aux abords du marché de la Vega Central, et plus précisément dans la rue Lastra, à proximité de son intersection avec l'avenue Recolleta. En fin de matinée, nombre d'ivrognes y gisaient à même le sol ou sur le plateau de leur charrette, à demi inconscients pour certains, environnés de chiens dont on ne mesurait l'abondance que lorsqu'un quelconque incident, éventuellement imperceptible à des oreilles humaines, les faisait surgir de toutes parts pour se rassembler en grappes hurlantes et mobiles. À la suite d'un reportage télévisé, le bruit s'était répandu que certains voleurs utilisaient cette technique, ou tiraient partie de cette disposition, pour terroriser leurs victimes et les détrousser plus facilement.

« J'aimerais parler avec un chien de notre histoire, dit Ronald Smith, qui lui-même enseigne cette discipline à l'Université d'État de Valparaíso. Je suis sûr qu'ils la connaissent mieux que nous. » « Chacun de nous, enchaîne-t-il, ignore ou prétend ignorer l'histoire de ce port » ; peut-être, selon lui, parce que cette histoire se confond en partie avec celle de son activité bordelière. Quelles que soient les raisons d'une telle amné-

sie — à supposer d'ailleurs qu'il ne l'ait pas inventée pour la commodité de son raisonnement —, Smith pense qu'elle sert les intérêts des puissants, désireux de moderniser la ville et de la « mondialiser », et se heurtant dans cette entreprise à la résistance passive des plus pauvres de leurs concitoyens. Pour ces derniers, ajoute-t-il, les chiens représentent un allié de poids, sinon même un modèle, car « ils enfreignent toutes les règles, et, cependant, ils sont toujours là ».

D'origine britannique, Smith est né à Valparaíso et il y a passé toute sa vie, à l'exception de deux années d'études en Europe. Il habite aujourd'hui le quartier, central et décrépi, du Congreso Nacional, non loin de cette place O'Higgins où les réfractaires à la modernité — joueurs de cartes, musiciens ambulants, usagers intempérants de bancs publics — se rencontrent encore en grand nombre, et les chiens aussi. Juste en face de chez lui, sous ses fenêtres, il semble que le café Popular, tel que Smith le décrit, perpétue la même tradition.

« C'est un bar local, à l'ancienne, où beaucoup de gens, surtout des vieux, se réunissent pour boire et pour bavarder. » Le patron est un supporter d'un club de foot prestigieux, Colo-Colo, dont les couleurs sont le noir et le blanc : les animaux attachés à ce bistrot, chiens ou chats, doivent présenter au moins l'une de ces couleurs, et de préférence les deux. Tel est le cas d'un chien semi-errant, lui-même nommé

Popular, ce qui témoigne de l'ancienneté de ses habitudes dans le café, et dont Smith affirme cependant que le patron ne l'aime pas et voudrait s'en débarrasser. « Mais ce chien est très prudent, très rusé, il ne traverse jamais la rue, il connaît chaque centimètre carré du Popular. » Il est aussi très vieux, « les yeux rougis par l'insomnie ». Le patron le vire chaque soir à l'heure de la fermeture et il passe la nuit dans la rue.

« Il n'est pas comme les autres, poursuit Ronald Smith. Si vous lui faites du tort, il ne vous parlera plus jamais. » Un soir, prenant le frais sur son balcon et probablement ivre, un ami de Smith s'est mis à aboyer, affolant tous les chiens du quartier.

« Popular m'a vu ce soir-là, et depuis il m'ignore, il ne me regarde même plus, et j'en suis très affecté, car ma relation avec le voisinage passait par lui. Le chien a toutes sortes de règles ; on ne doit jamais imiter un chien quand on ne sait pas ce qu'on dit. »

« Dans ce café, reprend Smith, en n'ayant l'air de s'écarter du sujet que pour mieux y revenir par la suite, les gens boivent parce que c'est la vie. Ils ne boivent pas comme les jeunes, à l'anglaise, pour tomber d'ivresse le plus vite possible : mais, à la longue, ils deviennent ivres parce qu'ils ont bu. »

« Le chien — il semble qu'il s'agisse cette fois du chien en général, et non de Popular en particulier —, le chien a une façon très particu-

lière de se comporter avec les gens ivres. Il tient compagnie au dernier buveur, il lui dit : "Arrête maintenant, tu peux revenir demain et avoir de nouveau de bons moments." »

« La nuit, enchaîne Smith, les chiens ont une tâche spécifique (*a special job*) qui consiste à prendre soin des gens seuls, et surtout des ivrognes, pour les raccompagner chez eux sans rien attendre en retour. Ils sont comme des anges gardiens. Dans la journée, les chiens redeviennent des animaux et nous les envisageons de nouveau comme un problème. »

Ronald Smith a observé, comme tout le monde, que les chiens errants appréciaient la tranquillité des parcs ou des squares, qu'ils adoraient défiler, en particulier à l'occasion des *Glorias Navales*, au moins dans la mesure où on ne les avait pas empoisonnés au préalable, et que d'une manière générale ils aimaient « galoper dans les rues sans aucun but, comme les animaux à la campagne ». Il pense que cette propension à courir, ou à tourbillonner, que j'ai moi-même évoquée de manière négative à propos de la Vega Central, entre pour beaucoup dans la frayeur qu'ils inspirent. Mais bien que le journal *El Mercurio*, dans son édition du 10 avril 2007, évoque pour l'année 2006 le chiffre de 1 524 personnes mordues à Valparaíso par des chiens errants (et de 2 394 à Viña del Mar), Smith maintient qu'ils ne sont dangereux que pour les « emmerdeurs », ou pour les « idiots », et en général pour tous les gens « qui

dégagent beaucoup d'adrénaline ». Et quand je lui raconte mes propres mésaventures à Santiago, devant le palais de la Moneda, il laisse entendre que je pourrais moi-même appartenir à la catégorie des emmerdeurs, sinon à celle des idiots.

Le café Vinilo, il faut en convenir, est aux antipodes du Popular tel que Ronald Smith le décrit, et à l'avant-garde de cette modernisation (mondialisée) dont il craint qu'elle ne fasse de Valparaíso, à la longue, une ville comme les autres. D'ailleurs je n'y étais entré qu'hypnotisé par la grâce extrême de deux serveuses aperçues depuis le trottoir de la rue Almirante Montt, et qui étaient l'une et l'autre de purs produits tant de la mondialisation que de la modernité. Ultra-minces et flexibles, mais aussi brunes et de teint mat — ce que l'on pouvait à la rigueur envisager comme une survivance de la tradition —, et possédant surtout un art consommé de tous les effets apparemment spontanés, et d'autant plus affolants, que l'on peut tirer d'une longue chevelure nouée en queue de cheval.

Auparavant, j'étais repassé par l'hôtel Somerscales — établi dans l'ancienne demeure de cet artiste britannique[1] qui avait peint à la manière de Crépin la fin héroïque de la frégate *Esmeralda* —, empruntant en chemin l'ascenseur

---

1. Dans son livre *Un chasseur de lions* (Le Seuil, 2008), Olivier Rolin écrit de ce Thomas Somerscales qu'« il arriva ici marin sur un bateau [...] et en repartit vingt-trois ans plus tard ».

Concepción, et rencontrant dans l'embarcadère de celui-ci deux chiens particulièrement repoussants qui paraissaient tout disposés à monter dans la cabine avec moi. (Une autre fois, dans la banlieue de Santiago, j'avais assisté à un concert, dans un gymnase, en compagnie d'un *quiltro* que par exception j'avais moi-même incité, à l'aide d'un morceau de pizza, à me suivre à l'intérieur de la salle où personne ne s'était ému de sa présence.) Depuis la terrasse du Somerscales, sur les hauteurs du *cerro* Alegre, j'avais vu le jour décliner et la lune se lever sur la baie, éclairant parmi d'autres objets proches ou lointains quelques palmiers, des toits de tôle peints ou rouillés, le dock flottant où se trouvait un cargo en cale sèche, le quai aux conteneurs avec ses portiques bleus fabriqués à Shanghai, le port militaire où étaient amarrées deux frégates dont l'une au moins devait porter le nom d'Arturo Prat Chacón, ou peut-être de Cochrane, ou à la rigueur de Blanco Encalada, tandis que dans mon dos, sur les collines disposées en arc de cercle, s'allumaient au même moment des milliers de lumières jaunes et vacillantes (effectivement vacillantes, car il s'agit surtout de quartiers pauvres), et que de tout cela s'élevaient les aboiements et les plaintes de tant de chiens que pendant quelques minutes, malgré l'ampleur de la vue, j'éprouvai l'impression de m'être laissé par mégarde enfermer dans un chenil.

Puis, à peine ressorti, à la nuit tombée, j'avais

été happé par le Vinilo. La clientèle de cet établissement, elle aussi jeune et moderne, me plaisait d'autant moins qu'elle me faisait une concurrence déloyale auprès des deux serveuses aux affolantes queues-de-cheval. L'une et l'autre voletaient en tout sens et, autant que je pouvais en juger, sans me prêter d'attention particulière (peut-être même en me témoignant un défaut particulier d'attention). Juste à côté de moi, au milieu d'une tablée de filles, était vautré un jeune artiste, du moins je le présumais, portant un t-shirt noir sur lequel s'étalait en caractères blancs — ce qui eût fait de lui une bonne recrue pour le café Popular, voire un remplaçant de choix pour l'animal éponyme — le mot Adrénaline, et je me réjouissais secrètement à l'idée qu'à peine sorti du bar, tout infatué des succès dont il m'aurait privé, il serait aussitôt, tel Actéon, dévoré par les chiens.

En revanche, la carte du Vinilo, contre toute attente, offrait du rhum Barbencourt : sans doute pas le meilleur, celui que nous buvions avec Hans à Port-au-Prince et dont je gardais la nostalgie, mais tout de même du huit ans d'âge. Et plus je fis honneur à ce rhum Barbencourt, par la suite, plus ma vision se brouilla et plus les choses m'apparurent sous un jour favorable. Dans un tableau médiocre qui se trouvait accroché à quelque distance, j'en vins même à reconnaître successivement, et avec le même enthousiasme, un portrait de saint Ignace de Loyola, puis de Céline, sur son lit de mort. L'idée que

l'on honorât dans ce lieu Céline ou saint Ignace de Loyola me charmait : avec de telles références, peut-être les serveuses, après tout, n'étaient-elles pas à ce point inaccessibles, ou exclusivement occupées du jeune artiste bourré d'adrénaline qu'attendait à son insu une fin effroyable. Et quand bien même elles le seraient, me disais-je, j'avais atteint désormais, sans l'aide de quiconque, un état qui me permettait de juger par moi-même s'il était vrai, comme Ronald Smith le prétendait, que les chiens errants, habituellement si hargneux à mon endroit, témoignaient à l'égard des ivrognes d'une bienveillance angélique, et les raccompagnaient chez eux sans rien attendre en retour.

Huit jours s'étaient écoulés depuis l'exécution de Saddam Hussein, et dix de plus depuis la mort apparemment naturelle de Saparmourat Nyazov — le dictateur turkmène dont l'œuvre avait été mise sur orbite —, lorsque, descendant de l'autocar en provenance de Dar es-Salaam, j'ai retrouvé John Kiyaya à la gare routière de M'Beya. John Kiyaya, je le rappelle, est l'auteur de cette fameuse lettre en cinq points sur les chiens. La première chose qu'il m'ait dite, à ma descente de l'autocar et avant même que j'aie mis pied à terre, c'est combien j'avais vieilli depuis notre dernière rencontre, survenue huit ans auparavant. (Le lendemain matin, soit pour m'être agréable, soit, plus vraisemblablement, en toute bonne foi, et parce que au bout de quelques heures les traits que je présentais désormais lui étaient devenus assez familiers pour qu'il ne pût m'en imaginer d'autres, il devait revenir sur cette première assertion, et soutenir qu'après une nuit de sommeil j'avais

retrouvé exactement mon apparence d'autrefois : de mon côté, et bien que nous nous connaissions depuis une vingtaine d'années, je n'ai jamais observé chez lui aucun signe de vieillissement.)

En autocar de nouveau, mais cette fois sur une route non revêtue, et transformée par endroits en bourbier — les voyageurs devaient alors descendre de l'autocar pour l'alléger, et certains en profitaient pour pisser si cet arrêt intempestif survenait à l'extérieur d'un village —, nous avons fait ensemble le trajet de M'Beya à Sumbawanga. Dans cette dernière ville, où se trouve sa maison, et dans un autre quartier son studio de photographie, John, compte tenu du souhait que j'avais exprimé de séjourner dans un endroit calme, c'est-à-dire autant que possible dépourvu de bar et de dancing, m'avait pris une chambre dans un établissement tenu par les Frères Moraves. Sur le parking stationnaient des véhicules à quatre roues motrices ornés du blason de cette église et de sa devise : « Notre Agneau a vaincu, suivons-le. »

Lors de la première nuit que j'ai passée chez les Frères Moraves, et qui avait commencé, conformément à mes vœux, dans un silence presque sépulcral, j'ai été réveillé un peu avant l'aube par des clameurs d'autant plus effrayantes qu'elles n'évoquaient pour moi rien de connu — même si elles étaient incontestablement d'origine humaine — et que leur source, unique, ne cessait de se déplacer, probablement

parce qu'il s'agissait d'un haut-parleur monté sur un véhicule en mouvement. Je notai d'autre part que ce vacarme n'éveillait aucun écho chez les chiens. Et ce défaut d'aboiement, dans des circonstances où ils auraient dû se déchaîner, produisait le même genre d'impression que l'on doit éprouver en présence d'un corps sans ombre, ou sans reflet si on le place devant un miroir. La voix — mais peut-être y en avait-il plusieurs — qui modulait ces clameurs, ou ces vociférations, tantôt montait très haut dans les aigus, comme celle d'une femme en proie à une crise de nerfs, tantôt descendait dans les graves jusqu'à s'éteindre momentanément dans une espèce de râle d'agonie. Il était difficile d'imaginer que la personne, ou le groupe de personnes, qui produisait ce vacarme, au moment de la nuit où il était le plus susceptible de tirer les dormeurs, en sursaut, d'un sommeil profond, fût animée d'intentions innocentes, et l'absence de réaction des autorités, ou du public, puisque le véhicule équipé d'un haut-parleur poursuivait sa route sans rencontrer d'obstacle, n'en était que plus surprenante. Mais bien que le même phénomène se fût déjà produit, à la même heure, lors de la nuit qu'en chemin nous avions passée à M'Beya, John me soutint que dans les deux cas il n'avait rien entendu, et il en alla de même avec toutes les personnes que j'interrogeai à ce sujet. (C'est pendant mon séjour chez les Frères Moraves que je devais achever la lecture des *Bienveillantes*. Tout d'abord, je

ne m'étais lancé dans cette entreprise qu'après avoir lu quelque part — à moins que je n'aie inventé l'anecdote suivante de toutes pièces — que le projet de ce livre avait été inspiré à Jonathan Littell par une photographie prise pendant le siège de Leningrad et représentant le corps d'une jeune femme en partie dévoré par des chiens. L'épaisseur du livre de Littell le rendant peu propice à une lecture ambulante, dans des autocars ou d'autres moyens de transport, je l'avais découpé, au cutter, en deux parties égales, qu'avant de les abandonner sur ma table de chevet je pris soin de réunir, mais tête-bêche, et l'une d'elles amputée de la page où figurait la scène de la jeune femme et des chiens, avec l'idée qu'un tel dispositif éveillerait dans l'imagination du personnel quelque soupçon de sorcellerie. D'autant que là où je l'abandonnai, ainsi reconstitué, le livre de Littell voisinait avec l'inévitable Bible offerte par les Gédéons.)

L'endroit où j'ai fait la connaissance de John Kiyaya n'est pas très éloigné de celui où Stanley a retrouvé Livingstone. C'était sur le lac Tanganyika, à bord du *Liemba,* un cargo mixte qui assurait alors une liaison régulière entre Bujumbura, la capitale du Burundi, et M'Pulungu, dans le nord de la Zambie. Le *Liemba* était à l'origine, et sous un autre nom, un navire militaire, construit en Allemagne et acheminé depuis le littoral de l'océan Indien en pièces détachées, à la veille de la Première Guerre mondiale, afin

d'interdire aux Britanniques et à leurs alliés l'accès du lac. Sabordé par les Allemands vaincus, puis renfloué par les Britanniques, le *Liemba* fut affecté par ces derniers au service commercial dont il s'acquitte encore aujourd'hui, non sans avoir subi entre-temps quelques transformations qui n'ont pas altéré notablement sa silhouette. Notre rencontre survint de nuit, alors que le *Liemba*, faisant route vers le nord après une escale de plusieurs heures à M'Pulungu, et temporairement plongé dans l'obscurité par une panne d'électricité, venait de mouiller devant Kasanga. Non moins enténébré que le navire, le village se détachait à peine sur le fond sombre des collines au pied desquelles il est bâti. C'est dans ce contexte que John m'avait abordé, apparemment parce qu'à mon allure il m'avait indûment identifié comme un prêtre. Lui-même était alors séminariste, mais il devait changer d'orientation par la suite. Notre brève conversation, John se disposant à embarquer sur l'une des pirogues qui assuraient un va-et-vient entre le navire et la terre, dut se ressentir aussi bien des circonstances — obscurité, bousculade, etc. — que de mes préventions, car j'étais persuadé qu'il ne m'avait abordé que pour m'extorquer quelque chose, outre que mon humeur était déjà sérieusement altérée par les vaines recherches auxquelles je venais de me livrer, pendant toute la durée de l'escale de M'Pulungu, pour trouver dans cette ville des toilettes en état de marche, celles du bord étant

bouchées depuis si longtemps que la merde menaçait de déborder sur la coursive.

Mais à la suite de cette rencontre peu mémorable, John m'avait adressé une lettre dans laquelle il décrivait les assauts lancés par un hippopotame — « a devil of a hippopotamus » — contre la pirogue où il avait pris place pour se rendre à terre, et la mention de cet hippopotame est probablement ce qui fit que je lui répondis, ce premier échange étant à l'origine d'une correspondance qui n'a pas cessé depuis lors, jusqu'à la fameuse lettre en cinq points sur les chiens.

Le principal changement survenu entretemps à Kasanga, le village natal de John et le berceau de sa famille, consiste dans la construction d'un appontement auquel le *Liemba*, ou son remplaçant quand il est en panne, vient s'amarrer lors de ses deux escales hebdomadaires.

Venus de Sumbawanga par la route, en quelques heures, à bord d'un pick-up rouge que pour un prix excessif nous avions loué à un responsable des douanes, nous sommes arrivés à Kasanga, par hasard, au moment où se profilait sur l'horizon du lac la silhouette si caractéristique du navire : pour ma part, je n'avais pas revu le *Liemba* depuis ma rencontre avec John survenue vingt ans auparavant, et je constatai avec plaisir qu'il était exactement semblable, jusque dans le détail, au souvenir que j'en avais conservé. Le soir tombait et les collines de la rive congolaise, bien visibles par temps clair,

disparaissaient dans la brume. Des Somaliens, ou des gens qui se faisaient passer pour tels, venaient d'être arrêtés pour avoir pêché dans les eaux du lac sans autorisation, et ils attendaient que l'on statue sur leur sort, assis à l'ombre en compagnie d'un officier d'immigration et d'une jeune femme particulièrement élégante, et frimeuse, qui était investie, elle aussi, de certains pouvoirs répressifs. Parmi les passagers débarquant du *Liemba* se trouvait un prédicateur pentecôtiste refoulé de Zambie pour défaut de visa. Nous l'avons accompagné, John et moi, depuis l'appontement jusqu'à la *guest-house* de Kasanga, un établissement très rustique mais dont l'enseigne mentionne encore le nom de Bismarckburg, celui que portait le village du temps où les Allemands y avaient construit un fort, occupé aujourd'hui par l'armée tanzanienne, et planté une allée de manguiers dont les quelques survivants ont atteint des dimensions imposantes. En chemin, alors que nous conversions avec lui, il s'est avéré que le prédicateur pentecôtiste, jeune et vigoureux, portant avec aisance une énorme valise que son probable contenu de Bibles et de brochures pieuses rendait monstrueusement lourde, était par surcroît à demi fou, ou mythomane, expliquant par exemple comment le *Liemba*, lors de son voyage aller, avait été assailli par des vagues gigantesques, qui le lançaient en l'air comme un fétu de paille, phénomène dont aucun autre passager n'avait conservé le souvenir, et dont la des-

cription lui avait peut-être été inspirée par celle de la tempête que rencontra saint Paul entre la Crète et Malte telle qu'elle est rapportée dans les Actes des Apôtres.

La pluie s'est mise à tomber alors que, toujours en compagnie du prédicateur, nous approchions du village, et elle n'a pas cessé de toute la nuit, faisant apparaître un petit lac dans l'espace qui s'étend entre la maison des parents de John, où il s'est établi pendant la durée de ce séjour, et le presbytère où l'on m'a installé parce qu'il s'agit en principe du bâtiment le plus confortable de Kasanga, et de l'un des seuls à disposer d'un groupe électrogène. Lorsque John m'a introduit auprès du curé, celui-ci, en compagnie de sa servante, qui est également sa maîtresse — cette confusion des rôles ayant contribué au déclin de l'influence de l'Église romaine à Kasanga —, était en train de boire de la bière en regardant à la télévision un film dont l'action devait se situer au Kenya, et dans lequel une famille de Blancs, apparemment des fermiers, était attaquée dans sa maison par un troupeau de lions affamés et prêts à tout, y compris à briser des portes et des fenêtres, pour parvenir à leurs fins.

Le lendemain, le prêtre, sans doute parce qu'il était rentré ivre d'une visite à la *guest-house*, s'est vu refuser par sa concubine l'accès du presbytère, et je me suis retrouvé dans la situation délicate de l'entendre tambouriner et protester toute la nuit, devant la porte close, sans pouvoir

me décider à lui ouvrir, en dépit du préjudice supplémentaire que cet incident ne manquerait pas de causer à l'Église romaine, parce qu'une telle intervention eût signifié que je me mêlais d'une querelle qui ne me regardait pas, et dans laquelle il me semblait que les torts étaient plutôt de son côté.

Le lundi 15 janvier 2007, dans la matinée, John s'est rendu de bonne heure sur la berge du lac afin de faire sa lessive et de s'enquérir des prix du mikeboka, un poisson très apprécié dans toute la région mais que sa raréfaction, dont on ne peut dire si elle est appelée à se prolonger, rend momentanément inabordable. Pendant ce temps, je l'attendais dans la case de ses parents — sa mère presque invisible, continuellement occupée à des tâches domestiques et se cachant lorsqu'il y a de la visite, son père à peine moins furtif, traversant de temps à autre la cour à petits pas, tenant serrée contre lui une Bible revêtue d'une couverture imperméable en plastique rouge —, écoutant la pluie tambouriner sur le toit de tôle puis s'écouler dans des seaux et des bassines. La pièce dans laquelle je me tenais, celle où les repas nous étaient servis à intervalles réguliers par les femmes de la maison, était décorée d'un calendrier édité par des adeptes de la Vierge de Medjugorje, en Herzégovine, et montrant celle-ci telle qu'une touriste anglaise est parvenue à la photographier lors de l'une de ses apparitions. Sur un banc repose le vieux fusil de chasse à l'aide

duquel le père de John passe pour avoir tué un lion en des temps légendaires. Après que la pluie eut cessé, John est passé me chercher et nous avons marché jusqu'au village voisin de Kilewani, empruntant un sentier qui tantôt longe le lac et tantôt s'élève parmi des collines boisées. De temps à autre, un varan traversait le sentier en toute hâte. En un point d'où la vue est particulièrement étendue, il m'a semblé reconnaître le décor dans lequel John avait réalisé l'un de ses premiers portraits, celui d'un homme très grand, plus tout jeune, son épouse, debout à ses côtés ou un peu en retrait, tenant un enfant dans ses bras, avec le lac à l'arrière-plan. John m'a confirmé que c'était bien là qu'il avait pris cette photographie, ajoutant que l'homme, entre-temps, s'était pendu, ayant été surpris en flagrant délit d'adultère et le mari trompé ayant exigé de lui des réparations dont il n'avait pu s'acquitter. Dans le village de Kilewani, qui à l'époque coloniale a abrité une léproserie, ce qui explique peut-être qu'aujourd'hui encore très peu de gens s'y rendent en visite, des parents m'ont désigné comme un croque-mitaine à leurs enfants, les faisant s'enfuir loin de moi avec des cris perçants. Bien que John ait engueulé, comme ils le méritaient, les auteurs de cette plaisanterie, j'en ai retiré une contrariété assez vive et qui a persisté pendant toute la durée de mon bref séjour à Kilewani. Quantité de porcs vaquaient en liberté dans ce village, mais nous n'y avons vu que deux chiens. Des femmes

nous assurèrent que les autres « étaient aux champs », peut-être pour en tenir les singes éloignés. Sur le chemin du retour, John m'a confié qu'une partie des terres entre Kilewani et Kasanga appartenait à sa famille et qu'il avait le projet d'y faire bâtir une *guest-house* d'un niveau de confort bien supérieur à celui de l'établissement où nous avions laissé le prédicateur mythomane, avec l'espoir d'attirer la clientèle des voyageurs débarquant du *Liemba* ou se disposant à embarquer sur celui-ci.

Tout le monde, à commencer par moi, se fout plus ou moins de l'origine des chiens. Cependant cette question retrouve un certain lustre si l'on observe que, loin d'être tranchée, elle fait encore l'objet de polémiques véhémentes. En gros, une majorité de spécialistes considère que le chien résulte de la domestication du loup, alors qu'une minorité soutient qu'il s'est fait tout seul, dans le voisinage de l'homme mais sans intervention délibérée de celui-ci. Eux-mêmes éleveurs de chiens, et connus aux États-Unis pour leurs ouvrages savants au sujet de ces animaux, Ray et Lorna Coppinger comptent parmi les adeptes les plus fervents de la seconde hypothèse, si même ils n'en sont pas les inventeurs. Bien qu'ils aient pris la précaution de signer de leurs deux noms — peut-être afin de s'assurer la sympathie d'un public familial — l'ouvrage auquel je ferai référence[1], j'observe

1. *Dogs, a New Understanding of Canine Origin, Behaviour and Evolution*, The University of Chicago Press, 2002.

que tout au long de celui-ci c'est Ray Coppinger qui s'exprime, seul, à la première personne, et c'est donc lui que je citerai désormais, sans plus me soucier de Lorna.

Dans cet ouvrage, et sauf erreur de ma part, Coppinger date les débuts du chien de l'époque mésolithique : ce qui constitue peut-être un premier sujet de controverse, puisque Jean-Denis Vigne, par exemple, dans son livre déjà cité, écrit de son côté que « la présence de chiens domestiques est attestée à partir de 18 000 à 12 000 avant J.-C. », donc plutôt vers la fin du paléolithique supérieur. Si Coppinger privilégie cette datation, de toute manière imprécise, c'est, semble-t-il, afin de faire tenir debout son hypothèse, selon laquelle le chien ne s'est détaché du loup, par la voie de la sélection naturelle, qu'au fur et à mesure que l'activité humaine engendrait des conditions propices à une telle évolution. (D'autres chercheurs, à partir d'études génétiques, situent beaucoup plus tôt, aux alentours de – 100 000 ans, la transformation du loup en chien : ce qui infirmerait peut-être l'hypothèse de Coppinger relative à l'impact de l'activité humaine sur cette transformation, mais confirmerait sans doute qu'elle ne doit rien à un processus de domestication.)

À l'époque mésolithique, écrit Coppinger, « les humains créent une nouvelle niche, le village. Certains loups envahissent cette nouvelle niche et accèdent ainsi à une nouvelle source de nourriture. Ceux des loups qui peuvent uti-

liser cette nouvelle niche sont génétiquement prédisposés à montrer une moindre "distance de fuite" [à se laisser approcher de plus près]. Ces loups plus sociables [*tamer*] présentent dans la nouvelle niche un avantage sélectif par rapport aux plus farouches [*wilder*]. »

« Dans ce modèle, poursuit Coppinger, les chiens ont évolué par sélection naturelle. La seule chose que les hommes aient eu à faire fut d'établir des villages, avec leurs ressources concomitantes en nourriture et en sécurité […] qui procurèrent aux loups les plus sociables des chances accrues de survie. »

Bien entendu, les quelques lignes qui précèdent n'offrent qu'un aperçu grossièrement simplifié de la thèse de Coppinger, si bien présentée, dans son ouvrage, qu'au moins de prime abord elle ne peut que susciter l'enthousiasme du lecteur et entraîner son adhésion, en particulier quand pour ruiner les arguments de ses adversaires il décrit les épreuves qu'aurait dû affronter l'homme du mésolithique (ou du paléolithique supérieur) s'il s'était effectivement avisé d'entreprendre la domestication du loup.

Au centre de la démonstration de Coppinger se situe la décharge (*dump*), attenante au village — et accueillante aux loups les mieux équipés génétiquement pour devenir des chiens —, dont il détaille ainsi le contenu probable : « des os et des morceaux de carcasses, des semences et des grains, des fruits et des légumes pourris ; quelquefois un petit surplus de nourriture non

mangée, et toujours les restes de la digestion humaine ».

Quelle que soit la validité de sa théorie, on ne peut nier que Coppinger ait payé de sa personne en écumant un grand nombre de décharges à la recherche d'arguments pour l'étayer, ni qu'il soit devenu, à la longue, un des meilleurs spécialistes et des peintres les plus inspirés de ces dernières.

« Ce n'est probablement pas bon pour mon image, écrit-il dans la conclusion de son ouvrage, mais je dois reconnaître que la décharge de Tijuana est un des lieux les plus fascinants où j'aie observé des chiens. »

Tijuana est cette ville du Mexique, sur la frontière avec les États-Unis, où Orson Welles a situé l'action de *La Soif du mal*. Coppinger décrit la décharge de Tijuana telle qu'elle lui est apparue pour la première fois, en sorte de Jérusalem Céleste, dans la lumière oblique du couchant, celle-ci réverbérée ou diffractée par une myriade d'emballages métalliques, de sacs ou de bouteilles en plastique, tandis que de cette montagne de déchets, percée de tuyaux pour l'évacuation des gaz, émanait une puanteur évoquant le jour du Jugement, et que s'affairaient encore sur ses pentes, séparément ou conjointement, des engins motorisés et des hommes à pied, des milliers d'oiseaux et plusieurs centaines de chiens. Dans le cours de sa description, Coppinger répertorie les différents groupes humains, et les différentes sortes de chiens, qui se

rencontrent sur la décharge, et analyse les relations qu'ils entretiennent. Outre des travailleurs rétribués — camionneurs acheminant les déchets, conducteurs d'engins se chargeant de répartir ceux-ci, de les tasser ou de les recouvrir, employés affectés à la surveillance des émissions de gaz résultant de la décomposition des matières organiques, etc. —, la décharge accueille un certain nombre de squatters, qui en ont fait leur résidence permanente, et d'autres collecteurs de rebuts, venant chaque jour de l'extérieur, dont les activités peuvent entrer en concurrence avec celles des précédents.

Quant aux chiens fréquentant la décharge, et dont il observe qu'ils présentent une différenciation sociale comparable à celle des humains, Coppinger les répartit en trois groupes. Au plus bas de l'échelle, les chiens malpropres (*unclean*), qui vivent et se reproduisent sur la décharge, se rassemblant quelquefois pour dormir mais vaquant généralement seuls à la recherche de leur nourriture. À l'instar des mouettes ou d'autres charognards, ils entretiennent une « relation classique de commensalité » avec l'homme, dépendant de lui sans le savoir, et sans lui être en retour d'aucune utilité. Toutefois, note Coppinger, peut-être un de leurs chiots sera-t-il adopté par des habitants de la décharge, dont plus tard il pourra garder la cabane en leur absence, passant ainsi d'une relation de commensalité à une relation de mutualisme. Le deuxième groupe est constitué de chiens venus de l'extérieur, seuls

ou en compagnie de collecteurs de déchets, et recherchant sur la décharge un complément de nourriture et des opportunités pour se reproduire. Enfin Coppinger distingue un troisième groupe, celui des chiens « à colliers de cuir », qui se trouvent être généralement des « chiens de race » et plus particulièrement des chiens de garde ou de combat, rottweilers et pitbulls. Ceux-là, suffisamment nourris par leurs maîtres, ne fréquentent la décharge que par jeu, et cette circonstance les autorise à dépenser en vain beaucoup plus d'énergie que les précédents, et par exemple à faire montre d'une agressivité supérieure.

Bien que Coppinger ait visité cette décharge dans le but d'y tourner un film illustrant sa théorie sur les origines du chien, il convient lui-même de ce que les conditions prévalant de nos jours à Tijuana diffèrent trop de celles du mésolithique, quel que soit l'angle sous lequel on envisage cette période, pour que sa démonstration, s'il devait se contenter de cet exemple, soit absolument convaincante.

« Ce dont j'avais besoin, écrit-il, c'était un endroit reculé [*remote*] avec des chasseurs-cueilleurs vivant dans des villages dont l'isolement réduirait le risque que les chiens aient été continuellement corrompus [*corrupted*] par des afflux de nouveaux gènes. »

Cet endroit, où il pourrait observer *in vivo* « une version moderne du chien originel », et étudier les relations qu'une telle espèce entre-

tient avec l'homme, Coppinger pense l'avoir trouvé à Pemba, une île située dans l'océan Indien au large de la Tanzanie et appartenant à celle-ci. En quoi les habitants de Pemba peuvent-ils être décrits, même avec beaucoup de précautions, comme des chasseurs-cueilleurs, c'est ce que la suite des aventures de Coppinger ne permet pas clairement d'établir. Mais à l'occasion du séjour qu'il fait sur cette île, dans les dernières années du XXe siècle, il constate du moins qu'elle est en effet remplie de chiens (*loaded with dogs*), et que ceux-ci, qui présentent par surcroît une grande uniformité morphologique, ne sont en aucun cas des animaux de compagnie abandonnés ou divagants, mais bel et bien, au moins de son point de vue, « les descendants des premiers chiens devenus domestiques (ou commensaux) à l'époque mésolithique de l'histoire humaine ».

C'est de nuit que nous avons embarqué, John et moi, à bord du *Serengueti*, l'un des navires assurant une liaison entre Zanzibar et Pemba. L'embarquement s'est déroulé dans de telles conditions — les passagers, trop nombreux et trop chargés, se bousculant sur une étroite et branlante échelle de coupée, tandis que l'équipage semblait faire son possible pour les précipiter dans le bassin ou au moins les repousser sur le quai — que j'ai personnellement insisté pour que nous fassions demi-tour. De son côté, au point où nous en étions, John était partisan de continuer. Une fois hissés à bord, nous avons été entassés, à plusieurs centaines, dans une salle dont toutes les issues, afin de décourager les fraudeurs, ont été immédiatement condamnées, à l'exception d'une seule dans laquelle deux personnes pouvaient à peine se croiser : si un incendie venait à se déclarer, ou si le navire sombrait, comme il semblait inévitable qu'il le fît à un moment ou à un autre, les

passagers, avant même d'être rôtis ou noyés, étaient condamnés à s'étouffer mutuellement en se précipitant tous ensemble vers cette unique issue.

Et dès que le *Serengueti* eut débordé la jetée de Zanzibar, il dut affronter une forte houle qui avait eu toute la largeur de l'océan Indien pour prendre son élan, et dont chaque nouvel assaut le faisait se cabrer — tel le *Liemba* dans le récit mensonger du prédicateur pentecôtiste — et vibrer de toutes ses tôles. Dans la salle aux issues condamnées, les passagers les plus chanceux disposaient de sièges inclinables généralement hors d'usage (et dans les replis desquels nichaient en abondance des cafards), les autres étaient couchés sur le sol, dans une imbrication si étroite que le moindre mouvement d'un seul, par exemple pour se retourner, risquait de se répercuter jusqu'aux plus éloignés. Peut-être soutenu par sa foi, qu'il a conservée très ardente en dépit de sa renonciation à la prêtrise, John s'est endormi presque aussitôt après l'appareillage. Quant à moi, je suis tout de même parvenu à somnoler assez longtemps pour avoir fait à bord du *Serengueti* le rêve suivant. Un homme, qui a tantôt les traits de Zladko Dizdarevic et tantôt ceux de son cousin Srjan — le premier exerçait à Sarajevo, pendant le siège de cette ville, les fonctions de rédacteur en chef du journal *Oslobodjenje*, et le second y animait un comité Helsinki pour les droits de l'homme —, me fait visiter un théâtre, vide, et dont la

scène semi-circulaire présente la particularité d'être séparée par un rideau rouge non de la salle elle-même, comme c'est l'usage, mais des coulisses : ou plutôt, car il n'y a pas de coulisses, d'une paroi concave qui borne la scène du côté opposé au public, et dont ce rideau épouse la courbure. De sous le bord du rideau dépasse la patte d'un chien, invisible pour le reste, qui s'efforce de saisir sur le plancher un os de grande taille — peut-être celui que tenait dans sa gueule le chien aperçu par Grossman lors de sa traversée de la plaine kalmouke — tandis qu'un autre chien, du genre mésolithique, c'est-à-dire de coloration jaunâtre et de corpulence moyenne, se tient au milieu de la scène, immobile et silencieux comme s'il était fondé à nous reprocher quelque chose. Sans doute parce que l'un et l'autre font apparaître des animaux domestiques, ou que nous avons l'habitude d'envisager comme tels, je suis tenté de rapprocher ce rêve de celui que Kate m'a raconté quelques jours plus tôt par téléphone, et dans lequel, naviguant ou dérivant en compagnie de sa mère sur un radeau, elle voit rouler sous la surface les yeux d'innombrables chatons : en dépit de ses efforts, elle ne parvient à en sauver aucun, chaque chaton repêché lui échappant aussitôt pour tomber à nouveau dans la mer.

À Chake Chake, la ville la plus importante de l'île, dont Coppinger a décrit la décharge — entre-temps déplacée — avec presque autant de bonheur que celle de Tijuana, avant même de

nous installer à l'hôtel Pemba Island nous avons été abordés par un jeune homme, Amis, qui prétendait connaître tous les endroits où se trouvaient des chiens (bien entendu, sa compétence et sa disponibilité auraient été les mêmes si nous avions manifesté plutôt de l'intérêt pour les singes). Le premier que nous ayons visité, dans la soirée, était une ancienne résidence du sultan de Zanzibar, lequel avait été chassé du pouvoir et contraint à l'exil, peu après la proclamation de l'Indépendance, par une révolution accompagnée de pogroms (ou par un pogrom drapé dans les oripeaux de la Révolution).

Par la suite, ce palais était devenu un hôpital, ou un centre de soins, et c'est ainsi qu'Amis, qui n'avait pas dû s'y rendre depuis longtemps, nous l'avait présenté. Il fallait pour l'atteindre gravir une colline boisée, de peu de hauteur, sur un chemin tapissé de fleurs blanches d'acacia, et dans une moindre mesure de scolopendres morts dont les carapaces éclataient avec un bruit désagréable sous nos pieds. En fait d'hôpital, le bâtiment était abandonné, apparemment depuis plusieurs années, ses ouvertures béant sur des pièces vides et souillées. À l'extérieur, des trois affûts qui jadis avaient supporté des canons de parade, un seul était encore garni de sa pièce. On se demandait ce qu'il avait pu advenir des deux autres, compte tenu de leur poids et de la difficulté de les recycler. Amis n'en savait rien, pas plus qu'il ne savait pourquoi aucun chien ne se montrait alors

qu'il nous en avait fait miroiter des quantités. Peut-être parce qu'il était encore trop tôt, les chiens ne sortant de la brousse, se souvenait-il maintenant, qu'à la nuit tombée, ce qui témoignait d'une nette dégradation de leur condition depuis la visite de Coppinger.

De la hauteur où elle est bâtie, on voit que la résidence du sultan domine une mangrove, à l'horizon de laquelle scintille dans le lointain la mer libre. En fin d'après-midi, alors que le soleil est sur le point de disparaître dans la direction présumée du continent, la marée baisse dans la mangrove presque aussi rapidement que si se préparait un tsunami, avec des bruits de succion ou de vidange, découvrant des vasières et des racines enchevêtrées de palétuviers. Au milieu de ce fouillis, dans l'axe de la résidence, une jetée en pierre à demi ruinée relie le pied de la colline à un bras de mer sur lequel devait évoluer le yacht royal. Bien que je ne sache rien du sultan de Zanzibar, et que j'ignore par exemple s'il appréciait cette résidence secondaire, ou même s'il y séjournait quelquefois, il est tentant de l'imaginer s'y recueillant, à la veille de sa fuite, et contemplant ce paysage, à la même heure, en faisant sur ses doigts le compte des jours heureux qu'il a connus dans sa vie.

Durant la semaine que nous avons passée à Chake Chake, John et moi, presque sans voir aucun chien, nous avions l'habitude, tel un couple de retraités, de remonter à la nuit tombante l'artère principale de cette ville, passant

en chemin devant la grande mosquée qui dans un climat général d'abandon et de décrépitude est à peu près le seul édifice récent et bien entretenu, avant de faire demi-tour au niveau du cinéma Novelty, à l'entrée duquel est badigeonné ce graffiti : « Sinema ni mbovu » (le cinéma ne marche plus). Peut-être s'agit-il d'une mise en garde dévote, et par conséquent malveillante. Car si lépreuse que soit la façade du Novelty, dont l'élégance architecturale, dans le style Arts déco, suggère qu'il fut autrefois un établissement prestigieux, on y projette encore de temps à autre un film indien, mais devant un public si clairsemé — sans qu'il soit possible de déterminer si ce déclin résulte des progrès de la télévision ou de ceux de la religion — que cette activité relève désormais du sacerdoce.

Puis dans l'obscurité naissante nous rebroussions chemin vers l'hôtel. Nous y dînions généralement sur le toit-terrasse, à l'écart des autres pensionnaires, pour la plupart des fonctionnaires tanzaniens en déplacement qui prenaient leurs repas dans la salle à manger. Jamais John ne se mettait à table sans avoir esquissé, très discrètement, un signe de croix, et auparavant échangé avec sa femme, Dorothea, des SMS relatifs à leur santé respective ou à celle des enfants. Après dîner, en dépit de l'insistance d'Amis sur le fait que les chiens n'apparaissaient en ville qu'à la nuit tombée — mais John avait autant ou plus que moi peur des chiens, surtout de nuit, dans des rues non éclairées, et

alors qu'un ou plusieurs cas de rage venaient d'être signalés —, nous regagnions nos chambres où, enfin libérés de nos obligations professionnelles, nous pouvions retourner à la lecture ; pour John celle des *Dents de la mer*, et pour moi celle d'un de ces récits de voyage anglo-saxons qui volontiers commencent par une phrase de ce genre : « In the fall of 1996 I stood on the summit of Kilimandjaro, the sun still low over the morning horizon » (À la fin de l'année 1996 je me trouvais au sommet du Kilimandjaro, le soleil encore bas au-dessus de l'horizon matinal).

« Nous avions quitté le camp de base peu après minuit », continue ce récit[1], qui par la suite ménage toutes sortes de péripéties telles qu'une nuit passée sous la menace diffuse d'un léopard — un des compagnons de l'auteur fait alors observer qu'« ils [les léopards] mangent des souris à longueur de journée, comme des barres de Mars » —, l'attente déçue d'une charge de rhinocéros, ou encore une rencontre avec le dernier peuple ayant chassé à l'arc l'éléphant.

---

1. Rick Ridgeway, *The Shadow of Kilimandjaro*, Bloombsbury, 2006.

En principe, je n'achetais *The Nation* ou le *Bangkok Post* qu'afin d'y trouver des informations sur les troubles dans le Sud, le « Deep South », ainsi que les trois provinces en proie à ces troubles, celles de Pattani, de Yala et de Narathiwat, étaient généralement désignées.

Mais le 17 avril, malgré l'abondance de telles informations — parmi lesquelles la plus intéressante, à mes yeux, concernait l'interruption du trafic ferroviaire entre Yala et Sungai Kolok par suite de l'attaque d'un train —, j'ai été irrésistiblement attiré par un article, à la une de *The Nation*, dont le titre était ainsi libellé : « Comment le prince William a donné son congé à Kate Middleton par un simple coup de téléphone portable ».

Et pourtant j'ignorais auparavant jusqu'au nom de Kate Middleton, je ne savais donc pas si même elle était jolie, ou attendrissante, ou sexy, si elle appelait le désir ou la compassion comme peut le faire par exemple, en ce qui me con-

cerne, Britney Spears, et d'autre part je n'éprouve en principe aucune curiosité pour la vie privée des membres de la famille royale britannique. Puis l'article évoquait « Middleton » — à peine répudiée, et déjà amputée de son prénom — « le cœur brisé », « arpentant nerveusement un parking tandis qu'elle apprenait la fin de sa romance avec le prince ».

Lorsque, venant de Hat Yai (et auparavant de Bangkok), on se rend à Pattani par la route, celle-ci ne rejoint la mer, pour la longer sur une vingtaine de kilomètres, qu'à la hauteur d'un village qui porte sur la carte le nom décourageant de Ban Pak Nam Sakom.

Par beau temps, dans le lointain, les eaux du golfe de Siam apparaissent uniformément bleu turquoise, mais cette illusion se dissipe, dès que l'on s'en rapproche, pour les révéler limoneuses et de la consistance plutôt d'une soupe. Désert en cette saison, le littoral est jalonné de paillotes et d'autres installations balnéaires dont certaines ont brûlé, laissant un sol noirci. Sur cette route, le premier barrage que l'on rencontre est disposé à l'entrée d'un pont — la mer bleu turquoise toujours visible à l'arrière-plan —, dans le voisinage de Ban Pak Nam Thepha. Il n'est pas gardé et sur le bas-côté gît un chien mort, couché sur le dos, ses quatre pattes érigées comme s'il faisait de la gymnastique. Quelques kilomètres plus loin, des soldats ont établi un deuxième barrage, au passage duquel on aperçoit une affiche reproduisant les

signalements d'une dizaine de « terroristes » parmi les plus recherchés. Au-delà de cet obstacle la circulation est fluide, la densité de véhicules militaires assez faible. Depuis que nous l'avons récupéré à l'aéroport d'Hat Yai, « l'analyste thaï » — ainsi que me l'a présenté Philippe, le journaliste — n'a pas cessé de bavarder, ou plutôt de monologuer, avec une telle abondance qu'il faut s'y prendre à plusieurs reprises pour l'interrompre ou le reprogrammer.

Dans les rues de Pattani, on croise des policiers patrouillant par deux, à mobylette, embarrassés de gilets pare-balles et de fusils d'assaut qu'ils ne peuvent utiliser sans mettre pied à terre, ce qui fait d'eux, quand ils se déplacent, des cibles toutes désignées. L'hôtel CS Pattani, situé en retrait de la route, au bout d'une esplanade sur laquelle à la nuit tombée on voit sautiller des rats-écureuils, quelquefois pourchassés par des chiens incapables de les attraper, l'hôtel CS Pattani accueille une réunion de responsables militaires et policiers, de telle sorte qu'il est apparemment bien gardé : un *Humvee*, un fusil-mitrailleur sur son trépied… Toutes ces données sont aussitôt intégrées à l'incessant babil de l'analyste thaï, dont il faut reconnaître qu'il possède de la région, et des troubles qui l'agitent, une connaissance exhaustive, bien qu'un peu livresque et peut-être légèrement biaisée.

Entre Pattani et Yala, la route traverse des plantations d'hévéas ou de cocotiers, des riziè-

res, des prairies inondées où paissent des buffles, escortés de hérons garde-bœufs, des villages où les temples bouddhistes sont moins nombreux que les mosquées. À distance se voient des collines boisées. Quelques-unes, pointues et chantournées comme sur une peinture chinoise, se rapprochent de la route pour former peu avant l'entrée de la ville un défilé, qui serait propice aux embuscades si les militaires n'avaient pris la précaution d'y établir un nouveau barrage, celui-ci renforcé de sacs de sable, à proximité duquel trottine une chienne bicolore aux mamelles pendantes. Et toujours le gazouillis, mélodieux et bien informé, de l'analyste, un compagnon de voyage plutôt agréable, finalement, dont il apparaît qu'il a passé son enfance à Yala, dans une famille de hauts fonctionnaires, et par conséquent du côté bouddhiste de cette ville. Car les deux communautés y habitent des quartiers distincts, séparés par la voie ferrée sur laquelle le trafic est maintenant rétabli. Le dernier train en provenance de Sungai Kolok et à destination de Phattalung, avec à son bord quelques soldats, entre en gare à 16 h 30 pour en repartir peu après. Puis d'autres militaires, des *rangers*, les plus redoutés, reconnaissables à leurs uniformes noirs et à leur léger débraillé, traînent (plutôt qu'ils ne se déploient) autour de la gare, jusqu'à ce qu'elle ferme et que ses rideaux de fer soient tirés.

Le lendemain de notre arrivée à Yala, nous avons dîné avec une dame riche, de confession

bouddhiste, qui devait être une amie ou une parente de l'analyste thaï, et qui était accompagnée d'un homme, peut-être son chauffeur, ou son garde du corps, dont le mutisme, imputable sans doute à son rang social inférieur, contrastait avec la loquacité du précédent. Le restaurant où nous dînions, ou un autre restaurant de la même rue, avait été la cible quelques semaines auparavant d'un attentat, qui autant que je sache n'avait pas fait de victimes, ou seulement des blessés légers. Beaucoup d'attentats étaient plus meurtriers : mais, dans l'ensemble, ils trahissaient un certain amateurisme, par comparaison avec d'autres attentats perpétrés dans le monde par cette mouvance islamiste à laquelle on soupçonnait les insurgés, ou certains d'entre eux, d'être désormais affiliés. Les lieux de ceux qui avaient été commis à Yala au cours des derniers mois n'avaient plus de secrets pour nous (je veux dire pour Philippe, le journaliste, et pour moi-même) : dans la matinée, la jeune interprète musulmane à laquelle nous avions donné rendez-vous dans le hall de l'hôtel, et que nous y avions retrouvée un peu plus tard assise sur une banquette, ou plutôt effleurant de la pointe des fesses le bord de celle-ci, avec une expression d'inconfort dont elle ne devait jamais se départir, comme si elle n'avait été amenée à travailler avec nous que contre son gré, la jeune interprète musulmane nous en avait dressé une liste exhaustive, prenant à cette énumération un plaisir manifeste —

comme elle en avait pris lorsque venant de Pattani par la route, à mobylette, elle s'était arrêtée pour observer les traces d'une explosion qui la veille avait détruit un véhicule de l'armée —, n'omettant aucun détail des pertes ou des dégâts occasionnés, mentionnant même l'emplacement de ceux qui avaient fait long feu, désignant avec une grâce mutine comme « la rue des bombes » celle, la plus visée, où se trouvaient la plupart des bars à putes ou des karaokés. (Mais ce que je reprochais surtout à l'interprète, outre qu'elle imputait aux Américains, et naturellement aux « Juifs », la responsabilité d'un conflit dont elle avait au préalable souligné le caractère inéluctable, sinon le bien-fondé, c'était de nous avoir traînés, le journaliste et moi, dans un boui-boui infect — mais halal ! —, parce que si elle se refusait à manger dans un restaurant thaï, elle craignait aussi, en choisissant un établissement musulman moins sordide, d'être vue par des gens de sa connaissance en notre compagnie.)

Comme il arrive souvent dans une ville divisée selon des critères ethniques ou religieux, chacun à Yala jurait qu'il n'avait pris aucune part à cette division, soulignant à quel point les deux communautés s'étaient bien entendues jusqu'à ce qu'elles soient séparées, sinon dressées l'une contre l'autre, par les troubles. C'était aussi l'usage, au moins parmi les bouddhistes, de soutenir que seule une infime minorité de l'autre communauté était impliquée dans ces

troubles, ou sympathisait avec eux, quitte à se démentir, dès la phrase suivante, en témoignant d'une méfiance globale à l'égard de cette communauté. (De même l'interprète musulmane affirmait-elle que « toutes ses meilleures amies étaient bouddhistes », mais sans pouvoir en citer aucune, ou que « tout le monde était contre la violence », avant de justifier l'usage de celle-ci dans tel ou tel cas particulier.)

Ainsi la dame riche, tout en retirant d'entre ses dents une arête de poisson — vestige d'un plat qui témoignait éloquemment de la supériorité de la cuisine thaïe, si savoureuse que l'analyste lui-même s'était tu momentanément pour n'en rien perdre —, après avoir tenu quelques propos convenus sur les aspirations des musulmans, dans leur écrasante majorité, à la paix, venait-elle de nous mettre en garde contre les risques que nous courions, même de jour, en nous promenant dans la partie de la ville où ils étaient établis. Or nous avions déjà pu constater qu'il n'y en avait aucun, au moins pour des étrangers. Même à l'analyste thaï, pourtant partisan déclaré de la conciliation, il échappait de temps à autre une réflexion qui trahissait des arrière-pensées moins avouables, comme lorsque en voyant des jeunes filles voilées, probablement des lycéennes, en train de repeindre la bordure blanche d'un trottoir — on était dans une période de vacances scolaires —, il avait observé que cette occupation « les empêchait au moins de faire des bêtises ».

Dans l'après-midi, intrigués par une exceptionnelle abondance de chiens dans le voisinage de ce temple, nous nous étions introduits dans l'enceinte du Wat Putthapum, peut-être le plus grand sanctuaire bouddhiste à Yala. Un groupe de moines et de novices, distingués les uns des autres par les couleurs différentes de leurs robes, était assis à l'ombre d'un banian (celui-ci laissant pendre au-dessus de leurs têtes ses racines aériennes), buvant du thé ou mâchant des chiques de bétel. D'un bâtiment voisin s'élevait un chœur de voix féminines, et d'un grand nombre d'arbres émanait une quantité proportionnelle de chants d'oiseaux : s'il avait régné dans le reste de la ville un climat de tension, ce qui n'était généralement pas le cas, il aurait été facile de souligner à quel point ce lieu en était préservé. Au milieu des robes safran détonnait un t-shirt noir moulant le torse athlétique d'un homme jeune, « Chinois ethnique », comme cela se dit dans le Sud-Est asiatique, qui pratiquait le monachisme par intermittence, comme cela se fait, et qui pour le moment, comme il nous le confia par la suite sans entrer dans des détails inutiles, s'occupait de « business », apparemment dans le domaine des paris sportifs. Il s'agissait en somme d'un bookmaker. Andy, comme il souhaitait qu'on l'appelât, devait entretenir par ailleurs des liens étroits avec la police ou l'armée, ainsi qu'en témoignait le talkie-walkie dont il était équipé, et par le truchement duquel, en notre présence, un de

ses correspondants l'informa qu'une bombe venait d'exploser dans la cabine téléphonique d'un village voisin. Sans doute Andy était-il affecté, quand ses activités de bookmaker lui en laissaient le loisir, à la sécurité du Wat Putthapum. Il nous communiqua son numéro de portable en nous recommandant de ne jamais prendre la route sans l'avoir au préalable consulté. Bien qu'il fît certainement partie des gens qui soutenaient que la population musulmane, dans son ensemble, était loyale aux autorités, il s'inquiéta du projet que nous avions formé de nous rendre sur le littoral, près de Pattani, estimant que ce secteur était dangereux parce que n'y vivaient que des musulmans.

« Le bouddhisme, insistait Andy, est une religion plus accommodante que l'islam », et il n'y avait pas grand-chose à lui objecter sur ce point.

Voyant que je manifestais de l'intérêt pour les chiens — il estimait à une centaine, répartie en cinq ou six groupes éventuellement concurrents, le nombre de ceux qui vivaient sur le territoire du sanctuaire ou à la périphérie de celui-ci —, il ajouta, sans que je lui aie rien demandé, que les musulmans ne les aimaient pas, les battaient et les empoisonnaient, et que nous n'en verrions pas, mais seulement des moutons et des chèvres, dans les quartiers de Yala situés de l'autre côté de la voie ferrée. De nouveau son talkie-walkie crachotait. Au moment où nous franchissions à rebours l'enceinte du sanctuaire,

deux femmes qui se déplaçaient à moto ont stoppé brutalement devant le portail, celle qui ne conduisait pas a bondi — tandis que l'autre attendait, moteur tournant — pour déposer sur le trottoir un paquet non de semtex (ou de tel autre explosif), mais de nourriture, et de la meilleure, pour les chiens.

Quelques minutes avant 17 h 30, alors que le soleil, proche de l'horizon, allongeait sur la plaine l'ombre des spinifex, le train automoteur en provenance de Sydney et à destination de Broken Hill est entré en collision avec un veau. Dans les instants qui précédèrent le choc, certains passagers avaient remarqué ce groupe d'animaux qui en avant du train couraient non pas le long de la voie (comme il eût été préférable qu'ils le fissent), mais selon une trajectoire formant avec elle un angle aigu, et telle que s'ils maintenaient leur allure, et le train la sienne, la collision devenait inévitable. Le conducteur lui-même s'en était rendu compte, mais trop tard, au moment où les premiers bovins franchissaient la voie au galop. Une fois les freins serrés, le train, avec d'effroyables grincements, avait encore progressé de quelques centaines de mètres, cependant qu'une grêle de cailloux giclait par en dessous et frappait le sol des voitures, puis il avait heurté le veau et celui-

ci était mort : du moins était-ce la conclusion que l'on pouvait retirer des démarches confuses dont le personnel s'était acquitté par la suite. Pour le public australien — au moins pour le public australien de l'intérieur —, heurter des animaux avec un véhicule quelconque est un accident si fréquent qu'aucun passager n'avait paru surpris ou contrarié par cette collision, ni par le délai qu'elle entraînait sur un trajet déjà extrêmement long. (Lors du dernier arrêt avant la collision, en gare d'Ivanhoe, au moment où le train s'apprêtait à repartir, une passagère appartenant à un groupe de personnes âgées avait laissé tomber son alliance sur le ballast. Comme celui-ci était en pente, et le quai bâti sur des pilotis, pendant que tout le groupe, à quatre pattes, la recherchait du côté où elle était tombée, la bague avait roulé de l'autre, où quelqu'un finit par la remarquer. Pour la récupérer, là où elle s'était immobilisée, il fallait non seulement sauter de toute la hauteur du quai, mais enjamber au préalable la rambarde qui le délimitait de ce côté. Ayant assisté à la scène depuis le début, j'avais noté l'âge avancé de ses protagonistes, et je ne doutais pas d'être à tout prendre plus apte qu'aucun d'eux à réussir cette manœuvre. Mais, presque autant que de voir le train repartir sans moi, je craignais de devenir le héros de ce groupe au point de ne plus pouvoir m'en dépêtrer, et pendant les quelques secondes où j'hésitai l'un des vieillards me précéda, pour ma plus grande honte, sauta par-

dessus la rambarde, par miracle sans se casser le col du fémur, se saisit de la bague et, de retour sur le quai, la remit à sa propriétaire, tout cela avec autant de grâce et de légèreté qu'un oiseau se livrant à une parade nuptiale.)

C'était la deuxième fois que je me rendais à Broken Hill. Une douzaine d'années auparavant, j'y avais séjourné quelque temps, à la fin du mois de décembre, et déjà dans le dessein d'y prendre contact avec le Wild Dog Destruction Board, le Bureau pour la destruction des chiens sauvages. Mais le personnel de cette administration était alors en congé, à moins que le numéro de téléphone que j'appelais ne fût pas le bon : toujours est-il qu'il sonnait dans le vide. Survenant après un autre, de caractère plus intime, cet échec professionnel m'avait entretenu dans des dispositions mélancoliques auxquelles il s'était avéré que Broken Hill offrait un terrain très propice. Si propice que je soupçonne cette ville d'avoir servi de modèle à celle où le héros de *Wake in Fright*, le roman de Kenneth Cook[1], tente de se suicider — sans succès, convient-il de préciser — dans un jardin public qui pourrait être le Sturt Park, avec son absurde monument à la mémoire des naufragés du *Titanic*, et plus précisément des musiciens supposés avoir joué sans discontinuer alors que le navire était en train de sombrer.

1. Traduit en français sous le titre *Cinq matins de trop*, Autrement, 2008.

Lors de ce premier séjour, je m'étais installé à l'hôtel West Darling, qui se flatte d'exister depuis 1886 et de posséder « le plus grand balcon de la ville » (*the largest balcony in town*). Ma chambre donnait justement sur ce balcon, dont la courbure, épousant celle de la façade de l'hôtel, domine l'intersection d'Argent et d'Oxide (Broken Hill étant une ville minière, la plupart de ses rues portent des noms de produits du sous-sol). Accoudé au garde-corps, à l'abri du soleil — car il s'agit en fait d'une galerie couverte —, j'y ai passé des heures à observer ce carrefour, figé presque toute la journée dans une immobilité vitreuse, et cependant d'une telle perfection cinématographique, vu d'au-dessus, qu'il était impossible de ne pas l'envisager surtout comme un décor, dans lequel pouvait à tout moment survenir un incident s'élevant rapidement jusqu'à un paroxysme de violence, tels un hold-up avec prise d'otages ou une fusillade entre deux troupes de cavaliers. Même de plain-pied, cette illusion persistait, au point que jamais, quand la chaleur déclinait et que je me décidais à sortir, je ne suis parvenu à le franchir avec naturel (sans prendre de pose).

En 2007, afin de limiter autant que possible les risques d'un nouvel échec, j'avais été jusqu'à solliciter l'ambassade d'Australie, à Paris, pour qu'elle prévienne de ma visite le Bureau de la destruction. Et pendant la semaine que j'ai passée à Sydney avant de prendre le train pour Broken Hill, même s'il m'est arrivé des choses

beaucoup plus importantes, comme de retrouver la trace de Marijana (qui était désormais mariée et mère d'une petite fille), ou de lire dans le texte original le livre de George Orwell sur la Catalogne, je n'ai pas manqué d'appeler chaque jour, et plusieurs fois par jour, un certain Tony Mayo, le responsable du Board auquel l'ambassade m'avait recommandé, tombant invariablement sur son répondeur et laissant invariablement le même message — « Please, call me back ! » —, mais du moins son téléphone ne sonnait-il pas dans le vide.

J'ai également profité de ce séjour pour augmenter ou rafraîchir ma connaissance livresque du dingo, le chien sauvage australien qui était à l'origine d'au moins deux de mes voyages dans ce pays. À la bibliothèque nationale (State Library of New South Wales), dans le même fichier que j'avais consulté douze ans auparavant, j'ai retrouvé les références des ouvrages qui font autorité dans ce domaine, tel celui de Laurie Corbett, *The Dingo in Australia and Asia* (University of New South Wales, 1995), ou, dans une moindre mesure, celui de Philip Holden, *Along the Dingo Fence* (Hodder et Stoughton, 1991). La bibliothèque possède d'autre part un livre d'Octave Mirbeau intitulé *Dingo*, publié à Paris, chez Jonquières, en 1925, dont j'ignorais l'existence mais que je n'ai pas eu la curiosité de commander, doutant que l'auteur du *Jardin des supplices* se fût jamais intéressé sérieusement aux mammifères australiens.

Quelles que soient ses qualités — celles, moyennes, d'un récit de voyage —, l'ouvrage de Holden pèche par sa trop grande soumission aux préjugés des éleveurs de moutons, qui se traduit par des propositions de ce genre : « Le dingo est l'animal le plus coûteux qui ait jamais sapé l'industrie lainière d'une nation. »

Le livre de Corbett présente un caractère plus scientifique. Il en ressort que le dingo a été introduit en Australie, il y a environ 4 000 ans, par des navigateurs (*seafarers*) originaires du Sud-Est asiatique, sans qu'on sache s'il s'agissait alors d'un animal domestique ou d'un simple commensal, proche du chien mésolithique imaginé par Coppinger[1].

Il s'est si bien acclimaté en Australie, avant l'arrivée des Anglais et de leurs moutons, qu'il s'y est imposé, au détriment du thylacine, comme le principal et bientôt le seul prédateur des herbivores marsupiaux. Bien que pour sauvegarder les intérêts de l'industrie lainière il soit traité aujourd'hui comme une « vermine » (*pest*), sur la majeure partie du territoire australien, et ne bénéficie d'une protection légale que dans les limites de certains parcs nationaux, le dingo, en tant qu'espèce sauvage — ainsi qu'il l'est in-

1. « Il faut considérer [le dingo], écrit Xavier de Planhol dans son ouvrage déjà cité, comme étant arrivé dans la grande île à un stade de "familiarité", de "commensalité" qu'on peut qualifier tout au plus de "pré-domestication", n'impliquant aucunement la reproduction sous protection humaine que suppose la domestication. »

contestablement devenu, s'il ne l'a pas toujours été —, est moins menacé par le poison, estime Corbett, ou le fusil, ou les pièges à mâchoires, ou encore les milliers de kilomètres de clôtures érigées à grand-peine et entretenues avec un soin jaloux pour le tenir à l'écart des moutons, que par l'hybridation avec des chiens domestiques ou des chiens féraux. « L'extinction du dingo pur, écrit Corbett, semble inévitable. »

Mais l'imminence ou l'inéluctabilité de sa disparition n'empêche pas que le nom même du dingo (au moins son nom latin) reste sujet à controverse. Pendant longtemps, c'est l'appellation de *canis familiaris dingo* qui a prévalu, puis à partir des années quatre-vingt-dix, et sous l'influence de Corbett, celle de *canis lupus dingo*. Comme on peut reprocher à cette dernière appellation, qui restaure ses liens de parenté avec le loup, de ne pas prendre en compte l'éventuelle domestication du dingo avant son introduction en Australie, celle de *canis lupus familiaris dingo*, mi-chèvre mi-chou, a recueilli les suffrages d'autres spécialistes. Les choses se compliquent encore avec le chien chanteur de Nouvelle-Guinée, probable cousin du dingo, identifié en 1957 par le mammalogiste australien Ellis Troughton et nommé par celui-ci *canis hallstromi* — la littérature que j'ai consultée ne dit rien de cet Hallstrom —, qui pour les mêmes raisons que ci-dessus, ou pour des raisons voisines, pourrait être renommé *canis lupus familiaris dingo hallstromi*, un nom beaucoup

trop long pour un chien de très petite taille et dont on craint qu'il n'ait aujourd'hui disparu.

De leur côté, les langues aborigènes disposent d'au moins douze mots pour désigner le dingo australien — *warrigal, tingo, joogoong, mirigung, noggum, boolomo, papa-inura, wantibirri, maliki, kal, dwer-da* et *kurpany* — et d'au moins six pour le chien chanteur de Nouvelle-Guinée : *waia, sfa, katatope, kurr-ona, agl-koglma* et *yan-kararop*[1].

Au mois de mai 2007, il se tenait à l'Australian Museum, non loin de la National Library, une exposition intitulée « Colliding Worlds, First Contacts in the Western Desert » (Mondes en collision, premiers contacts dans le désert de l'Ouest), et consacrée notamment à l'expédition menée dans ce désert, au milieu des années cinquante, par l'anthropologue australien Donald Thomson. Parmi les plus belles photographies que Thomson a rapportées de cette expédition, le portrait d'un chef aborigène de la région du lac Mackay, Patuta Arthur Tjapanangka, représente ce dernier accroupi dans quelques centimètres d'eau, ses rares cheveux dressés sur la tête et noués par une cordelette, sa barbe noire, taillée en pointe, lui couvrant une partie de la poitrine, retenant de ses deux mains, dans un geste moins dominateur qu'af-

1. Cette nomenclature est empruntée à un document publié en 2004 par la Commission de survie des espèces de l'UICN (Union internationale pour la conservation de la nature) sous le titre *Canids : Foxes, Wolves, Jackals and Dogs*.

fectueux, les membres postérieurs d'un dingo. À l'arrière-plan, la ligne du rivage, mince et floue, sépare le ciel bleu pâle des eaux jaunes de ce qui doit être le lac Mackay, mêlées d'une nuance de rose de plus en plus soutenue au fur et à mesure qu'elles s'éloignent. Lui-même assis dans l'eau, et fixant l'objectif de ses yeux légèrement bridés, le dingo présente une coloration d'un beige clair qui vire presque au blanc sur la poitrine et le dessous du museau : exactement, ainsi que je devais le constater peu après, comme le spécimen empaillé exposé — ou plutôt relégué — dans la salle « Search and Discover » (Cherche et découvre) du même musée.

La veille de mon départ pour Broken Hill, après avoir repéré et minuté, avec la même précision que s'il s'était agi d'une opération militaire, l'itinéraire que je devrais emprunter le lendemain matin entre l'hôtel et la gare, je me suis rendu dans une librairie de George Street où j'ai acheté *The Dog Fence* — « La clôture des chiens » —, le livre le plus récent, et le plus complet, écrit sur ce sujet par un auteur australien[1].

« Avec 5 400 kilomètres, lisait-on sur la quatrième de couverture, la clôture des chiens est un des plus longs ouvrages construits par l'homme sur la Terre » (ce qui pouvait suggérer qu'il en avait construit de plus longs ailleurs), « elle serpente à travers le cœur désertique de

---

1. *James Woodford*, *The Dog Fence*, Text Publishing, 2004.

l'Australie pour tenir les dingos à l'écart du bétail », etc.

De retour à l'hôtel, j'ai appelé Marijana au numéro que Lejla m'avait communiqué, et dont j'étais persuadé que ce n'était pas le bon : à la fois par principe, et parce que Marijana en avait changé à plusieurs reprises depuis son installation à Sydney.

Sur le parking du motel Hilltop, à Broken Hill, trois arbres ridicules, ou déplacés, deux eucalyptus et un palmier, introduisent du désordre dans le dessin régulier des lignes blanches délimitant les places de stationnement. C'est là que j'ai finalement retrouvé Tony Mayo, au volant d'un camion chargé de matériel pour l'entretien de la clôture. En prenant place à côté de lui, j'ai observé que sur le tableau de bord était étalé un scalp de dingo, d'un roux soyeux qui, plutôt que le chien, évoquait une fourrure de prix, et que derrière les sièges, parmi d'autres objets moins remarquables, traînait une queue de kangourou, raide comme une batte de base-ball, dont la section brillait du même éclat qu'une tranche de roast-beef.

La lecture du livre de Woodford m'avait rempli d'appréhension. Dans cet ouvrage, où il fait le récit de son expédition le long de la clôture des chiens (ou de la clôture des dingos), depuis le rivage de la Great Australian Bight, en Austra-

lie du Sud, jusque sur les premières pentes du Great Dividing Range, au Queensland, soit plusieurs milliers de kilomètres à travers des régions le plus souvent désertiques, Woodford, lui-même un intellectuel citadin et peut-être teinté de sensibilité écologiste, d'abord dans son désir de se faire accepter par ses hôtes, puis mû par un sentiment apparemment sincère de gratitude et d'admiration, envisage les « boundary riders », les « coureurs de bordures », et plus généralement tout le personnel concerné d'une manière ou d'une autre par l'entretien et la surveillance de la clôture, comme de véritables parangons de virilité buissonnière, avares de confidences et toujours coiffés d'Akubras, se saoulant à la bière jusqu'à 3 heures du matin et se levant deux heures plus tard assez frais et dispos pour se jeter aussitôt sur toute une nichée de porcelets sauvages et leur éclater d'un seul coup la tête contre une pierre, ou tirer un kangourou de si près que ses yeux lui giclent des orbites, tout cela sans ciller et sans presque jamais se départir de leur mutisme. Certains passages de ce livre, bien que Woodford n'ait pas nécessairement recherché de tels effets, sont aussi terrifiants, de ce point de vue, que les pires scènes du roman, déjà cité, de Kenneth Cook.

Afin de traiter équitablement Woodford — auquel je dois beaucoup, puisque c'est lui qui m'a mis en relation avec toutes les personnes qui m'ont aidé par la suite, à l'exception de Tony Mayo —, et de ne pas risquer d'ôter à qui-

conque l'envie de lire son livre, bien plus réussi, sur le même sujet, que celui de Philip Holden, je signale qu'il excelle, d'autre part, à rendre ce qu'il y a de plus beau et de plus inquiétant dans les paysages de l'intérieur australien, et que nul ne peut lire par exemple son évocation du réservoir de Green Gully, près de Tilcha Gate, où deux petites filles moururent de soif, en 1959, à la suite d'une panne d'automobile et le temps que leurs parents aillent chercher du secours — petites filles dont un interlocuteur de Woodford affirme qu'elles l'ont appelé par son nom, des années après le drame, alors qu'à la nuit tombée il s'était attardé dans les parages —, nul ne peut lire cette évocation sans éprouver curieusement le désir de se rendre lui-même à Tilcha Gate, et sans trembler d'une frayeur autrement captivante que celle inspirée par les excès de bière ou le fracassement de porcelets.

Au fur et à mesure que nous nous rapprochions du dépôt de Smithville — d'abord sur une route asphaltée, puis sur une piste dont l'usage était réservé aux éleveurs et au personnel de la clôture — il se confirmait que Tony Mayo, qui n'était employé que depuis deux ans par le Bureau pour la destruction des chiens (il avait auparavant dirigé une entreprise de grillage, ce qui en faisait un expert dans ce domaine), ne présentait aucun des traits de caractère qui m'avaient alarmé, chez ses semblables, à la lecture de Woodford. En revanche, nous avons compris l'un et l'autre assez vite que nos possi-

bilités d'échange seraient limitées par la façon très différente que nous avions de parler l'anglais. À force de lui faire répéter chaque phrase à deux ou trois reprises, et lui de même, nous nous sommes résolus, bien malgré nous, à ne plus communiquer que quand c'était strictement nécessaire, par exemple lorsqu'il m'invitait à sortir du véhicule pour aller ouvrir une barrière séparant des pâturages à moutons.

Au dépôt de Smithville, l'épouse de Tony Mayo nous attendait, en compagnie d'un de leurs fils, et tout le monde se montra extrêmement cordial, mais ces incompatibilités de prononciation, qui étaient d'autant plus grandes que le nombre d'interlocuteurs augmentait, firent que de nouveau je dus trouver refuge dans le mutisme : non pas le mutisme viril des personnages évoqués par Woodford dans son livre, mais plutôt celui, irritant, d'un enfant dans la lune et peut-être légèrement idiot. Par la suite, il semble que la famille m'accepta, avec la même gentillesse qu'elle l'eût fait pour un handicapé ou un animal de compagnie. Mme Mayo avait d'ailleurs plusieurs chiens avec lesquels je m'entendais à merveille, et je l'ai vue se donner beaucoup de mal pour nourrir au biberon un veau non sevré provenant d'un ranch voisin dont le gérant venait d'être jeté en prison, laissant son bétail à l'abandon jusqu'à ce que la justice désigne pour s'en occuper un chasseur professionnel de la région.

Le lendemain de mon arrivée, au lever du jour, j'ai fait le tour du dépôt de Smithville, dont les dispositions, par leur simplicité, évoquaient celles d'une installation militaire dénuée de valeur stratégique : au pied de la tour métallique du château d'eau étaient éparpillés une demi-douzaine de bungalows — parmi lesquels celui de Tony Mayo, qui était le chef du dépôt, se signalait par ses dimensions légèrement supérieures et la présence d'un petit jardin —, à peu près autant de caravanes, abandonnées depuis que le personnel était logé dans des habitations sédentaires, un hangar abritant un atelier de mécanique, un dépôt de carburant, un groupe électrogène et un conteneur vide aux couleurs de la Mitsui OSK Line. Le parc automobile du dépôt comptait plusieurs engins de terrassement, principalement destinés à aplanir les dunes qui inlassablement se reformaient, poussées par le vent, au pied de la clôture, des véhicules tout-terrain équipés de radios et des motos adaptées aux mêmes conditions. Devant la maison de Tony stationnait d'autre part un pick-up appartenant à sa fille, et dont la vitre arrière était couverte d'autocollants invitant à boire de la bière, à fréquenter tel pub ou à soutenir telle équipe locale de rugby, à « oublier les baleines » et à « sauver (plutôt) les cow-boys » — en Australie, tout ce qui est lié à l'élevage du mouton professe une détestation des « greenies », les écologistes, qui confine parfois à l'obsession —, enfin à recourir au Dog-

gone, « le poison contre les chiens sauvages qui protège le bétail et la faune australiens » (cette dernière n'étant mentionnée, à mon avis, que par convention), un produit dont le logo figurait une tête de dingo déformée par un rictus révélant des crocs énormes et baveux.

À l'intérieur de l'enceinte en fil de fer barbelé qui délimitait le dépôt — afin d'en tenir le bétail, plutôt que les chiens, éloigné —, quelques arbres dispensaient un peu d'ombre, et un fourré de tamaris formait une espèce de nymphée au-dessus d'une mare momentanément asséchée (la sécheresse sévissait depuis des mois sur la plus grande partie de l'Australie). Pendant les premières heures de la matinée, les oiseaux étaient innombrables à s'égosiller dans cette végétation, en particulier les corellas, de grosses perruches blanches, et huppées, qui comptent parmi les animaux les plus grégaires et les plus bruyants de la création. Quand on franchissait l'enceinte du dépôt en se dirigeant vers l'ouest, on se heurtait presque aussitôt à la fameuse clôture des dingos, un grillage de deux mètres de haut, soutenu à intervalles réguliers par des poteaux dont l'alignement se prolongeait à perte de vue. Comme nombre de monuments, celui-ci, « l'un des plus longs construits par l'homme sur la Terre », vaut surtout par les idées plus ou moins romanesques que l'on est tenté d'y associer, et qui doivent beaucoup, dans ce cas, à l'apparente absurdité, ou au caractère disproportionné, des

efforts déployés pour l'édifier, puis pour le préserver des efforts qu'en sens inverse la nature multiplie pour s'en débarrasser : inondations ou vents de sable qui le font momentanément disparaître sur des kilomètres, assauts généralement infructueux des animaux pour passer à travers. Douze ans auparavant, dans le voisinage de Hungerford, j'avais suivi quelque temps une troupe d'émeus essayant de fuir la sécheresse et se jetant contre cet obstacle au point d'en avoir le poitrail ensanglanté (il en meurt ainsi quelques milliers chaque année). D'autres animaux plus malins ou mieux équipés, tels les wombats et les échidnés, parviennent fréquemment à y pratiquer des ouvertures assez larges pour que des dingos (ou des hybrides de dingos, puisqu'on a vu que la plupart des dingos étaient désormais hybridés) puissent les emprunter et se répandre dans les pâturages à moutons, illustrant la sentence de Philip Holden sur « l'animal le plus coûteux qui ait jamais sapé l'industrie lainière d'une nation ». Comme l'ont bien compris les peintres pompiers dont Broken Hill abrite toute une colonie, et dont la production, celle en particulier d'une certaine Roxanne Minchin, se retrouve en petit format jusque dans les chambres du motel Hilltop, ce n'est que par son environnement, et l'incongruité de sa présence au sein de celui-ci, que la clôture peut atteindre à une certaine grandeur ou à une certaine poésie. Les peintures de Roxanne Minchin, à laquelle il faut reconnaître une exactitude

scrupuleuse dans le rendu des couleurs, représentent ainsi la clôture se détachant à peine entre les deux immensités également vides du désert — ou de la steppe — et du ciel, le premier piqueté de buissons et rehaussé de chaos rocheux, le second parcouru par des nuages auxquels s'attachent parfois de longues traînes de pluie.

Au pied de la clôture s'amassent régulièrement, en précurseurs des dunes dont elles formeront le soubassement, des *tumble-weeds*, ces grosses pelotes de débris végétaux que le vent fait caracoler sur les sols arides et qui s'accroissent chemin faisant comme des boules de neige. (Dans le cinéma et la littérature américains, ce phénomène est souvent associé à la misère et à l'errance des ruraux pendant la Grande Dépression.)

Si on s'éloignait du dépôt en tournant le dos à la clôture, on tombait après quelques centaines de mètres sur un enclos où grognaient et copulaient des porcs à demi sauvages. Mais ce qu'il y avait de plus intéressant, dans le voisinage immédiat du dépôt, c'était un cimetière de matériel roulant, de mobilier de bureau et d'autres déchets non périssables, aménagé dans ce qui apparaissait comme le lit d'un cours d'eau intermittent. Si tout le désert australien, comme beaucoup le pensent, est hanté, quantité de fantômes devaient avoir élu domicile à l'intérieur de ces épaves, dont la plus accueillante était un vieux pick-up Dodge, son habitacle en-

core en assez bon état pour que l'on puisse s'y abriter de la pluie — car quand celle-ci tombait, trop rarement, c'était presque toujours par surprise et avec une force diluvienne —, son capot relevé vibrant au moindre souffle d'air comme une harpe rustique. Épars dans le lit du cours d'eau, quelques buissons déshydratés achevaient de se résoudre en *tumble-weeds*. À côté du pick-up, deux remorques métalliques, disposées comme les tiroirs d'un meuble gigantesque, contenaient pour l'une, tel un reliquaire, le fin squelette d'un marsupial qui sans doute avait sauté dedans et n'était pas parvenu à ressortir, et pour l'autre plusieurs centaines de bouteilles vides, toutes du même calibre et de la même teinte ambrée, alignées et empilées avec autant de soin que si un dessein supérieur avait présidé à cette installation.

Le jour qui devait se conclure par une partie de chasse au dingo — échéance que depuis le début de mon séjour, avec une hypocrisie consommée, je redoutais tout en l'espérant, partagé entre le désir d'assister à une telle chasse et la crainte de me trouver impliqué dans l'assassinat d'un dingo —, ce jour-là il a plu dans la matinée, ce qui pouvait compromettre nos projets, puis Tony Mayo m'a embarqué dans son pick-up pour procéder à une inspection de la clôture. Après la pluie, le ciel s'était éclairci, mais quand la piste gravissait une dune, comme elle le faisait à tout instant, du sommet de celle-ci on voyait des nuées d'orage se propager au-dessus de ce que Tony Mayo disait être le désert de Strzelecki. Au bout d'une heure de route, pendant laquelle nous n'avons observé aucun trou — le climat de la région étant apparemment trop aride pour les wombats ou les échidnés —, mais beaucoup de *tumble-weeds* et de nouvelles dunes en formation,

nous avons marqué un arrêt là où une équipe de mécaniciens était aux prises avec un engin de terrassement endommagé. Il s'agissait principalement de démonter plusieurs de ses énormes roues et de les charger sur un véhicule qui les rapporterait au dépôt : comme je ne pouvais être d'aucune utilité dans cette opération, je me suis efforcé de me donner une contenance en recueillant les écrous, au fur et à mesure qu'un mécanicien les dévissait, pour les aligner sur le capot du pick-up, avec un tel empressement, et une telle abondance de gestes superflus, qu'il me semblait qu'à la fin mon incompétence passerait peut-être inaperçue. En déployant cette vaine activité, je remarquai que toutes les personnes qui s'affairaient autour de l'engin tombé en panne avaient dans le dos un véritable tapis de mouches, d'une texture aussi dense et souple qu'un lainage, épousant avec une parfaite synchronisation chacun de leurs mouvements, circonstance qui me parut irrésistiblement comique, voire ridicule — et susceptible d'ôter aux démonteurs de roues une partie de l'aura que leur conférait à mes yeux leur aptitude aux travaux de force —, même si je me doutais bien que ce phénomène ne m'avait pas épargné.

Alors que la réparation touchait à sa fin, les roues défectueuses ayant été chargées sur le véhicule à destination du dépôt, et les mécaniciens, sans pouvoir se défaire de leur châle de mouches, se disposant à déjeuner, nous avons

reçu la visite du *boundary rider* auquel incombait la surveillance de la clôture dans le secteur où nous nous trouvions, celui de Whitecatch Gate. Le bungalow qu'il habitait non loin de là, perdu en pleine nature, était gardé par une chienne — de race kelpie, comme presque tous les chiens domestiques dans cette partie de l'Australie —, qui venait de donner naissance à sept chiots : compte tenu de l'isolement du bungalow, le père inconnu de ces chiots ne pouvait être qu'un dingo, et c'est d'ailleurs ce qui ressortait d'un rapide examen de ces derniers, trois jaunes et quatre noirs, après que Lenny, le coureur de bordures, les eut extraits du demi-tonneau dans lequel la chienne avait installé sa portée. Le père devait être originaire du parc national de Sturt, dont la limite occidentale passe dans le voisinage de Whitecatch Gate, et que tout le personnel du Bureau pour la destruction des chiens se représente comme une sorte d'usine à fabriquer des dingos, ruinant leurs propres efforts et les narguant, même s'ils ne se gênent pas, de leur côté, pour disposer des pièges ou des appâts empoisonnés sinon à l'intérieur du parc du moins le plus près possible de celui-ci. Légalement, du fait d'une disposition spéciale s'appliquant à toute la partie ouest du territoire de la Nouvelle-Galles du Sud (Western Division), l'élevage de tels hybrides est rigoureusement prohibé et donc passible de sanctions : Lenny le sait mieux que quiconque, mais il semble qu'il soit peu enclin à extermi-

ner toute la portée, et qu'il envisage de faire sortir en fraude certains des chiots afin de les confier à des amateurs domiciliés dans une partie de l'État non soumise à cette réglementation. Il semble aussi qu'avant de commettre une telle infraction, il aimerait recevoir l'agrément de Tony Mayo, mais celui-ci, en ma présence, se gardera de le lui donner.

Si on considère une carte de l'Australie, on ne peut manquer d'être frappé par le nombre d'angles droits qu'y dessinent les frontières entre États. Whitecatch Gate, où sept chiots non autorisés venaient de voir le jour, est située à une dizaine de kilomètres de l'un des plus fameux — car tous ne jouissent pas du même prestige —, celui que décrit la frontière de la Nouvelle-Galles du Sud aux confins de cet État, de l'Australie du Sud et du Queensland. Peut-être cet angle droit, qui porte le nom de Cameron Corner, doit-il sa notoriété à ce caractère trinational, à sa très relative accessibilité, ou à la position qu'il occupe à mi-parcours — approximativement — de la clôture des dingos. Sur la trajectoire de celle-ci, c'est le seul endroit, à ma connaissance, où elle soit célébrée par un monument, avec des panneaux explicatifs retraçant les grandes étapes de son histoire, depuis qu'en 1914 des éleveurs en érigèrent les premiers segments, s'appuyant sur une clôture anti-lapins dont les résultats n'avaient pas été concluants. À l'occasion des vacances scolaires, les touristes sont paraît-il nombreux à se pres-

ser dans cette encoignure, sans doute pour y éprouver l'impression de n'être nulle part. Le reste du temps, le pub qui s'est établi du côté queenslandais de la frontière, et qui se trouve être l'un des plus isolés, sinon des moins fréquentés, de ce pays, accueille en fin de journée une clientèle assez rare, principalement composée d'éleveurs de moutons (ou d'autre bétail) et de gardiens de la clôture. La salle à manger est décorée d'un drapeau australien dont il est précisé qu'il a voyagé à bord d'un C 130 — un avion de transport de troupes — lors de l'opération « Iraqui Freedom ». Chaque membre de l'équipage a revêtu le drapeau de sa signature. Parmi les souvenirs que l'on peut acheter dans ce pub, quelques vieilles cartes postales reproduisent des vues aériennes de Cameron Corner à l'époque où aucun aménagement ne venait altérer sa vacuité, et qui font apparaître que le fameux angle droit ne l'est pas, la clôture — sinon la frontière — le coupant de biais.

Le vœu que j'avais fait, après la lecture de Woodford, et auparavant celle de Kenneth Cook, de ne pas boire de bière aussi longtemps que je n'aurais pas regagné les bords de l'Australie, je ne m'en suis écarté que dans cet établissement, afin de ne pas déchoir complètement aux yeux de Tony Mayo, et aussi pour m'attirer les bonnes grâces du patron, alors que j'envisageais de revenir seul à Cameron Corner et de m'y installer quelques jours (car il me semblait que ce pub, qui dispose de plusieurs chambres, offrait

des conditions idéales pour voir le soleil se lever, ou se coucher, s'élevant dans l'intervalle, puis déclinant, au-dessus d'un paysage où rigoureusement rien n'accroche le regard, et sans même l'espoir d'apercevoir un dingo, le patron, depuis six ans qu'il était là, n'en ayant pas vu la queue d'un).

Sur le chemin du retour nous nous sommes arrêtés pour pisser, sous la pluie de nouveau, et au milieu d'un troupeau de bœufs, à hauteur de Tilcha Gate : mais ce n'est que plus tard, en consultant ma carte, autant que la pénombre et les cahots de la piste me le permettaient, que j'ai fait le rapprochement entre l'endroit où nous nous étions arrêtés et la fin horrible des deux petites filles.

La nuit était tombée, et la pluie avait cessé, lorsque nous sommes arrivés au dépôt de Smithville. Le ciel était maintenant parfaitement dégagé, et constellé d'étoiles comme il ne peut l'être qu'au-dessus d'un désert. Ces conditions météorologiques ménageaient une visibilité satisfaisante, mais Tony Mayo craignait que si nous sortions aussitôt pour chasser le dingo, son véhicule ne s'embourbe sur des pistes détrempées. J'étais moi-même dans l'embarras, hésitant, comme je l'ai déjà dit, entre deux issues dont aucune ne me convenait. De son côté, je le sentais, Tony Mayo aurait de beaucoup préféré rester chez lui et se mettre les pieds sous la table. (La télévision venait de diffuser un reportage sur des émeutes survenues dans une ban-

lieue française, et Karen, son épouse, semblait très désireuse de m'interroger à ce sujet, en particulier pour savoir si, comme elle le pensait, c'étaient bien des « Moyen-Orientaux » qui se livraient à ces débordements.) Même s'il avait déjà tué des dingos et s'il prenait très à cœur sa mission, qui consistait à les repousser ou à les contenir de l'autre côté de la clôture, et donc à maintenir celle-ci dans un état leur interdisant de la franchir, ce n'était pas un chasseur, et il venait d'ailleurs de me confier qu'il tirait mal. Cependant personne ne voulait avoir l'air de se défiler : et c'est ainsi que nous nous sommes retrouvés dans le 4 X 4, le projecteur mobile allumé — comme dans le film adapté du roman de Kenneth Cook, ou dans ce roman lui-même, lorsqu'une bande d'ivrognes traque impitoyablement, dans le bush, des marsupiaux innocents —, le fusil 303 glissé entre les sièges et le vide-poches rempli de ces projectiles sentant la graisse, aux beaux reflets cuivrés, dont la proximité, il faut en convenir, engendre presque toujours une certaine fébrilité. Après avoir longé sur deux ou trois kilomètres la clôture, nous l'avons franchie, pour pénétrer sur le territoire de l'Australie du Sud, en ouvrant l'une de ces portes grillagées dont elle est jalonnée de loin en loin, et sur lesquelles un écriteau rappelle que « toute personne oubliant de [la] refermer est passible d'une amende qui ne peut excéder 1 000 dollars ».

« The dog is winning » (le chien est en train de gagner), déclarait Roger Roach, dont c'était le métier, entre autres, de tuer le plus possible de ces animaux, ajoutant que « même s'ils envoyaient l'armée, les chiens s'en sortiraient ». Cette sentence sonnait comme une réplique dans un film de science-fiction, au moment où le héros, sur lequel reposaient les derniers espoirs de l'humanité, submergé par un flot toujours croissant d'envahisseurs est sur le point de baisser les bras. Et le décor dans lequel elle avait été prononcée n'aurait pas été déplacé dans un tel film : car la scène se déroule dans un lieu accidenté et solitaire, en bordure d'une piste s'enfonçant en zigzag dans les Snowy Mountains — ou les « Alpes australiennes », comme ils disent — avec au premier plan un « arbre à chiens » (*dog tree*) aux basses branches duquel pendent par dizaines des cadavres de dingos toujours puants bien que plus ou moins momifiés. Roach affirme que ces dépouilles ont en

moyenne deux ans d'âge — et il est de fait que certaines sont à ce point desséchées qu'elles ressemblent, plutôt qu'à des chiens morts, à des sarments de vigne — et que cette pratique traditionnelle des « doggers », les tueurs de chiens, est en voie de disparition.

Lorsque nous avions quitté Jindabyne, le soleil se levait, ou plutôt peinait à se lever, à travers une couche de brume qui s'était amassée dans la nuit et recouvrait encore toute la région. Sur la route entre Jindabyne et Bombala, puis sur une piste menant à travers Quidong Plains vers la rivière Delegate, les alternances de brouillard et d'ensoleillement conféraient un surcroît d'étrangeté à des spectacles en eux-mêmes peu communs, tel celui de plusieurs dizaines de cacatoès à crête sulfureuse marchant à petits pas dans le sillage d'un engin agricole, lequel répartissait à la surface d'une prairie des tourteaux de soja pour la nourriture des moutons. De ces moutons, Roger Roach prétend qu'au moins six cents ont été tués, l'an dernier, par des dingos ou d'autres chiens sauvages (des dingos hybridés), sur le territoire d'une seule propriété. Si lui-même tue des chiens — sans illusion, comme on l'a vu, quant à l'issue de ce combat, dont il compare la vanité à celle des tentatives antérieures d'éradication des lapins —, c'est pour le compte de la direction des parcs nationaux, afin de limiter les dégâts causés au bétail, et l'animosité consécutive des éleveurs à

l'égard de tous ceux qu'ils envisagent comme des protecteurs des dingos.

Dans un petit bois attenant à la limite du parc national Kosciuszko, Roach a disposé des appâts empoisonnés, des pièges à mâchoires, et des coulées de sable destinées à relever les empreintes des animaux qui traversent la piste. Les appâts empoisonnés sont recouverts d'une couche de terre assez épaisse, en principe, pour les soustraire à l'attention des oiseaux ou des petits mammifères, et ils sont assez espacés pour que le même spécimen de *tiger quoll* (*dasyurus maculatus*), un marsupial carnivore menacé de disparition, ne risque pas d'en ingérer plusieurs consécutivement, l'ingestion d'une seule dose étant réputée ne lui causer qu'un désagrément passager. La plupart des appâts sont intacts, les coulées de sable réticulées de traces si nombreuses qu'il en ressort — indûment, puisqu'elles n'ont pas été imprimées toutes en même temps — l'impression d'une cavalcade mêlant des chiens, des chats, des lapins, des wombats, des renards et des corbeaux, des kangourous et des wallabies : s'agissant des deux derniers, les traces laissées par leur longue queue traînante évoquent celles d'un pneu de bicyclette. Quant aux pièges, l'un d'entre eux s'était refermé sur la patte d'un opossum, après quoi le malheureux, vraisemblablement attaqué par un renard ou par un chat, avait cherché refuge dans un arbre, mais la chaîne retenant le piège l'avait

bloqué dans son ascension et il s'était fait proprement éviscérer.

Vers midi nous avons franchi à gué la rivière Delegate — sans rencontrer de résistance, serais-je tenté d'ajouter — et nous nous sommes établis pour déjeuner sur la rive la plus ensoleillée. En aval du gué, la Delegate formait un large plan d'eau, semé d'îlots parmi lesquels nageaient des canards au plumage sombre, voletaient (en criaillant) des vanneaux éperonnés, et bondissaient des lapins dont l'espèce avait résisté à l'inoculation successive de deux virus. En amont, la rive opposée était dominée par une haute falaise couronnée de pins, sa paroi maculée de chiures blanches là où des faucons avaient niché. Le reste du paysage se composait à parts égales de collines boisées, qui devaient se trouver sur le territoire du parc national, et de prairies vallonnées : les premières plantées de cette variété d'eucalyptus, dite *snow gum*, qui résiste à la neige et dont la ramure est magnifiquement tourmentée, abritant des troupeaux panachés de kangourous et de chèvres sauvages ; les secondes, faisant partie de la propriété qui avait perdu plus de six cents moutons l'an dernier, étaient momentanément vides de tout bétail. Au bord de la rivière, près du gué, des ossements de kangourous gisaient sous un arbre mort, à côté de pierres plates sur lesquelles des wombats s'étaient hissés, comme ils ont l'habitude de le faire, pour y déposer

bien en évidence de grosses crottes noires et lustrées.

Plus tard nous avions traversé le bois et, au sortir de celui-ci, nous roulions maintenant sur une ligne de crête divisant des prairies inclinées. Sur l'un des versants quelques moutons paissaient, mêlés à des lamas, la présence de ces derniers ayant la réputation de tenir les chiens à distance. Ce vallon, dont la forte déclivité et le couronnement boisé convenaient à des développements dramatiques — le bois pouvant cacher un danger, susceptible de surgir à l'improviste et de se ruer dans la pente —, ce vallon était effectivement parsemé sur toute sa hauteur de kangourous morts (tels des fantassins, me disais-je, fauchés par une décharge venue de la crête dont ils auraient tenté de s'emparer), probablement victimes de la colère des éleveurs contre tout ce qui empiétait sur les prérogatives de leurs moutons, et tués en plusieurs occasions si l'on en jugeait par leur état plus ou moins avancé de décomposition. Roger Roach, ayant mis pied à terre, allait de l'un à l'autre (avec la nonchalance d'un général victorieux inspectant un champ de bataille pour mesurer l'importance des pertes ennemies, même s'il ne nourrissait personnellement aucune animosité à l'égard des kangourous, ni d'ailleurs à l'égard de quiconque) lorsqu'il est tombé en arrêt devant le cadavre tout récent, et pour lui beaucoup plus préoccupant, d'un bélier, tué probablement dans l'heure qui avait précédé

notre arrivée car du sang lui coulait encore de la bouche. Un de ses yeux avait été énucléé par les corbeaux ou les pies qui voletaient, nombreux, autour de cette scène de crime, et le bélier, dont on pouvait constater, en se penchant sur lui, qu'il était fortement couillu, et cornu, présentait d'autre part une large et profonde blessure au niveau d'un de ses membres postérieurs. C'est de cette blessure que Roger Roach a conclu, un peu vite, à mon avis, que le bélier avait été victime d'un chien sauvage, avant de se reprendre en observant que des renards, par exemple, avaient pu la causer, après la mort du bélier et pour tirer parti de cette opportunité. Et ce qui ne collait pas non plus, d'après lui, et réflexion faite, avec l'hypothèse d'une attaque de chien (ou de dingo), c'est que le reste du troupeau, bien loin de donner des signes de frayeur, continuait de brouter comme si de rien n'était.

Au cours de la nuit suivante, après avoir dîné seul, dans un restaurant de Jindabyne, entre trois écrans géants de télévision dont deux retransmettaient des matchs de football, et le troisième des images d'une frêle jeune femme blonde dont l'enfant venait de disparaître dans une station balnéaire du littoral portugais, au cours de la nuit suivante, de mon côté, j'ai repris tous les éléments dont je disposais au sujet de la mort du bélier, et j'en suis arrivé à une conclusion différente de celle que dans un premier temps en avait tirée Roger Roach (mais

rien ne dit qu'en poursuivant ses propres réflexions il ne soit parvenu au même résultat). Il convient de noter qu'auparavant jamais je n'avais été associé à l'autopsie d'un bélier, et que mes connaissances en matière de bétail sont limitées. Toutefois, en me repassant mentalement les images de la scène, j'étais de plus en plus frappé par un détail auquel il me semblait que Roger Roach, sur le moment, n'avait pas accordé l'attention qu'il méritait : c'était que le ventre du bélier mort fût démesurément enflé. Or je me rappelais que dans un roman de Thomas Hardy, *Loin de la foule déchaînée*, des moutons présentaient le même symptôme, et qu'ils n'étaient sauvés, *in extremis*, que par une intervention de l'héroïne, Bathsheba : laquelle, surmontant sa répugnance, leur perçait la panse et les délivrait ainsi de leur mal. Peut-être, dans le cas du bélier gisant à la périphérie du parc national Kosciuszko, l'enflure de la panse était-elle postérieure à sa mort, et consécutive à l'interruption de la digestion provoquée par celle-ci. Mais peut-être le bélier était-il mort de ce que par défaut je désignerai comme la maladie de Bathsheba, et non d'une attaque de chien — ce qui eût expliqué l'insouciance avec laquelle les autres moutons continuaient à brouter —, la blessure profonde qu'il présentait, tout comme son œil énucléé, résultant, ainsi que Roger Roach lui-même l'avait envisagé, de l'intervention ultérieure de charognards non identifiés.

Dans le bus entre Jindabyne et Cooma, ou plutôt entre cette dernière ville et la gare de Canberra, j'ai voyagé à côté d'une jeune fille, excessivement agaçante et jolie, qui s'était assise en tailleur sur la banquette où elle n'a pas cessé de se tortiller, en dodelinant de la tête, une main fourrée dans ses cheveux et de l'autre se massant la cuisse, au rythme d'une musique que je ne pouvais entendre. Et juste en face de la gare de Canberra, sous de grands arbres auxquels un vent tiède et violent faisait perdre leurs feuilles, j'ai compté exactement treize cacatoès à crête sulfureuse en train d'arpenter l'herbe de la pelouse.

Je marchais dans George Street, attiré, comme je l'ai toujours été, par le quartier des Rocks, au pied du Sydney Harbour Bridge, même si je n'aime pas ce qu'il est devenu. George Street est une artère à peu près rectiligne, orientée nord-sud et coupée à intervalles irréguliers par des perpendiculaires. Mon hôtel était situé dans la partie la plus méridionale de cette rue, non loin de la gare, à la limite, ou plutôt à l'intérieur même, désormais, du quartier chinois. À l'angle de George et de Goulburn, il arrivait qu'une jeune Chinoise distribuât, avec la même indifférence que si son employeur temporaire eut été un marchand de meubles, des papillons publicitaires vantant une agence d'« escorts ». L'agence répondait au nom prometteur d'Undercover Lovers, les « amants sous couvert », et elle proposait « vingt-quatre heures sur vingt-quatre » les services d'accompagnateurs des deux sexes (*male and female*) « sexy and good looking ». Le papillon était illustré par la photographie d'une

Chinoise parfaitement décente, vêtue de blanc jusqu'au ras du cou, qui vous regardait dans les yeux d'un air espiègle, ce choix de la décence et de l'espièglerie étant à mon avis un bon calcul commercial, dans la mesure où il délivrait le client potentiel d'une partie au moins de ses scrupules. Peut-être me serais-je laissé tenter — même si je me doutais que la jeune femme représentée sur le papillon n'avait jamais, quant à elle, travaillé pour Undercover Lovers — si je ne m'étais souvenu d'avoir eu recours aux services d'une agence de ce type, des années auparavant, dans une capitale asiatique, et de m'être retrouvé en compagnie d'une Allemande certes très sympathique mais qui évoquait plutôt, au moins de mon point de vue, le coin du feu, et avec laquelle j'avais effectivement passé, pour un prix malgré tout très élevé, une soirée amicale et paisible, aux antipodes de l'idée que l'on se fait de ce genre de choses.

Lorsque je marchais ainsi dans George Street, surtout après la tombée de la nuit, j'étais toujours désagréablement surpris de constater qu'à chaque intersection les feux tricolores étaient si longs que les piétons avaient le temps de s'agglutiner en groupes compacts, au sein desquels la présence d'un fumeur devenait bientôt aussi odieuse, et soulevait les mêmes manifestations d'hostilité, que dans un lieu clos : de telle sorte que c'était maintenant toute la ville, insidieusement, où le tabagisme se heurtait soit à une interdiction légale, soit à la réprobation parfois

menaçante du public. (L'hôtel où je résidais, et qui avait le culot de se présenter comme « a home away from home », « much like if you were visiting an old friend »[1] — vieil ami dont les tarifs variaient de jour en jour en fonction de l'offre et de la demande, et qui ne servait pas plus de petit déjeuner qu'il ne s'occupait de votre linge —, cet hôtel était naturellement interdit aux fumeurs, et pour entretenir sa clientèle dans le respect craintif de cette interdiction, il procédait presque chaque nuit à un exercice, calqué sur ceux que l'on pratique dans la marine, qui se déroulait en deux temps : dans le premier, une alarme se déclenchait, d'une sonorité aussi terrifiante que le signal d'abandon à bord d'un navire en perdition, suivie d'une diffusion générale, chaque chambre étant équipée d'un haut-parleur, enjoignant de patienter dans l'attente de nouvelles instructions. Puis de longues minutes s'écoulaient, sans qu'aucun bruit ne signalât dans l'hôtel une quelconque activité, telle qu'en eût nécessairement entraîné la recherche d'un départ de feu, jusqu'à ce que, dans un second temps, la même voix, par le truchement du haut-parleur, invitât l'équipage, ou la clientèle, à se recoucher, assurant que tout danger était momentanément écarté et s'excusant à peine pour le dérangement occasionné. La seule qualité de cet hôtel,

---

[1]. « Un chez-soi loin de chez-soi, tout à fait comme si vous rendiez visite à un vieil ami. »

ou plutôt la seule chose qui témoignât du caractère vaguement humain de ses tenanciers, c'était que chaque chambre y fût décorée d'une reproduction d'un tableau différent — je le sais pour en avoir essayé plusieurs — de Rothko.)

Un soir où je marchais dans George Street, j'ai été attiré par un écran de télévision, dans la vitrine d'une agence spécialisée, sur lequel passait en boucle un petit film illustrant une partie de pêche à l'espadon. Au début tout se déroulait comme prévu, l'espadon se débattant, faisant des bonds, etc., tandis que le pêcheur pompait, harnaché sur son siège, avec une expression à la fois hagarde et jouissive qui dans cette position ne s'observe guère que chez des enfants sur le pot, puis dans les dernières secondes, alors que le poisson, un spécimen gigantesque, était amené le long du bord, il se passait quelque chose d'extraordinaire, que l'on ne voyait pas, mais qui, entraînant la disparition instantanée des trois quarts environ de l'espadon, ne pouvait être qu'une attaque de requin : après quoi il ne restait plus au bout de la ligne que l'énorme tête, armée de son rostre, à laquelle un peu de viande rouge demeurait attachée. La même agence proposait d'autres loisirs nautiques, parmi lesquels une excursion de quelques heures, au départ de Circular Quay, à la rencontre des baleines à bosse. Comme je devais le lendemain dîner chez Marijana, et que je n'avais auparavant rien à faire, mon rendez-vous au siège d'une compagnie maritime desservant la

Nouvelle-Guinée, patrie du chien chanteur, ayant été annulé, il me sembla que cette excursion serait une bonne manière de passer le temps. D'autant plus qu'ayant lu le programme de travers, j'avais compris que l'agence garantissait « à 100 % » la rencontre avec des baleines, alors que cette garantie ne courait qu'à partir du mois suivant.

Il y a une dizaine d'années que Marijana, ayant quitté Sarajevo peu avant la fin de la guerre, s'est établie en Australie. Je l'y avais déjà rencontrée à deux reprises, la première lors de ma précédente expédition pour atteindre la clôture des dingos, et la deuxième au retour d'une mission secrète en Nouvelle-Zélande sur les traces des faux époux Turenge. Lors de cette deuxième visite, je m'étais livré à des excès de boisson, à l'occasion d'un dîner dans un restaurant du quartier des Rocks, et plus tard dans la soirée j'avais esquissé une vague et inopportune tentative de rapprochement que Marijana avait repoussée, mais avec une délicatesse — procédant de ce que je ne saurais définir autrement que comme une complète étrangeté au mal — qui nous avait épargné, à l'un et à l'autre, la gêne habituellement associée à ce genre d'incidents. Tant et si bien que la seule conséquence fâcheuse de celui-ci, c'est que j'avais reproduit par la suite, en conclusion d'un livre dont Marijana possédait chez elle un exemplaire, les mots mêmes qu'elle avait employés pour me remettre à ma place, en anglais, une langue que

Vlado, son mari, puisqu'elle s'était mariée entre-temps, entendait parfaitement, et que l'une des premières questions qu'il m'ait posées, d'ailleurs incidemment, quand je les ai retrouvés tous les deux pour le dîner, c'était au sujet du contexte dans lequel cette sentence de Marijana, qu'il avait relevée en feuilletant mon livre, avait été prononcée. Or il ne faut pas pousser le bouchon trop loin, dans ce domaine, avec les Croates, pas plus qu'avec aucun des peuples constitutifs de l'ex-Yougoslavie.

Car Vlado était croate. Originaire d'Herzégovine, il n'avait échappé que de justesse au service dans le HVO — la milice qui pendant la guerre avait défendu, avec férocité, les intérêts supposés de sa communauté —, ayant eu la mauvaise idée, alors qu'il vivait déjà en Australie, de retourner au pays, en visiteur, juste avant le début du conflit. Marijana aussi était croate, mais une Croate de Sarajevo, et elle avait subi la plus grande partie du siège de cette ville dans les mêmes conditions que le reste de ses habitants. Au demeurant, nous n'avons parlé que très peu, ce soir-là, des années de guerre, et plus longuement de leur projet de retourner un jour en Herzégovine, dans le village dont Vlado était originaire et où il possédait une maison et une vigne, afin que leur fille, Eva, fût élevée à la campagne, et à la croate, plutôt que dans les conditions d'une grande ville australienne.

Avant de passer à table, dans l'appartement de Paramatta, je remarquai près du téléviseur

une statuette de la Vierge dont je ne doutais pas qu'elle provînt de Medjugorje, tout comme le calendrier miraculeux qui ornait à Kasanga la case du père de John, mais je renonçai à faire état de cette coïncidence, craignant d'être obligé, si je m'aventurais de ce côté, de feindre vis-à-vis de ces mystères une familiarité que je n'éprouve pas en réalité.

Et plutôt que de raconter mon excursion de l'après-midi, lors de laquelle nous n'avions pas vu de baleine, ni quoi que ce fût, rien que la mer uniformément d'un bleu sombre, sans le moindre jaillissement d'écume, pas même un remous, soulevée presque imperceptiblement par une longue houle régulière, plutôt que cette excursion assommante et d'où j'avais rapporté, pour l'offrir à Marijana, mon ticket revêtu de l'inscription : « valable pour une autre fois », je décidai de raconter ma partie de chasse au dingo en compagnie de Tony Mayo, hésitant entre deux versions de cette histoire dont les conclusions étaient inégalement édifiantes. Dans la première, et pour reprendre les choses au point où je les ai laissées, le véhicule à quatre roues motrices progressait difficilement sur une piste embourbée, son projecteur divaguant — Tony Mayo étant trop accaparé par la conduite pour s'en occuper — et éclairant au hasard (ou arrachant brutalement à l'obscurité, avant de les y replonger) des fragments de paysage tels que des mares saisonnières, des fourrés, la ramure compliquée d'un arbre appartenant à la

famille des mulgas, ou une prairie caillouteuse jonchée de *tumble-weeds* et sur laquelle fuyaient en tous sens des lapins. Alors que nous nous trouvions au sommet d'une bosse, Tony Mayo avait coupé le contact afin que nous puissions jouir du silence et du spectacle de la voie lactée. Puis nous avions repris notre progression amphibie, tantôt roulant à vive allure sur des segments de piste que la pluie avait épargnés, tantôt barbotant dans une boue liquide où le véhicule, parfois, semblait sur le point de sombrer. « Si le projecteur attrape les yeux d'un dingo, m'avait prévenu Tony Mayo, qui de temps à autre parvenait à contrôler de nouveau cet accessoire, ils brilleront d'un éclat jaune-vert (*greenish-yellow*). » Une fois au moins nous avions failli assassiner par erreur un renard (lequel appartenait d'ailleurs à une espèce introduite — comme le dromadaire, le cheval, l'âne, la chèvre, le porc, le buffle, le chat ou le chien, en gros tout ce qui n'était pas marsupial — et, à ce titre, considérée désormais comme « vermine »). Enfin, lorsqu'une paire d'yeux jaune-vert avait brillé dans le faisceau du projecteur, Tony Mayo avait stoppé le véhicule, il avait chargé et armé son fusil 303 cependant que le dingo se dressait sur ses pattes — il était couché quand nous l'avions découvert —, faisait quelques pas dans notre direction, comme s'il s'attendait à ce que nous lui donnions de la nourriture, puis s'éloignait sans se presser ; Tony Mayo m'avait alors repoussé contre le dossier de mon

siège pour passer le canon du fusil par la vitre baissée, insistant de nouveau sur le fait qu'il visait mal, il avait épaulé, tiré, et manqué, peut-être délibérément, le dingo, qui avait pris le galop avant de disparaître dans les fourrés.

Dans la seconde version, les choses se passent exactement de la même façon, si ce n'est qu'après que Tony Mayo a tiré, le dingo est projeté au sol où il fait sur lui-même un tour complet, en poussant un jappement aigu, puis il se relève, apparemment indemne, prend le galop et disparaît. Dans les deux cas, il n'y a pas de corps, et donc pas plus de meurtrier. De retour chez lui, dans le récit succinct qu'il fait à son épouse de cette partie de chasse, Tony Mayo dit simplement qu'il a tiré sur un dingo et l'a manqué.

Des expériences menées par Dimitri Belïaev et Lïudmila Trut — lesquels, en sélectionnant dans un élevage de renards argentés les moins farouches, pour les faire se reproduire, finirent au bout de dix-huit générations par obtenir des animaux ressemblant étrangement à des chiens, au point de répondre à l'appel de leur nom, de se coucher sur le dos pour être caressés, de grimper sur Belïaev (ou sur Trut) et même d'aboyer —, le professeur Andreï Gontcharov estime qu'elles peuvent aussi bien confirmer qu'infirmer, selon que l'on insiste plutôt sur le résultat ou sur la méthode employée, les théories de Coppinger relatives à la transformation du loup en chien. Lui-même est un spécialiste reconnu des canidés en général, et du loup en particulier. Mais la dimension la plus originale de son travail, c'est celle qui concerne les chiens errants de Moscou et de sa périphérie, dont il étudie le comportement depuis un peu plus de vingt-cinq ans. Le début de ses recherches, dans

ce domaine, coïncide avec l'organisation des Jeux olympiques de Moscou, en 1980, qui donna lieu à une énième tentative d'éradication des chiens errants. (Du point de vue de ces derniers, le choix comme capitale olympique d'une ville où ils sont nombreux, et c'est le cas au moins une fois sur deux, ne peut être envisagé que comme une catastrophe menaçant leur existence même.) Cinq ans plus tard, la tenue dans la capitale soviétique d'un Festival international des étudiants (ou de la jeunesse ?) se traduisit par une nouvelle hécatombe de chiens.

Andreï Gontcharov observe que, par la suite, les populations de rats explosèrent, ce qui tendrait à conférer aux chiens errants un rôle indirectement positif, et peu reconnu, dans la préservation de l'hygiène publique (et ce qui fait ressortir l'étrangeté, déjà relevée, des observations d'Alan M. Beck sur l'harmonieuse cohabitation des rats et des chiens dans les quartiers défavorisés de Baltimore). La présence de chiens errants limiterait également l'expansion des renards et d'autres prédateurs ruraux dans les zones urbaines. En sens inverse, il s'avère que lorsque la progression démographique du chien errant échappe à tout contrôle, et lorsque parallèlement s'effondrent les effectifs du loup, le premier peut en venir à concurrencer, voire à supplanter le second dans ses biotopes habituels, comme cela s'est produit sur une grande échelle en Roumanie : en Russie, Gontcharov cite l'exemple du parc national de Kho-

per, sur un affluent du Don, où l'extermination du loup, jusqu'à l'entrée en vigueur, vers le milieu des années quatre-vingt, de tardives mesures de protection, avait entraîné l'invasion de son territoire par le chien féral.

Andreï Gontcharov estime qu'aujourd'hui le nombre de chiens errants à Moscou se situerait de nouveau aux alentours de 30 000. (Dans *Cœur de chien*, publié en 1927, Mikhaïl Boulgakov parle des « 40 000 chiens moscovites », ce qui témoignerait d'une remarquable stabilité de leurs effectifs si l'auteur du *Maître et Marguerite* pouvait être soupçonné de ne pas avoir cité ce chiffre au hasard.) Parmi ces quelques dizaines de milliers de chiens, les recherches de Gontcharov l'ont amené à distinguer quatre catégories. La première regroupe ceux qui s'acquittent au bénéfice de l'homme d'une tâche quelconque, plus ou moins régulière, telle la garde de parkings ou d'autres commodités. Les trois autres distinguent différents degrés de commensalité, du plus étroit, s'agissant des chiens qui quémandent leur nourriture dans les lieux publics, et que Gontcharov, rejoignant les analyses d'Alan M. Beck sur leur aptitude au « camouflage culturel », désigne comme de « fins psychologues » — par exemple en ce qu'ils sont capables de repérer dans une foule les individus, généralement des enfants ou des personnes âgées, les plus susceptibles de se laisser attendrir —, jusqu'au plus lâche, lorsque les chiens recherchent leur nourriture dans les dé-

charges en évitant tout contact avec l'homme, allant jusqu'à retrouver des comportements de prédateur quand les circonstances s'y prêtent, comme dans le cas du parc national de Khoper. Gontcharov souligne d'autre part que les transformations de la société n'ont pas été sans conséquence pour les chiens moscovites : ils ont eu accès à de nouveaux et vastes territoires, en particulier des friches industrielles ou agricoles, avant d'en être repoussés par la pression immobilière ; ils ont noué des liens durables avec la population régulièrement croissante de gueux et de sans-logis, enfin ils bénéficient d'un important surcroît de nourriture disponible par suite de l'élévation du niveau de vie — les pauvres s'appauvrissent, mais le contenu moyen des poubelles s'est amélioré depuis l'époque soviétique — et de la multiplication consécutive des restaurants et des commerces.

Rares sont les quartiers de Moscou — si même il en existe — qui ne comptent pas de chiens errants ; personnellement, outre ceux de la place Komsomolskaya et de ses abords clochardisés, j'en ai vu s'ébattre sur le terre-plein central d'un rond-point proche du confluent de la Yauza et de la Moskova, dans les couloirs de la station de métro Kourskaya, sur la place Rouge à l'angle de la rue Ilinka, devant le bâtiment — qui jouit à mon avis d'une réputation un peu surfaite — construit dans les années vingt par l'architecte Melnikov pour le club des ouvriers du caoutchouc, et, non loin de là, rue

Troujenikov (ou Pliouchika ?), au pied d'un immeuble sans caractère où Soljenitsyne aurait habité quelque temps.

Le territoire sur lequel Andreï Gontcharov conduit le plus souvent ses recherches est situé dans le quart sud-ouest de la ville, de part et d'autre de la rue Minskaya, à l'intérieur des deux angles aigus que dessinent en se croisant le cours d'une rivière minuscule, la Setun, et les voies de chemin de fer issues de la gare de Kiev. À l'est de la rue Minskaya, des restes de campagne, bois ou vergers, disparaissent au fur et à mesure que s'élèvent de nouveaux quartiers résidentiels. D'un côté de la rivière, des tours d'habitation — dont le style Mickey Mouse évoque parfois le Moyen-Orient, et plus rarement le néoclassicisme stalinien — dominent un terrain de golf associé à des courts de tennis (deux sports qui consacrent l'accession de leurs adeptes aux échelons supérieurs de la société ou leur volonté d'y accéder). Sur la rive opposée, un bois s'élève en pente douce vers des bâtiments industriels désaffectés entourant une gare de triage. Chacun de ces biotopes accueille son contingent de chiens, différents, dans leur allure et dans leur comportement, selon qu'ils vivent dans les friches (les plus frustes) ou à la périphérie du terrain de golf (les plus délicats). En contrebas de celui-ci, en un point où la rivière peut être franchie à gué, une vieille femme en blouse, l'allure d'une paysanne, se tient sur la berge, entourée de trois grands chiens dont un

seul lui appartient. Elle fait office de concierge dans les immeubles neufs les plus proches, une situation qui lui permet de récupérer de la nourriture en abondance, sans doute pour elle-même, et assurément pour les chiens. Lorsque surviennent deux Ouzbeks — ou deux Tadjiks, ou deux Azéris, ou encore d'autres « Noirs », ainsi que les Russes désignent en bloc les montagnards du Caucase ou les riverains de la mer Caspienne —, armés de bâtons pointus à l'aide desquels ils doivent embrocher, sur les pelouses, des feuilles mortes ou des papiers gras, et donc occupant un rang social inférieur à celui de la concierge, les chiens aboient et montrent les dents. « Ils n'aiment pas les Ouzbeks », souligne le professeur Gontcharov, avant de nous raconter l'histoire suivante : dans une forêt, à la croisée des chemins, un ours bien gras rencontre un loup et un renard qui n'ont plus que la peau sur les os. « Je n'ai pas eu de chance, dit le loup : j'avais découvert une bergerie, j'y ai mangé un mouton, mais, dès le lendemain, en comptant ses bêtes, le berger a constaté qu'il en manquait une et il a lâché ses chiens. » « Il m'est arrivé exactement la même chose avec des poules », enchaîne le renard. « Tandis que moi, conclut l'ours, je me suis installé près d'un chantier où je mange chaque jour un Ouzbek sans être inquiété, car leur employeur ne songe pas à les compter. »

À l'ouest de la rue Minskaya — à ce niveau une voie rapide, dénuée de tout caractère ur-

bain —, dans un secteur qui porte parfois sur les cartes le nom d'Otchakovo-Matveevskoe, plusieurs usines sont regroupées autour d'une centrale électrique dont les tours de refroidissement, couronnées de vapeur, se voient de loin. L'une de ces usines débite de la viande congelée — ce qui en fait pour les chiens un objectif stratégique —, une autre de la bière, une troisième des produits laitiers. Elles sont séparées par des rues rectilignes, bordées de hauts murs et se terminant pour la plupart en impasse : au-delà, sous les pylônes qui supportent les câbles émanant de la centrale, s'étend sur plusieurs kilomètres carrés une friche industrielle, traversée par des voies de chemin de fer entre lesquelles s'est localement développée une végétation foisonnante et peut-être propice aux coups fourrés. Sur ces voies, qu'elles soient ou non désaffectées, sont alignés des convois de wagons vides : mais lorsqu'elles sont encore en activité, il arrive que ces convois, imprévisiblement, se mettent en mouvement, avec des chocs sourds qui se répercutent longuement et des grincements de métal ankylosé.

Dans l'impasse qui dessert l'usine de viande et devant l'entrée principale de celle-ci se tient un véritable congrès de chiens, une quinzaine, dont environ la moitié de chiots — la scène se déroule au début de l'été —, le professeur Gontcharov conjecturant qu'au moins deux groupes occupant normalement des territoires distincts se sont exceptionnellement réunis, non

pour tenter de s'emparer de l'usine, comme leur attitude et leur nombre pourraient le laisser présager, mais pour familiariser les chiots avec la présence humaine, puisque dans la suite de leur existence ils devront s'en accommoder. Au demeurant, l'arrivée de notre groupe les conduit à se disperser et, pour certains, à chercher refuge sous les véhicules en stationnement : « Il faut éviter de se faire encercler », commente avec animation le professeur Gontcharov, comme si nous ne nous en doutions pas, et comme s'il suffisait de le vouloir pour rompre cet encerclement. Lorsque les chiens se replient, pour disparaître dans cette végétation dont j'ai noté plus haut qu'elle était peut-être propice aux coups fourrés, le professeur — tel, ai-je alors pensé, ce personnage d'une nouvelle d'Hemingway qui a présumé de son courage, et qui va bientôt détaler devant la charge du lion blessé — décide de s'y aventurer à leur suite. Seuls deux des chiens sont demeurés en arrière, engagés dans un coït qu'ils ne peuvent interrompre et qu'ils consomment en se tournant le dos.

« Il n'existe pas de preuve récente que subsiste en Nouvelle-Guinée une population sauvage de dingos, ou de chiens chanteurs, bien que des habitants de régions montagneuses et difficiles d'accès aient rapporté avoir vu ou entendu des chiens sauvages aux altitudes les plus élevées. » Je lisais ce qui précède dans cet ouvrage sur les canidés, publié sous les auspices de l'UICN et déjà cité, que je venais de découvrir dans la bibliothèque du professeur Gontcharov : il en constituait, de mon point de vue, la pièce maîtresse, et aussi l'une des deux plus lourdes, à égalité avec le grand atlas de l'état-major de l'Armée rouge, *Atlas Komandira RKKA, generalii staff,* publié à Moscou en 1938, alors que Staline, dont le profil, en léger relief, ornait le frontispice du volume, venait de décapiter cet état-major et de décimer cette armée.

La nuit n'en finissait pas de tomber. Par la fenêtre de la cuisine, qui dans l'appartement du professeur Gontcharov, au-dessus du quai de

Rostov, est parmi toutes les pièces la seule à ménager des vues lointaines, on apercevait à travers le feuillage des arbres la surface cuivrée de la rivière, la chaussée du pont de Borodino et la haute silhouette dentelée du gratte-ciel abritant l'hôtel Ukraïna. Contrairement à toute attente, notre expédition dans le quartier d'Otchakovo-Matveevskoe, le même jour, s'était terminée sans incident notable. Alexeï (son assistant) et moi-même, n'écoutant que notre courage, nous nous étions engagés à la suite du professeur Gontcharov dans l'épais taillis où les chiens avaient disparu, nous n'avions essuyé aucune charge, si parfaitement que le décor s'y prêtât, mais nous avions dû écarter des ronces et piétiner des orties, franchir des voies ferrées en rampant sous des wagons qui menaçaient à tout instant de s'ébranler, nous tordre les chevilles dans le mâchefer du remblai, jusqu'à ce que nous tombions, toujours guidés par le flair infaillible et véritablement canin du professeur, sur une tanière dont le sol nu et bouleversé signalait la présence récente des grands fauves. « Ils étaient là, aurait pu dire n'importe lequel d'entre nous, il y a un instant. » Et le plus horrible, c'est qu'il traînait en bordure de cet antre un rat tout mâchouillé mais encore vivant, dont le professeur, s'en emparant, et le tenant par la queue comme il l'eût fait d'une souris verte, nous expliqua qu'il s'agissait très certainement d'un jouet éducatif, que les parents avaient offert à leurs chiots pour qu'ils appren-

nent à chasser, au cas où, en s'amusant. De l'autre côté du principal faisceau de voies ferrées, toujours sous les pylônes et au milieu des buissons, une quinzaine d'Ouzbeks, ou de Tadjiks, ou d'Azéris (ou d'autres macaques, du point de vue de leurs employeurs), s'affairaient parmi les épaves métalliques d'une casse probablement clandestine, dans la mesure où cette nuance est pertinente dans la banlieue de Moscou, découpant de la tôle au chalumeau sans porter plus de gants que de lunettes, sous la surveillance — mais peut-être me suis-je mépris sur leur rôle — de deux jeunes femmes dont l'une au moins était brune et très belle (si belle que l'on se serait attendu à la rencontrer plutôt dans un night-club), et dont l'autre s'appuyait, en nous regardant, sur un balai de branchages qu'il était difficile d'envisager autrement que comme un alibi.

« Le chien chanteur de Nouvelle-Guinée… », reprit le professeur, avec une pointe de mélancolie, alors que le jour n'en finissait pas de décliner, et que nous regardions ses derniers feux se refléter dans les innombrables fenêtres de l'hôtel Ukraïna. Le gros volume de l'UICN, auquel il avait personnellement contribué par un article sur le corsac (*vulpes corsac*), un petit renard, peu connu, des steppes de l'Asie centrale, le gros volume de l'UICN était ouvert entre nous sur la table de la cuisine, préalablement débarrassée avec soin de toutes ses scories. Et le professeur se lança dans une imitation très

réussie, autant qu'il était possible d'en juger sans connaître l'original, de l'espèce de hululement modulé en quoi consistait d'après lui le chant du chien sauvage de Nouvelle-Guinée. Car il se souvenait d'avoir vu, et entendu, plusieurs de ces chiens — dont il confirmait qu'ils étaient de petite taille et courts sur pattes —, alors confinés dans un enclos du zoo de Douchanbé (ex-Stalinabad). Cela se passait au milieu des années quatre-vingt. Douchanbé, devenue après la dissolution de l'URSS la capitale du Tadjikistan indépendant, ayant été depuis le théâtre d'une longue et confuse guerre civile, opposant des clans aux intérêts divergents (outre qu'ils adhéraient peut-être à des interprétations différentes de l'islam), il était vraisemblable que les chiens chanteurs avaient disparu dans la tourmente — même si la religion professée par une grande majorité de Tadjiks excluait a priori qu'ils aient été mangés —, à moins, suggérait le professeur, qu'ils n'aient été transférés, lorsque le conflit avait éclaté, vers une autre capitale de la région disposant d'un zoo susceptible de les accueillir. Et, poursuivait le professeur, sans se rendre compte que cette hypothèse risquait d'engager mon avenir, en m'invitant à retourner sur les lieux mêmes où tout avait commencé, seule Achgabat, la capitale du Turkménistan, répondait aux conditions requises pour une telle opération, du fait en particulier de la munificence et de la mégalomanie du tyran qui régnait alors sur le pays, et qui, s'il

avait été capable de faire placer sur orbite un volume de son œuvre poétique, n'avait aucune raison de renâcler devant la petite dépense supplémentaire, porteuse de grandes retombées, qu'impliquait le transfert depuis Douchanbé, puis l'installation dans le zoo de sa capitale, de quelques spécimens d'une espèce probablement éteinte dans son milieu naturel et donc auréolée d'un immense prestige. La perspective de devoir retourner au Turkménistan, là où des chiens qui ne chantaient pas avaient été naguère sur le point de me dévorer, cette perspective ne me séduisait qu'à moitié. Mais dans le cours de cette longue soirée, lors de laquelle, vue de la fenêtre de la cuisine, la lumière du jour n'en finissait pas de décliner, une rencontre fortuite devait m'engager sur cette voie beaucoup plus que je ne l'aurais souhaité.

Car ce fut ce soir-là que le fils du professeur Gontcharov, dont ce dernier était sans nouvelles depuis plusieurs semaines, sinon depuis plusieurs mois, revint à l'improviste d'un voyage qui l'avait conduit jusqu'aux rives de l'Euphrate. Et ainsi qu'il nous le raconta, encore vêtu du t-shirt aux couleurs du Hezbollah que quelqu'un lui avait offert à Damas, et ayant à peine pris le temps d'extraire de son bagage et de poser sur la table de la cuisine, à côté du saladier dans lequel nous picorions des myrtilles, un bocal rempli de formol contenant la dépouille d'un grand triton à demi boulotté par une loutre, ainsi qu'il nous le raconta, avant de ressortir

pour marcher plusieurs heures dans Moscou (il était insomniaque et semblait redouter l'immobilité par-dessus tout), il venait de sillonner de fond en comble les confins orientaux de la Turquie, buvant parfois le thé, au cours de la même journée, successivement avec des militaires turcs puis avec des combattants kurdes que les précédents avaient pour mission de détruire, et tout cela sans autre but, apparemment, que de collecter de rares spécimens de batraciens, tel celui qui flottait, mutilé, dans le bocal de formol posé sur la table de la cuisine. Or si le fils du professeur Gontcharov, alors âgé de vingt-deux ans, avait été capable d'affronter de tels périls pour un résultat aussi mince, il me semblait que je me rendrais ridicule, ne serait-ce qu'à mes propres yeux, en évitant de retourner à Achgabat — peut-être la ville la plus inhospitalière du monde —, négligeant ainsi l'unique chance qu'il me restait de rencontrer de mon vivant des chiens chanteurs de Nouvelle-Guinée.

Le 13 juillet 2007, tôt dans la matinée, alors que le thermomètre de la place Smolenskaya affichait déjà une température de 28 degrés, nous avons quitté Moscou, le professeur Gontcharov, son assistant et moi-même, à bord d'une Gigouli de location dont j'avais soupçonné, en la voyant, qu'elle ne ferait pas les 450 kilomètres que nous devions parcourir pour retrouver le professeur Chevarnadze, un autre spécialiste des canidés, dans le hameau où il étudiait le comportement des louveteaux. Avant de pren-

dre la route, nous nous sommes arrêtés chez Auchan, à la sortie de Moscou, et nous y avons fait d'amples provisions de saucisson et de vodka. Puis l'assistant s'est emparé du volant, asséchant sans discontinuer des boîtes de boisson énergisante qu'il jetait par la fenêtre une fois vides (il semblait ne pas avoir dormi de la nuit, comme si l'entourage du professeur était composé exclusivement d'insomniaques) et engageant l'une après l'autre dans le lecteur de l'autoradio, le volume de celui-ci réglé au maximum, des cassettes de jazz-rock (russe) que je jugeais personnellement inaudibles. Compte tenu de ce qui précède, il va de soi qu'il roule pied au plancher, sur cette route menant vers la frontière lettone et que n'infléchit aucune courbe. De part et d'autre défilent des paysages monotones — landes, étangs, bois de bouleaux —, d'où toute activité agricole s'est retirée, laissant croître démesurément l'herbe des prés et les ronces envahir les vergers, comme si la guerre était de retour dans cette région qu'elle a souvent visitée. Les paysans, dit le professeur, ne disposant pas d'assez d'argent pour payer des géomètres afin qu'ils valident leurs titres de propriété, revendent ceux-ci à des nouveaux riches désireux de se faire bâtir des villas ; puis ils terminent leurs jours, en gros, dans le fossé, à boire les sommes ridicules reçues en échange de ces titres non validés. Cette disparition de l'agriculture et de l'élevage semble avoir entraîné un retour momentané vers le paléoli-

thique et le règne du chasseur-cueilleur, à en juger par le nombre de vendeurs à la sauvette, hommes et femmes, qui sur le bord de la route proposent des ours empaillés, si possible dressés sur leurs pattes de derrière dans une attitude menaçante, des peaux de renard et d'autres bêtes à fourrure, des seaux de myrtilles ou de girolles.

C'est à hauteur de Toropetz, la ville où fut célébré le mariage d'Alexandre Nevski, s'il faut en croire le professeur Gontcharov, que nous avons bifurqué, pour emprunter sur la droite une route plus étroite, et plus sinueuse, qui au bout d'un moment se transformait en piste, avant de disparaître tout à fait aux abords d'un village dont une partie de la population masculine présentait un état d'ivresse avancé (de telle sorte que toute l'économie du village semblait reposer désormais sur les épaules de quelques vieilles femmes minuscules, vêtues de noir et voûtées, que l'on voyait trotter çà et là en compagnie de très rares vaches et de moutons à peine plus nombreux).

Abandonnant la Gigouli, nous avons poursuivi à pied, dans les hautes herbes, en direction de ce hameau abandonné où le professeur Gontcharov prévoyait d'opérer sa jonction avec la petite troupe du professeur Chevarnadze. On disait de ce dernier, mais ce n'était vrai qu'à moitié, comme nous aurions bientôt l'occasion de le constater, qu'il avait perdu la mémoire à la suite d'une chute de cheval dans le Caucase.

Alors que nous traversions un petit bois, approchant de l'enclos où le professeur Chevarnadze et ses disciples étudiaient le comportement des louveteaux, le professeur Gontcharov m'a désigné deux abris individuels, creusés par des soldats lors de la Seconde Guerre mondiale (ou peut-être, après tout, lors de manœuvres postérieures à celle-ci), dont la concavité se devinait encore sous la végétation qui les avait envahis. Mais quelle que fût la date à laquelle les abris avaient été creusés, la position géographique de ce bois ne permettait guère d'imaginer que Vassili Grossman eût jamais trouvé refuge dans l'un ou l'autre.

Nous avons atteint le hameau au moment où les disciples du professeur Chevarnadze, une douzaine, tous spécialistes du loup à des degrés divers, étaient en train de mettre à la broche un agneau. Même si le professeur, ainsi entouré, pouvait apparaître comme une sorte de Christ champêtre, j'observai que tous ses étudiants étaient des jeunes femmes d'une tournure agréable, à l'exception d'un Chinois que je n'avais pas distingué des précédentes, tout d'abord, parce qu'il portait ses cheveux noués en une longue queue-de-cheval. Une fois nos propres provisions jointes à celles de nos hôtes, il y avait de quoi repaître, et surtout rincer, bien plus de convives que nous n'étions. Pendant que se poursuivaient les préparatifs du gueuleton, le professeur Chevarnadze, qui ne semblait pas avoir perdu la mémoire autant qu'il voulait

bien le dire, et qui était au courant de mes projets, m'a pris à part pour m'assurer que l'un de ses informateurs lui avait récemment confirmé la présence au zoo d'Achgabat d'un couple de chiens chanteurs de Nouvelle-Guinée. Il disait cela en me tapant sur l'épaule et en me considérant d'un air de commisération, comme on le fait de quelqu'un que l'on envoie au casse-pipe en connaissance de cause, et auquel on s'efforce d'ôter toute possibilité de s'y dérober. Sur le ton de la confidence, il ajouta, après avoir souligné que nous serions bientôt — dans quelques heures — le 14 juillet, qu'il appréciait chez les Français ces qualités de courage irraisonné dont ils avaient fait preuve en de nombreuses circonstances, choisissant de préférence des exemples tirés de la campagne de Russie. Et quand je voulus lui faire observer que celle-ci ne s'était pas bien terminée, au moins de notre point de vue, il me coupa la parole en portant un toast, le premier d'une longue série, au succès, inéluctable selon lui, de mon prochain retour au Turkménistan. L'alcool avec lequel nous trinquions était du cognac Bagration, nommé d'après ce prince, originaire comme lui de Géorgie, qui avait reçu lors de la bataille de Borodino une blessure mortelle. Puis nous avons porté d'autres toasts, tandis que le jour n'en finissait pas de décliner, en l'honneur des héros de Borodino, des deux côtés, un sujet sur lequel nous n'avions aucune difficulté à nous accorder, même si nous divergions, en re-

vanche, sur le point de savoir si cette bataille devait être considérée comme une victoire russe ou française. Afin de soutenir mon enthousiasme, qu'il sentait peut-être vaciller, le professeur Chevarnadze m'a conduit dans le bois où s'ébattaient les louveteaux, alors âgés de deux mois et demi, dont il étudiait le comportement. Pour les mettre en confiance, il émit toute une gamme de sonorités amicales, et familières à leurs oreilles de louveteaux, si bien qu'à la fin deux d'entre eux — il y en avait au total six ou sept — s'enhardirent à sortir des fourrés pour venir nous mordiller les mollets et défaire les lacets de nos souliers. À les voir ainsi, on aurait pu se demander si Coppinger n'avait pas quelque peu surestimé la difficulté de les apprivoiser. Mais le professeur Chevarnadze me confirma qu'au bout de quelques mois leur comportement changerait radicalement, et qu'ils deviendraient aussi farouches que leurs congénères élevés hors de tout contact avec l'homme. Tard dans la nuit, après que les derniers restes de lumière eurent disparu, ceux des convives qui tenaient encore debout ont été se baigner dans un petit lac dont l'eau était curieusement presque tiède. Flottant sur le dos, me maintenant à la surface en battant mollement des mains et des pieds, avec le sentiment confus que mon corps se réduisait désormais à ses extrémités — tel, me disais-je, un céphalopode pris de boisson —, je tentais sans succès de former des pensées élevées en contemplant les étoiles de mon

regard rendu flou par les toasts. Par moments, il me semblait que déjà je m'étais soustrait à demi aux lois de la gravitation, et qu'en y appliquant mon esprit avec persévérance, je parviendrais bientôt à me projeter dans l'espace (ou à m'y abîmer ?), telle une étoile filante, me disais-je encore, marchant à reculons. Puis mes soucis professionnels me faisaient redescendre de ces hauteurs, et je m'interrogeais sur l'état dans lequel j'allais retrouver Kizyl Su : depuis ma dernière visite, le niveau de l'eau aurait-il monté ou baissé ? Les femmes auraient-elles consolidé leur pouvoir, ou les hommes seraient-ils parvenus à rétablir leur suprématie ? Et les chiens ? Les aurait-on massacrés ou se seraient-ils multipliés ? Dans la seconde hypothèse, me feraient-ils fête, comme à un vieil ami qui s'est longtemps absenté, ou bien, reprenant eux aussi leur travail au point où ils l'avaient laissé, s'efforceraient-ils à nouveau de me dévorer ?

L'auteur remercie pour son aide le Centre national du Livre, ainsi que les personnes dont les noms suivent :

Amina Abaza, Jean-Paul Andrieu, Hélène Bamberger, Dominique Batraville, Michel Bessaguet, Élisabeth Biscay, Christophe Boltanski, Novella Bonelli-Bassano, Catherine et Alain Bourdon, Nicolas Bouyssi, Geneviève Brisac, Hans-Christoph Buch, Emmanuel Carrère, François Chaslin, Stewart Cohen, Danièle Cohn, Daniel Delas, Antonie Delebecque, Jean-Luc Delvert, Patrick Deville, Ahmed Diab, Jean-Pierre Digard, Nicolas Drouin, Sabine Dubernard, Arnaud Exbalin, Catherine Farhi, Lilian Bizama Fernández, Jean-Claude Fourquet, Thomas Fourquet, Annie François, Françoise Fromonot, Jean-Jacques Garnier, Noélie Giraud, Monica Gonzalez, Reine Grave, Iskandar Habache, Jacques Henric, Jean-Paul Hirsch, Joani Hocquenghem, John Kiyaya, Clara Kunde, Daniel Lainé, Emmelene Landon, Philippe Latour, Jorgen Leth, Pascal Maitre, Charif Majdalani, Malengele-Mulengele Désiré Blondeau, Lionel Massun, Sophie Massun, Tony Mayo, Fabrizio Mejia, Eduardo Miranda, Rauf Mishriki, Christine Montalbetti, Charlie Najman, Alain Navarro, Anne Nivat, Philippe Ollé-Laprune, Harriett O'Malley, Ève Pachta, Esther Pasqualini, Nicacio Perera, Bruno Philip, Catherine Pinguet, Andreï Poïarkov, Juliette

Ponce, Franssou Prenant, Sophie Ristelhueber, Roger Roach, Olivier Rolin, Françoise Rolland, Daniel Rondeau, Jean-Jacques Salgon, Ronald Smith, Ruth Valentini, Dune Varela, Jean-Denis Vigne, Randy Willoughby, James Woodford, Nada Zeineh, Alain Zivie.

DU MÊME AUTEUR

Aux Éditions Gallimard

CYRILLE ET MÉTHODE, 1994.

JOSÉPHINE, 1994, réédition *Point Seuil*, 2010.

ZONES, 1995 (Folio n° 2913).

L'ORGANISATION, 1996. Prix Médicis 1996 (Folio n° 3153).

CAMPAGNES, 2000.

Aux Éditions P.O.L

LA CLÔTURE, 2002 (Folio n° 4067).

CHRÉTIENS, 2003 (Folio n° 4413).

TERMINAL FRIGO, 2005 (Folio n° 4546).

L'HOMME QUI A VU L'OURS, 2006.

L'EXPLOSION DE LA DURITE, 2007 (Folio n° 4800).

UN CHIEN MORT APRÈS LUI, 2009 (Folio n° 5080).

Chez d'autres éditeurs

JOURNAL DE GAND AUX ALÉOUTIENNES, J.-C. Lattès, 1982, Petite Bibliothèque Payot, 1992, réédition *La petite vermillon*, La Table Ronde, 2010.

L'OR DU SCAPHANDRIER, J.-C. Lattès, 1983, réédition L'Escampette, 2008.

LA LIGNE DE FRONT, Quai Voltaire, 1988. Prix Albert Londres 1988, Petite Bibliothèque Payot, 1995, réédition *La petite vermillon*, La Table Ronde, 2010.

LA FRONTIÈRE BELGE, J.-C. Lattès, 1989, L'Escampette, 2001.

C'ÉTAIT JUSTE CINQ HEURES DU SOIR, avec Jean-Christian Bourcart, Le Point du Jour, 1998.

TRAVERSES, NiL 1999.

DINGOS, suivi DE CHERBOURG-EST/CHERBOURG-OUEST, Éditions du Patrimoine, 2002.

COLLECTION FOLIO

Dernières parutions

4761. Saint Augustin — *Confessions. Livre X.*
4762. René Belletto — *Ville de la peur.*
4763. Bernard Chapuis — *Vieux garçon.*
4764. Charles Juliet — *Au pays du long nuage blanc.*
4765. Patrick Lapeyre — *La lenteur de l'avenir.*
4766. Richard Millet — *Le chant des adolescentes.*
4767. Richard Millet — *Cœur blanc.*
4768. Martin Amis — *Chien Jaune.*
4769. Antoine Bello — *Éloge de la pièce manquante.*
4770. Emmanuel Carrère — *Bravoure.*
4771. Emmanuel Carrère — *Un roman russe.*
4772. Tracy Chevalier — *L'innocence.*
4773. Sous la direction d'Alain Finkielkraut — *Qu'est-ce que la France ?*
4774. Benoît Duteurtre — *Chemins de fer.*
4775. Philippe Forest — *Tous les enfants sauf un.*
4776. Valentine Goby — *L'échappée.*
4777. Régis Jauffret — *L'enfance est un rêve d'enfant.*
4778. David McNeil — *Angie ou les douze mesures d'un blues.*
4779. Grégoire Polet — *Excusez les fautes du copiste.*
4780. Zoé Valdés — *L'éternité de l'instant.*
4781. Collectif — *Sur le zinc. Au café avec les écrivains.*
4782. Francis Scott Fitzgerald — *L'étrange histoire de Benjamin Button* suivi de *La lie du bonheur.*
4783. Lao She — *Le nouvel inspecteur* suivi de *Le croissant de lune.*
4784. Guy de Maupassant — *Apparition et autres contes de l'étrange.*
4785. D. A. F. de Sade — *Eugénie de Franval.*
4786. Patrick Amine — *Petit éloge de la colère.*
4787. Élisabeth Barillé — *Petit éloge du sensible.*
4788. Didier Daeninckx — *Petit éloge des faits divers.*
4789. Nathalie Kuperman — *Petit éloge de la haine.*
4790. Marcel Proust — *La fin de la jalousie.*

4791. Friedrich Nietzsche	*Lettres choisies.*
4792. Alexandre Dumas	*La Dame de Monsoreau.*
4793. Julian Barnes	*Arthur & George.*
4794. François Bégaudeau	*Jouer juste.*
4795. Olivier Bleys	*Semper Augustus.*
4796. Éric Fottorino	*Baisers de cinéma.*
4797. Jens Christian Grøndahl	*Piazza Bucarest.*
4798. Orhan Pamuk	*Istanbul.*
4799. J.-B. Pontalis	*Elles.*
4800. Jean Rolin	*L'explosion de la durite.*
4801. Willy Ronis	*Ce jour-là.*
4802. Ludovic Roubaudi	*Les chiens écrasés.*
4803. Gilbert Sinoué	*Le colonel et l'enfant-roi.*
4804. Philippe Sollers	*L'évangile de Nietzsche.*
4805. François Sureau	*L'obéissance.*
4806. Montesquieu	*Considérations sur les causes de la grandeur des Romains et de leur décadence.*
4807. Collectif	*Des nouvelles de McSweeney's.*
4808. J. G. Ballard	*Que notre règne arrive.*
4809. Erri De Luca	*Sur la trace de Nives.*
4810. René Frégni	*Maudit le jour.*
4811. François Gantheret	*Les corps perdus.*
4812. Nikos Kavvadias	*Le quart.*
4813. Claudio Magris	*À l'aveugle.*
4814. Ludmila Oulitskaïa	*Mensonges de femmes.*
4815. Arto Paasilinna	*Le bestial serviteur du pasteur Huuskonen.*
4816. Alix de Saint-André	*Il n'y a pas de grandes personnes.*
4817. Dai Sijie	*Par une nuit où la lune ne s'est pas levée.*
4818. Antonio Tabucchi	*Piazza d'Italia.*
4819. Collectif	*Les guerres puniques.*
4820. Patrick Declerck	*Garanti sans moraline.*
4821. Isabelle Jarry	*Millefeuille de onze ans.*
4822. Joseph Kessel	*Ami, entends-tu...*
4823. Clara Sánchez	*Un million de lumières.*
4824. Denis Tillinac	*Je nous revois...*
4825. George Sand	*Elle et Lui.*
4826. Nina Bouraoui	*Avant les hommes.*
4827. John Cheever	*Les lumières de Bullet Park.*

4828. Didier Daeninckx	*La mort en dédicace.*
4829. Philippe Forest	*Le nouvel amour.*
4830. André Gorz	*Lettre à D.*
4831. Shirley Hazzard	*Le passage de Vénus.*
4832. Vénus Khoury-Ghata	*Sept pierres pour la femme adultère.*
4833. Danielle Mitterrand	*Le livre de ma mémoire.*
4834. Patrick Modiano	*Dans le café de la jeunesse perdue.*
4835. Marisha Pessl	*La physique des catastrophes.*
4837. Joy Sorman	*Du bruit.*
4838. Brina Svit	*Coco Dias ou La Porte Dorée.*
4839. Julian Barnes	*À jamais* et autres nouvelles.
4840. John Cheever	*Une Américaine instruite* suivi d'*Adieu, mon frère.*
4841. Collectif	*«Que je vous aime, que je t'aime!»*
4842. André Gide	*Souvenirs de la cour d'assises.*
4843. Jean Giono	*Notes sur l'affaire Dominici.*
4844. Jean de La Fontaine	*Comment l'esprit vient aux filles.*
4845. Yukio Mishima	*Papillon* suivi de *La lionne.*
4846. John Steinbeck	*Le meurtre* et autres nouvelles.
4847. Anton Tchékhov	*Un royaume de femmes* suivi de *De l'amour.*
4848. Voltaire	*L'Affaire du chevalier de La Barre* précédé de *L'Affaire Lally.*
4849. Victor Hugo	*Notre-Dame de Paris.*
4850. Françoise Chandernagor	*La première épouse.*
4851. Collectif	*L'œil de La NRF.*
4852. Marie Darrieussecq	*Tom est mort.*
4853. Vincent Delecroix	*La chaussure sur le toit.*
4854. Ananda Devi	*Indian Tango.*
4855. Hans Fallada	*Quoi de neuf, petit homme?*
4856. Éric Fottorino	*Un territoire fragile.*
4857. Yannick Haenel	*Cercle.*
4858. Pierre Péju	*Cœur de pierre.*
4859. Knud Romer	*Cochon d'Allemand.*
4860. Philip Roth	*Un homme.*
4861. François Taillandier	*Il n'y a personne dans les tombes.*
4862. Kazuo Ishiguro	*Un artiste du monde flottant.*

4863. Christian Bobin	*La dame blanche.*
4864. Sous la direction d'Alain Finkielkraut	*La querelle de l'école.*
4865. Chahdortt Djavann	*Autoportrait de l'autre.*
4866. Laura Esquivel	*Chocolat amer.*
4867. Gilles Leroy	*Alabama Song.*
4868. Gilles Leroy	*Les jardins publics.*
4869. Michèle Lesbre	*Le canapé rouge.*
4870. Carole Martinez	*Le cœur cousu.*
4871. Sergio Pitol	*La vie conjugale.*
4872. Juan Rulfo	*Pedro Páramo.*
4873. Zadie Smith	*De la beauté.*
4874. Philippe Sollers	*Un vrai roman. Mémoires.*
4875. Marie d'Agoult	*Premières années.*
4876. Madame de Lafayette	*Histoire de la princesse de Montpensier* et autres nouvelles.
4877. Madame Riccoboni	*Histoire de M. le marquis de Cressy.*
4878. Madame de Sévigné	*« Je vous écris tous les jours… »*
4879. Madame de Staël	*Trois nouvelles.*
4880. Sophie Chauveau	*L'obsession Vinci.*
4881. Harriet Scott Chessman	*Lydia Cassatt lisant le journal du matin.*
4882. Raphaël Confiant	*Case à Chine.*
4883. Benedetta Craveri	*Reines et favorites.*
4884. Erri De Luca	*Au nom de la mère.*
4885. Pierre Dubois	*Les contes de crimes.*
4886. Paula Fox	*Côte ouest.*
4887. Amir Gutfreund	*Les gens indispensables ne meurent jamais.*
4888. Pierre Guyotat	*Formation.*
4889. Marie-Dominique Lelièvre	*Sagan à toute allure.*
4890. Olivia Rosenthal	*On n'est pas là pour disparaître.*
4891. Laurence Schifano	*Visconti.*
4892. Daniel Pennac	*Chagrin d'école.*
4893. Michel de Montaigne	*Essais I.*
4894. Michel de Montaigne	*Essais II.*
4895. Michel de Montaigne	*Essais III.*

4896. Paul Morand — *L'allure de Chanel.*
4897. Pierre Assouline — *Le portrait.*
4898. Nicolas Bouvier — *Le vide et le plein.*
4899. Patrick Chamoiseau — *Un dimanche au cachot.*
4900. David Fauquemberg — *Nullarbor.*
4901. Olivier Germain-Thomas — *Le Bénarès-Kyôto.*
4902. Dominique Mainard — *Je voudrais tant que tu te souviennes.*
4903. Dan O'Brien — *Les bisons de Broken Heart.*
4904. Grégoire Polet — *Leurs vies éclatantes.*
4905. Jean-Christophe Rufin — *Un léopard sur le garrot.*
4906. Gilbert Sinoué — *La Dame à la lampe.*
4907. Nathacha Appanah — *La noce d'Anna.*
4908. Joyce Carol Oates — *Sexy.*
4909. Nicolas Fargues — *Beau rôle.*
4910. Jane Austen — *Le Cœur et la Raison.*
4911. Karen Blixen — *Saison à Copenhague.*
4912. Julio Cortázar — *La porte condamnée* et autres nouvelles fantastiques.
4913. Mircea Eliade — *Incognito à Buchenwald...* précédé d'*Adieu!...*
4914. Romain Gary — *Les trésors de la mer Rouge.*
4915. Aldous Huxley — *Le jeune Archimède* précédé de *Les Claxton.*
4916. Régis Jauffret — *Ce que c'est que l'amour* et autres microfictions.
4917. Joseph Kessel — *Une balle perdue.*
4918. Lie-tseu — *Sur le destin* et autres textes.
4919. Junichirô Tanizaki — *Le pont flottant des songes.*
4920. Oscar Wilde — *Le portrait de Mr. W. H.*
4921. Vassilis Alexakis — *Ap. J.-C.*
4922. Alessandro Baricco — *Cette histoire-là.*
4923. Tahar Ben Jelloun — *Sur ma mère.*
4924. Antoni Casas Ros — *Le théorème d'Almodóvar.*
4925. Guy Goffette — *L'autre Verlaine.*
4926. Céline Minard — *Le dernier monde.*
4927. Kate O'Riordan — *Le garçon dans la lune.*
4928. Yves Pagès — *Le soi-disant.*
4929. Judith Perrignon — *C'était mon frère...*
4930. Danièle Sallenave — *Castor de guerre*
4931. Kazuo Ishiguro — *La lumière pâle sur les collines.*
4932. Lian Hearn — *Le Fil du destin. Le Clan des Otori.*

4933.	Martin Amis	*London Fields.*
4934.	Jules Verne	*Le Tour du monde en quatre-vingts jours.*
4935.	Harry Crews	*Des mules et des hommes.*
4936.	René Belletto	*Créature.*
4937.	Benoît Duteurtre	*Les malentendus.*
4938.	Patrick Lapeyre	*Ludo et compagnie.*
4939.	Muriel Barbery	*L'élégance du hérisson.*
4940.	Melvin Burgess	*Junk.*
4941.	Vincent Delecroix	*Ce qui est perdu.*
4942.	Philippe Delerm	*Maintenant, foutez-moi la paix!*
4943.	Alain-Fournier	*Le grand Meaulnes.*
4944.	Jerôme Garcin	*Son excellence, monsieur mon ami.*
4945.	Marie-Hélène Lafon	*Les derniers Indiens.*
4946.	Claire Messud	*Les enfants de l'empereur*
4947.	Amos Oz	*Vie et mort en quatre rimes*
4948.	Daniel Rondeau	*Carthage*
4949.	Salman Rushdie	*Le dernier soupir du Maure*
4950.	Boualem Sansal	*Le village de l'Allemand*
4951.	Lee Seung-U	*La vie rêvée des plantes*
4952.	Alexandre Dumas	*La Reine Margot*
4953.	Eva Almassy	*Petit éloge des petites filles*
4954.	Franz Bartelt	*Petit éloge de la vie de tous les jours*
4955.	Roger Caillois	*Noé et autres textes*
4956.	Casanova	*Madame F.* suivi d'*Henriette*
4957.	Henry James	*De Grey, histoire romantique*
4958.	Patrick Kéchichian	*Petit éloge du catholicisme*
4959.	Michel Lermontov	*La Princesse Ligovskoï*
4960.	Pierre Péju	*L'idiot de Shangai et autres nouvelles*
4961.	Brina Svit	*Petit éloge de la rupture*
4962.	John Updike	*Publicité*
4963.	Noëlle Revaz	*Rapport aux bêtes*
4964.	Dominique Barbéris	*Quelque chose à cacher*
4965.	Tonino Benacquista	*Malavita encore*
4966.	John Cheever	*Falconer*
4967.	Gérard de Cortanze	*Cyclone*
4968.	Régis Debray	*Un candide en Terre sainte*
4969.	Penelope Fitzgerald	*Début de printemps*

4970. René Frégni — *Tu tomberas avec la nuit*
4971. Régis Jauffret — *Stricte intimité*
4972. Alona Kimhi — *Moi, Anastasia*
4973. Richard Millet — *L'Orient désert*
4974. José Luís Peixoto — *Le cimetière de pianos*
4975. Michel Quint — *Une ombre, sans doute*
4976. Fédor Dostoïevski — *Le Songe d'un homme ridicule et autres récits*
4977. Roberto Saviano — *Gomorra*
4978. Chuck Palahniuk — *Le Festival de la couille*
4979. Martin Amis — *La Maison des Rencontres*
4980. Antoine Bello — *Les funambules*
4981. Maryse Condé — *Les belles ténébreuses*
4982. Didier Daeninckx — *Camarades de classe*
4983. Patrick Declerck — *Socrate dans la nuit*
4984. André Gide — *Retour de l'U.R.S.S.*
4985. Franz-Olivier Giesbert — *Le huitième prophète*
4986. Kazuo Ishiguro — *Quand nous étions orphelins*
4987. Pierre Magnan — *Chronique d'un château hanté*
4988. Arto Paasilinna — *Le cantique de l'apocalypse joyeuse*
4989. H.M. van den Brink — *Sur l'eau*
4990. George Eliot — *Daniel Deronda, 1*
4991. George Eliot — *Daniel Deronda, 2*
4992. Jean Giono — *J'ai ce que j'ai donné*
4993. Édouard Levé — *Suicide*
4994. Pascale Roze — *Itsik*
4995. Philippe Sollers — *Guerres secrètes*
4996. Vladimir Nabokov — *L'exploit*
4997. Salim Bachi — *Le silence de Mahomet*
4998. Albert Camus — *La mort heureuse*
4999. John Cheever — *Déjeuner de famille*
5000. Annie Ernaux — *Les années*
5001. David Foenkinos — *Nos séparations*
5002. Tristan Garcia — *La meilleure part des hommes*
5003. Valentine Goby — *Qui touche à mon corps je le tue*
5004. Rawi Hage — *De Niro's Game*
5005. Pierre Jourde — *Le Tibet sans peine*
5006. Javier Marías — *Demain dans la bataille pense à moi*
5007. Ian McEwan — *Sur la plage de Chesil*
5008. Gisèle Pineau — *Morne Câpresse*

*Composition Nord Compo
Impression Novoprint
à Barcelone, le 20 avril 2010
Dépôt légal : avril 2010*

ISBN 978-2-07-042063-6./Imprimé en Espagne.

171938